Um Amor Inesperado

Texto adaptado à nova ortografia da Língua Portuguesa,
Decreto nº 6.583, de 29 de setembro de 2008.
Edição: Chirlei Wandekoken
Revisão: Andréa Pirajá
Direção de arte: Eduardo Barbarioli
Capa: Maju Raz
Imagens das capas: Shutterstock e Bbstudio_aad

S732a Spadoni, Silvia .
Um Amor Inesperado / Silvia Spadoni . – Domingos Martins, ES : Pedrazul Editora, 2017.

240 p.
Título original: Um Amor Inesperado

ISBN: 978-85-66549-49-2

1. Literatura brasileira. 2. Ficção. 3. Romantismo I. Título. II. Spadoni, Silvia.

CDD – B869

PEDRAZUL EDITORA
Caixa postal: 645 – AGF Fernando Ferrari - Vitória-ES. CEP: 29075-010
www.pedrazuleditora.com.br | contato@pedrazuleditora.com.br

Um Amor Inesperado

Série Amores - Livro 2

SILVIA SPADONI

PEDRAZUL
REVELAÇÕES

PEDRAZUL
EDITORA

Prólogo

O Casamento e o Prisioneiro

Arredores da prisão de Fleet, Londres
Inverno de 1809.

O condutor abriu a porta da carruagem e auxiliou as duas mulheres a descerem. Encapuzados e envoltos em mantos, os três, caminhando com dificuldade por entre a camada de neve e barro que cobria o chão, se esgueiraram rente ao muro da prisão até um portão lateral.

– Vamos aguardar um pouco – disse o homem. – Ainda faltam cinco minutos. Os guardas combinaram à meia-noite em ponto.

– Você tem certeza de que eles virão, Ralph? Está muito frio aqui fora.

– A bolsa de ouro que prometi me assegura que sim, milady.

– Tem certeza de que deseja fazer isso, Amélia? Por favor,

pense bem – suplicou uma voz feminina.

– Não tenho alternativa, vocês sabem. É isso ou... – não chegou a completar a frase, o portão se abriu com um rangido.

– Venham rápido, por aqui. O padre já chegou e o diretor não quer perder tempo. A qualquer momento poderão requisitar o prisioneiro, não poderá haver atrasos. Por aqui – insistiu o carcereiro iluminando o caminho com um candeeiro.

Adentraram o corredor escuro e fétido. O cheiro e a umidade do rio chegavam até ali, o local estava gelado. Poças d'água no chão o tornavam escorregadio. A jovem apertou a capa junto ao corpo e segurou a mão da outra mulher buscando proteção e calor. A escuridão era quebrada apenas pelo lume do pequeno candeeiro e que tornava tudo mais ameaçador.

O homem guiava rápido, tomando um caminho à direita e os conduzindo a uma cripta com teto abobadado e baixo. Não havia janelas e as paredes de pedra estavam iluminadas por tochas. De pé em frente a uma pequena mesa de madeira estavam outros dois homens, um deles, vestindo roupas clericais, segurava uma Bíblia nas mãos.

Ralph estendeu uma pequena bolsa de couro ao outro que, rapidamente, verificou seu conteúdo.

– O que combinamos está tudo aí, senhor. E agora vamos com isso. Onde está o prisioneiro?

– O *noivo* você quer dizer? – uma voz profunda, áspera, com um quê de ironia, porém amarga, veio de um canto escuro. Nenhum dos três havia notado o homem jogado no chão com os pés acorrentados.

– Cale-se – resmungou o carcereiro.

– Vou me casar, não posso me calar. Preciso dizer o sim, não é reverendo? Caso contrário essa cerimônia não terá validade nenhuma e isso vai contra os interesses de... milady, não é mesmo? Um riso sarcástico acompanhou suas palavras, mas o carcereiro levantou o punho em atitude ameaçadora e o gesto o fez calar. Puxado, com muito esforço o prisioneiro conseguiu se levantar e, arrastando os pés e as correntes, foi para perto da mesa.

Amélia, ainda protegida pelo manto e pelo capuz, decidiu arriscar e olhar para o homem com quem se casaria em minutos. Ralph lhe dissera que não fizesse aquilo, que se limitasse a responder à pergunta do padre e mantivesse os olhos baixos. Disse que ela não deveria se expor de forma alguma, mas alguma coisa naquela voz lhe despertou curiosidade.

O prisioneiro era alto, seus ombros largos tentavam manter-se erguidos ainda que com dificuldade. A barba desgrenhada ocultava seu rosto, apenas os olhos brilhavam febris. Estava muito magro e ferido, e com os dedos das mãos inchados. Mancou ao dirigir-se à mesa, e o corte na testa que sangrara encharcara seus cabelos deixando-os grudados na testa. As roupas imundas e o cheiro nauseante que exalava dele fizeram com que ela recuasse, com repulsa e nojo. Por um momento a jovem titubeou, mas a lembrança da alternativa que a esperava lhe deu forças:

– Vamos logo com isso – disse. – Seja rápido, por favor.

O reverendo leu rapidamente um trecho da Bíblia e dirigindo-se a ela fez a esperada e temida pergunta:

– Lady Amelia Maria de Wintour, aceita casar-se com o Sr. James Cunnington?

– Sim – rapidamente ela aquiesceu.

– E o Sr. James Cunnington, aceita casar-se com lady Amélia Maria de...

– Sim – antes que o religioso terminasse a frase ele concordou. – Mas quero ver a mulher que me obrigou a isso – e de forma inesperada, com um puxão, ele arrancou o capuz de Amélia expondo seu rosto.

Com o movimento os cabelos dela soltaram-se dos grampos, cachos de um tom escuro de vermelho se espalharam pelos ombros e costas, a luz das velas acentuou seu brilho e sua cor. Um rosto delicado, mas decidido, se ergueu em desafio e um par de olhos imensamente verdes o fitou com assombro, mas não com medo. Seus olhos se encontraram.

Por alguns segundos James ficou paralisado: *ela era linda*! Um rosto de anjo, mas se lembrou, *com o coração de um demônio*. Somente *o diabo* poderia articular um plano como aquele, obrigar um homem, um prisioneiro, a se casar. E ele não tivera escolha, não com o que havia em jogo.

Rapidamente o carcereiro afastou James ao passo que Amélia recolocava o capuz. Atordoada, mal percebeu que o clérigo os declarava marido e mulher e lhe passava a pena para que assinasse o termo de casamento. Ralph e Naná assinaram rapidamente como testemunhas e a tiraram de lá; o carcereiro os conduziu pelo mesmo corredor e minutos depois eles estavam do lado de fora dos muros da prisão.

– O que vai acontecer com ele? – perguntou Amélia, enquanto se acomodava na carruagem que ficara à espera.

– Ele é um traidor, será enforcado, milady. Mas ninguém saberá o nome verdadeiro do prisioneiro, a bolsa de ouro que entregamos ao diretor da prisão garantirá isso. Milady conseguiu um casamento adequado. Só teremos que manter a história conforme combinado.

Amélia suspirou; estava livre. Por um momento a lembrança de um par de olhos negros e profundos como a noite tomou sua mente e toldou sua felicidade.

Capítulo 1

Um herdeiro inesperado

Condado de Surey
Rose Hall
Primavera de 1811.

Amélia terminou de colher as rosas e entregou a braçada de flores para a criada pedindo-lhe que as colocasse num vaso.

– Pronto – disse ela, dirigindo-se a lady Melissa Snowden – sua casa estará linda e florida para o evento de hoje à noite.

– Querida, obrigada. É tão bom poder contar com você. Estou feliz que tenha aceitado o convite e vindo conosco. Adoro o campo, mas gosto mais ainda de companhia. Ficar aqui sem ter com quem conversar e ainda impedida de me dedicar às minhas atividades preferidas seria terrível. E você sabe: Edward tem seus compromissos, não posso prendê-lo o dia todo comigo – resmungou a jovem lady.

– Nada me dá mais prazer do que passar uma temporada com vocês e lhe fazer companhia nesse período. Quanto às suas atividades preferidas, terá mesmo que abdicar delas por um tempo. Mas valerá a pena! Aliás, olhe para você! – exclamou Amélia – está deslumbrante! A gravidez a deixou ainda mais linda – disse sorrindo e apontando para o ventre da amiga. Esse bebê deve ser bem grande, você parece estar prestes a dar à luz e ainda faltam quatro meses. O médico recomendou repouso nessa fase. Repouso, boa alimentação e ar puro.

– Mas é tão cansativo ficar de repouso – brincou Melissa. E parece que nada acalma esse bebê: ele chuta o tempo todo. Acho que Edward tem razão, será um menino – disse Melissa, apoiando a mão levemente sobre a barriga.

– Não concordo, tenho certeza de que será uma menina! Na verdade, uma menina levada como fomos na nossa infância – disse Amélia. – Você vai ter que repetir para ela todas as reprimendas que ouvimos de sua mãe e de Naná.

Rindo e conversando, as amigas se dirigiram de braços dados para um banco sob a sombra do carvalho. Ambas não poderiam ser fisicamente mais diferentes. Amélia não era bonita no sentido convencional, mas sua presença era marcante. A altura um pouco exagerada era compensada pela ossatura delicada e o talhe esbelto, os olhos e os cabelos faziam um belo contraste com a pele clara, cujo sol daquela manhã tinha acrescentado algumas sardas ao narizinho reto. Já Melissa, pequena e rosada como uma boneca de porcelana, tinha o rosto oval e os olhos profundamente azuis emoldurados por cachos dourados. A gravidez a tinha deixado um pouco pesada e, embora fosse sempre muito ativa, ultimamente estava se cansando com mais facilidade.

Amélia a ajudou a se acomodar e também relaxou deitada numa espreguiçadeira. A brisa suave a levou a fechar os olhos por um momento! A primavera já transformara os jardins numa profusão de flores e cores e era possível sentir seu perfume no ar. Os jacintos azuis seduzidos pelo calor primaveril haviam desabrochado mais cedo e as azaleias pareciam disputar entre si quais moitas apresentariam o mais profundo tom de rosa. O sol se infiltrava delicadamente pela copa das árvores formando um rendilhado de sombras no gramado. Era tão agradável estar ali, tão bom como se estivesse em Hampton House, o solar de sua família. Sentia-se segura, quase feliz.

Melissa era uma boa amiga. As propriedades de Hampton House e Rose Hall eram vizinhas e as mães haviam sido amigas na adolescência. Quando os pais de Amélia faleceram – sua mãe no parto e seu pai poucos anos depois – a família da amiga a amparara. Elas se tornaram inseparáveis, até que Melissa partira para Londres e Amélia permanecera no campo. Haviam se reencontrado quando a amiga recebera a propriedade como presente de casamento e voltara a frequentá-la com o marido.

– Algo a preocupa, Amélia? Você está com o cenho franzido.

– Não querida, nada me preocupa. Estou sonolenta, divagando, o brilho do sol me incomoda.

– Ainda sente fala dele? – perguntou Melissa, com carinho.

– Às vezes, mas estou bem, minha amiga. Só quero aproveitar essa paz mais um pouco – disse Amélia, cerrando os olhos.

Amélia sabia a que sua amiga se referia e uma pontada de culpa por ter mentido se instalou em seu coração. Nunca havia lhe contado a verdade sobre seu casamento e a amiga acreditava que ela havia realmente vivido uma triste história de amor. Lembrou-se da reação da sociedade quando retornou a Sussex relatando ter se casado em Bath, durante uma temporada de férias. Muitos amigos ficaram chocados, mas ela justificara a decisão inesperada por conta de uma louca e arrebatadora paixão por um oficial do exército da Coroa em licença. Infelizmente seu jovem marido tinha ordens de retornar ao *front* logo após o casamento e nem havia podido acompanhá-la em seu retorno ao lar, explicara à época Amélia. Se Melissa se surpreendeu com o casamento, nada comentou. Acreditou que havia sido uma grande paixão e lhe deu apoio e carinho.

As lembranças de como dera prosseguimento ao plano que montara com a ajuda de Ralph e Naná invadiram sua mente. Não foi difícil espalhar a notícia, alguns meses depois, de que seu marido infelizmente sucumbira num ataque do exército francês. Sua situação gerou uma leve comoção, mas em época de guerra não era incomum jovens tornarem-se viúvas após breves casamentos. Com a notícia, Amélia assumiu a suposta viuvez e a liberdade decorrente, respeitando naturalmente o período de luto obrigatório.

O período de luto reclusa em Hampton House fora na verdade um alívio, lembrou-se Amélia. Afinal, não conseguiria fingir por muito tempo um sofrimento inexistente. Pedira aos criados que continuassem a chamá-la pelo nome de solteira, alegando que não gostaria de ser lembrada a cada instante da perda que sofrera. Assim o nome do marido, a quem ninguém conhecera, tornou-se cada vez mais uma vaga lembrança. Sua vida manteve a rotina, e, se não fosse o documento que guardava na gaveta de sua escrivaninha, poderia ser dito que o casamento jamais existira. Tudo havia dado certo. Após algum tempo outros fatos chamaram a atenção da sociedade e sua atitude intempestiva foi esquecida por todos, ou melhor, por quase todos.

A imagem de lorde Harrison veio repentinamente à sua mente provocando-lhe um arrepio. Seu tutor ficara furioso por ela ter lhe frustrado os planos. Amélia sabia que ele desconfiara daquele casamento apressado, mas não pôde negar-lhe a emancipação, assim como o direito a administrar sua própria herança. As determinações do testamento de seu pai haviam sido cumpridas e quaisquer atitudes diferentes levantariam suspeitas sobre ele.

Suspirando, Amélia sacudiu a cabeça para afastar as lembranças, junto com um cacho dos cabelos que teimava em balançar diante de seus olhos. Essa história não tinha mais importância: era passado. Ela conseguira. Tomara posse de sua herança e de sua vida, ele não poderia mais lhe causar mal algum.

– Querida você está linda – disse lorde Snowden, beijando a esposa na testa. – Boa tarde, Amélia. Você também está com ótima aparência. O ar do campo lhes faz bem.

– Que bom que você chegou, Edward – disse Melissa, sorrindo amorosamente para o marido. Sente-se um pouco conosco, querido, estamos descansando depois de uma excursão pelos jardins. Amélia foi gentil e me ajudou a colher flores para enfeitar a casa para hoje à noite.

– Você está bem? – perguntou Edward, ao notar os pés da esposa levemente inchados. – Talvez seja um pouco cansativo para você e para o bebê receber convidados. Tem certeza de que poderá aguentar? Se não estiver disposta podemos cancelar. Eu enviarei uma mensagem, afinal, é apenas uma reunião informal, um jantar entre amigos. Ou se preferir, posso apresentar suas desculpas. Acredito que Amélia não se importará em me ajudar a receber nossos convidados.

– Ao contrário, estou ansiosa em receber o reverendo e sua esposa, assim como em conhecer nosso novo vizinho. Embora a calma do campo seja saudável para mim e para o bebê, tenho certeza de que Amélia concorda comigo que, por vezes, é também muito entediante.

Sinto falta de um pouco de agitação. Mas vou me deitar após o almoço, assim estarei bem descansada à noite, fique tranquilo.

– Não adianta, Edward, você precisa se acostumar com sua esposa. Ela jamais vai se comportar como uma frágil rosa inglesa sujeita a desmaios e ataques – brincou Amélia. – Que esse jeitinho frágil dela não o engane. Temos mais em comum do que parece. Conforme-se, você está cercado por mulheres fortes e decididas e, pelo jeito, vem mais uma por aí! – riu, ao perceber o olhar preocupado do jovem visconde.

Lorde Snowden levantou as sobrancelhas e, por um segundo, pareceu não entender o que Amélia dissera. Ao perceber que ela se referia ao seu futuro filho, ele deu uma gargalhada. – Ah não! – revirou os olhos com ar de brincadeira. – Já lhe disse, tenho certeza de que será um menino! Imagine que se fosse uma menina, pelo tanto que chuta, seria ainda mais levada do que a mãe! Como eu suportaria duas delas? – e endereçou um sorriso orgulhoso para a esposa.

– Meus queridos, deixem essa disputa sobre meninos ou meninas pra lá. Só vamos saber quando chegar a hora e, sinceramente, desejo apenas que seja uma criança perfeita e saudável. Menina ou menino vamos amá-la do mesmo jeito não é, Edward? E olhou ansiosamente para o marido que lhe sorriu de forma tranquilizadora.

– Mas, na verdade, estou curiosa sobre nosso novo vizinho – continuou Melissa, mudando o rumo da conversa. – Essa é a verdadeira razão de eu não querer cancelar o jantar – e piscou o olho para Amélia. – Quem é ele, Edward? Já que estamos oferecendo um jantar de boas-vindas seria interessante que eu soubesse alguma coisa a respeito para poder conduzir uma conversa adequada. Ah, George nos serviu refrescos, aceita, querido? Ou prefere algo mais forte?

– Refresco está bom, minha querida. Vamos deixar os aperitivos mais fortes para a hora do jantar. Quanto ao novo vizinho, vocês se lembram de que o velho conde de Hartford faleceu há mais de dois anos aparentemente sem deixar herdeiros?

– Sim – respondeu Melissa – eu me lembro disso. Todos nós gostávamos do velho nobre. Meu pai e ele costumavam caçar juntos. Na época de sua morte houve comentários de que o título acabaria e que as propriedades retornariam à Coroa, pois ele sequer tinha um parente distante. Uma coisa muito estranha! Todo mundo tem um primo, nem que seja de segundo grau. Ainda mais um conde! Você não acha, Amélia?

– É verdade – respondeu Amélia. – Nós inclusive ficamos apreensivas, pois não sabíamos que finalidade seria dada à propriedade e o que aconteceria com os arrendatários. É uma casa tão bonita, seria uma pena que ficasse abandonada!

– Havia um herdeiro, um sobrinho-neto, coronel do exército de Sua Majestade – disse o lorde. – Mas antes da morte do tio avô ele havia desaparecido. Havia boatos de que fora preso como espião e enforcado na prisão de Fleet, porém ninguém jamais conseguira confirmar a informação. Na verdade, a história da qual tomei conhecimento há poucos dias é surpreendente. Esse herdeiro havia sido mesmo preso como espião, mas tudo não passou de uma manobra. O ato de traição fora forjado, uma forma de criar credibilidade e ele poder se infiltrar como espião junto ao alto comando do exército francês. Ele fugiu antes do enforcamento numa manobra fantástica! Houve um ataque à carroça que o levava para a forca e meliantes pagos o ajudaram a escapar para a França. Lá ele conseguiu se engajar e convencer alguns oficiais de que seria uma fonte segura de informações sobre as táticas de nosso exército.

– Nossa, que história incrível, mas o que aconteceu? Ele precisou passar informação para o inimigo? Tornou-se mesmo um traidor? – indagou Melissa ao marido.

– Não, minha querida, ele não se tornou um traidor. Como eu lhe disse, tudo fazia parte de um plano do serviço de inteligência do exército britânico. Durante todos esses anos ele agiu sob ordens diretas de lorde Grant, chefe de gabinete do príncipe regente. Passava ao inimigo informações previamente combinadas, coisas pequenas e que não comprometiam os planos da Coroa. E em compensação, tinha acesso a outras, dessa vez verdadeiras, sobre os projetos de Napoleão. Dizem que seu trabalho foi importantíssimo para salvar vidas inglesas. Mas acabou sendo ferido e estava prestes a ser descoberto, por isso retornou.

– Ferido? – perguntou Melissa, assustada.

– Nada muito grave. Na verdade, ele prestou inestimáveis serviços e recebeu o título e as propriedades que vocês mencionaram. Sabendo que seremos vizinhos, lorde Grant me pediu pessoalmente que o recebesse, afinal, ele é na verdade um herói. Embora, querida, por medidas de segurança, sua volta e sua condição não estejam sendo muito alardeadas. Portanto, peço que sejam discretas. Ele deverá ficar por algumas semanas para recuperar-se e retornará a Londres na mesma época que nós. Você não se importa que ele seja incluído em nosso grupo não é, querida? Depois de tantos anos levando essa vida dupla ele está desambientado na sociedade. Acredito que seja nosso dever recebê-lo e ajudá-lo.

– De forma alguma, querido! É uma honra receber um herói de guerra de Sua Majestade.

– E como é o nome desse audaz cavalheiro? – interrompeu Amélia que, até aquele momento, se mantivera calada com uma crescente sensação de pânico.

– Sir James Cunnington, agora conde de Hartford – respondeu lord Snowden. E nós teremos o prazer de dar-lhe as boas-vindas hoje à noite. Você está se sentindo bem, Amélia? Ficou pálida de repente!

Amélia sentiu que o ar lhe faltava, precisou fazer um esforço sobre-humano para manter a compostura e não sair correndo dali.

– Acho que é o calor, Edward. De repente senti uma forte dor de cabeça. Vocês me dão licença para eu descansar um pouco?

– Claro que sim, querida, acho que você ficou por muito tempo exposta ao sol. O tempo está excepcionalmente quente para esta época do ano – respondeu lady Snowden, olhando atentamente para o rosto de Amélia. – Aliás, eu também vou me recolher um pouco antes do jantar. Mas vá repousar, Amélia. Edward me ajudará a entrar. E peça uma compressa fria para a criada. Ajudará a diminuir a dor de cabeça.

Com um aceno de cabeça, Amélia saiu rapidamente em direção ao seu quarto. Precisava ficar sozinha e pensar no que fazer. Seria possível? Não! Não! Não podia ser o mesmo homem! Sua cabeça dava voltas e mais voltas. Pediu à criada que fechasse as cortinas e deitou-se, mas não conseguiu ficar no leito por mais do que vinte segundos. A dor de cabeça já não era mais uma desculpa, sentiu as pontadas na fronte. *Seria possível*? A pergunta não saía de sua mente. *Seria possível que seu marido estivesse vivo?*

Desesperada, sabia que se fosse verdade estaria numa horrível enrascada. *O que aconteceria com ela? Será que o casamento seria declarado nulo? Meu Deus, só de pensar em ficar novamente à mercê de meu tutor meu estômago dá voltas.* E se não fosse anulado, ele poderia exigir que ela cumprisse seus deveres de esposa? Afinal, agora ele era um conde e teria que garantir a sucessão. O que seria pior? Ficar à mercê de um ou de outro? Lágrimas de desespero e aflição toldavam seus olhos. Enfiou o rosto no travesseiro para que ele abafasse seus soluços e chorou copiosamente. Exausta, acabou por cair num sono agitado.

Capítulo 2

Um homônimo, com certeza!

Amélia despertou com batidas suaves à porta.

– Quem é – perguntou confusa?

– Lady Snowden me pediu para ver se a senhora está melhor, milady – disse a criada, entrando no quarto e acendendo as velas. Posso acender a lareira também? As noites ainda estão frescas – disse a jovem. – Milady quer se vestir para o jantar?

Assustada, Amélia viu que dormira por horas e que o sol já se escondera. Beth era uma garota boazinha e gentil, mas tagarelava demais. Normalmente Amélia se divertia com o falatório, mas naquele momento não iria conseguir tolerá-lo. A dor de cabeça havia passado, mas a ansiedade e o medo apertavam seu coração como uma garra de ferro. Precisava pensar no que fazer, deveria enfrentar a situação ou postergá-la até que tivesse uma solução em vista?

– Agora não, Beth. Minha cabeça ainda está dolorida. Não sei se terei condições de descer para o jantar. Por favor, me traga uma xícara de chá e diga a Mel... a lady Snowden que tentarei melhorar a tempo. Avisarei se me sentir em condições.

A jovem assentiu com a cabeça e se retirou para buscar o chá.

Aflita, Amélia levantou-se e lavou o rosto na bacia cheia de água fresca que a criada havia deixado sobre a cômoda. Olhou seu reflexo no espelho, os olhos verdes pareciam uma piscina boiando num rosto pálido e os lábios trêmulos e sem cor. Não desceria nessas condições. E o que iria dizer? Será possível que fosse ele mesmo? Cada vez mais angustiada e confusa procurava uma solução sem encontrar. A dúvida não a deixava em paz e, no fundo, sabia que poderia adiar o momento, mas não evitá-lo. As paredes pareciam se fechar ao redor dela.

Falou consigo mesma olhando-se no espelho: *Amélia Maria de Wintour ou seria Amélia Maria Cunnington? Quem serei eu daqui pra frente? O que acontecerá se for ele mesmo? Existe uma possibilidade do diretor da prisão ter mentido sobre o nome de meu noivo? No fim das contas ele era um calhorda que cobrara para casar um de seus prisioneiros. Mas isso não faz de mim uma semelhante dele? Sim, faz. Não obstante eu fui obrigada a isso. Oh, meu Deus! Não pode ser ele! Estou apenas assustada sobremaneira. Pode ser um homônimo? O nome Cunnington é comum na Inglaterra, mas James Cunnington? E ainda por cima prisioneiro? Não pode ser coincidência! Será expiação por eu ter forjado uma mentira? O que eu farei? Será que ele veio se vingar de mim? Com certeza é um homem inteligente, perspicaz, senão não teria servido à própria Coroa Britânica na França. Certamente ele descobriu meu paradeiro e veio atrás de desforra. Estou perdida! A quem recorrerei?*

Pensamentos conflitantes assomaram a mente agitada de Amélia.

Ela pensou em fugir, mas o que Melissa pensaria? A amiga ficaria preocupada com ela, e naquele estado não faria bem à criança.

Não sou covarde. Não fugirei às minhas ações. Se for ele ou não, terei que descobrir, e, talvez, seja melhor acabar logo com essa tortura. Não adiantaria prorrogar o inevitável. *Ademais, não conseguirei fugir para sempre. Melissa também é esperta, não posso esconder essa aflição dela por muito tempo.*

Amélia percebera o olhar perscrutador de Melissa quando alegara a súbita dor de cabeça. A amiga a conhecia bem demais para saber que uma tarde ao ar livre não seria capaz de provocar-lhe um mal-estar tão repentino.

Precisava lembrar-se dos dias imediatamente após seu retorno a Hampton House já casada. Não havia recebido ninguém naquele período, mantivera contato social apenas com a família da amiga e alguns outros vizinhos. Teria comentado o nome de família de seu marido com algum deles, especialmente com Melissa? Não, não, com certeza não! Tomara o maior cuidado, referira-se a ele apenas como James. E dois meses mais tarde anunciara sua viuvez. Quando tocavam no assunto, mostrava-se tão desconsolada e triste com sua ausência, e depois com sua morte, que todos, inclusive a amiga, acabavam por se afastar sem insistir. Apenas seu tutor conhecia o nome, afinal fizera questão de examinar minuciosamente a certidão do casamento e verificar junto à cúria sua validade. Embora tivesse sido produzido na prisão o documento era válido e...

Meu Deus! – sobressaltou-se, pensando em mais um aspecto do problema: como iria reconhecê-lo? Como ter certeza de que o James Cunnington que viria visitá-los àquela noite, o conde de Hartford, era o mesmo homem com quem havia se casado na prisão? Tinha desposado um prisioneiro maltrapilho, ferido, com as feições escondidas por uma barba cerrada e desgrenhada. O homem que veria naquele dia era um herói, um conde. Sua aparência seria muito diferente. Decerto estaria bem-vestido, limpo e até barbeado. Desesperada, Amélia andava de um lado para outro, os pensamentos se atropelando, o coração aos pulos.

– É isso! – Amélia estacou. Um sorriso iluminou seu rosto com o pensamento que aflorou em sua mente. – *Como eu não pensei nisso antes? Talvez eu tenha uma chance, afinal.*

Pense Amélia, pense, disse a si mesma, *se você não for capaz de reconhecê-lo o mesmo poderá acontecer com ele. Ainda que se trate da mesma pessoa, ele me viu por apenas alguns segundos, há anos. Estava escuro, eu usava o manto e um capuz. O pároco falou meu nome completo apenas uma vez. Será que um homem em condições tão extremas seria capaz de se lembrar*

Uma centelha de esperança se acendeu em seu coração. *Há uma chance, uma pequena chance de que tudo continue na mesma*, pensou. *Ainda que se trate da mesma pessoa ele não sabe nada de mim e talvez não me reconheça. Fui impactada com a notícia, fiquei assustada, temerosa, intimidada com pensamentos de que ele estivesse à minha procura para se vingar! Mas eu estava sendo extremista. Com certeza! Calma! Você não é assim! Se, hipoteticamente, for ele mesmo, decerto, deve ter empurrado esse casamento para o fundo da mente, afinal, quem se casou na prisão foi o traidor, não o herói. Talvez nem o considere real e válido. Agora que recebeu o título, com certeza desejará um herdeiro e irá buscar uma noiva adequada. Ninguém sabe ou saberá o que aconteceu naquela noite, não foi um casamento de verdade, não fizemos nenhum voto eterno e nunca foi consumado. Em vista disso, pode ser anulado, mesmo que ele se lembre. Mas ele estava tão ferido! Talvez não se recorde! E, caso se recordar, por que ele se importaria? Concluindo... ah, se houver a mínima chance de ser ele mesmo, ele não me reconhecerá e acabará por se casar com alguma debutante. Ninguém será prejudicado e eu continuarei senhora de minha vida*, pensou Amélia de forma muito otimista. *Talvez seja melhor participar do jantar, caso contrário poderei despertar em Melissa suspeitas de que alguma coisa fora do normal tenha acontecido. Devo me vestir e descer. Tenho 23 anos agora, sou uma mulher madura, sem semelhança com aquela garota assustada da prisão. Tenho certeza de que estou me preocupando à toa. Não será ele e, se for, – já estou eu de novo me baseando em suposições – não me reconhecerá.*

Uma Amélia muito mais calma tocou a sineta para chamar a criada que a ajudaria a preparar-se para o jantar.

Embora toda a sua predisposição altruísta, foi com o coração aos pulos que Amélia se dirigiu à sala de estar onde os coquetéis estavam sendo servidos. No momento em que George, muito formal e empertigado, moveu-se pelo *hall* fazendo menção de abrir-lhe as portas, ela lhe fez um sinal dispensando-o.

– Vou aguardar apenas um momento, George. Tenho certeza de que você tem outras obrigações mais importantes do que abrir-me a porta. Não há necessidade disso.

– Como queira, milady – disse o velho empregado, afastando-se e deixando-a ali, parada e indecisa.

Amélia respirou fundo. Não teria como esquivar-se daquele encontro para sempre, já que Edward pretendia incluir o conde de Hartford em seu grupo de amigos. Além disso, eles eram vizinhos, um encontro seria inevitável. Melhor enfrentar a situação de imediato, decidiu por fim, pois era melhor do que permanecer angustiada, debatendo-se em dúvidas.

Levantou a cabeça e empertigou-se, apertando as mãos à frente do corpo para disfarçar o tremor. O vestido verde, de um tecido fluido e com um decote discreto que deixava o colo levemente descoberto, realçava o tom de seus olhos. O fogo dos candelabros resplandecia em seus cabelos avivando o tom avermelhado. Beth os prendera num coque no alto da cabeça, entremeando-os com uma fita de cetim, mas deixara alguns cachos emoldurando o rosto. Apenas um par de brincos delicados enfeitava suas orelhas. O anel de sua mãe (afinal não houvera tempo para que o marido lhe oferecesse um), usado na mão esquerda, comprovava sua condição de viúva. Estava linda!

– *Pronta para enfrentar o que quer que aconteça* – resmungou para si mesma. O velho hábito desenvolvido durante a infância voltava com vigor sempre que se sentia pressionada ou assustada. – Preciso parar de falar em voz alta comigo mesma – continuou, – ou acharão que sou maluca. Bem, vamos lá! – e com um movimento decidido abriu as grandes portas duplas.

Capítulo 3

Do mundo dos mortos

James Cunnington, o oitavo conde de Hartford, perdido em pensamentos, olhava o jardim pela janela da sala de estar de seu mais recente amigo. Tudo em lorde Cunnington evocava a imagem de um pirata, orgulhoso e até cruel. Os cabelos negros eram mais longos do que seria o habitual, os olhos da mesma cor de seus cabelos, sombreados por grossas sobrancelhas, o queixo firme, a testa marcada por uma leve cicatriz e os lábios sempre cerrados lhe davam um aspecto amedrontador. Era muito alto, a casaca escura se ajustava ao seu corpo, marcando os ombros largos, enquanto a calça clara e justa revelava o contorno dos quadris estreitos e de pernas musculosas, parcialmente cobertas por botas de couro macio e brilhante. Seus gestos eram firmes, quase rudes.

Toda a situação era nova para ele: o título, o ambiente, as novas obrigações, as novas conexões. Há apenas algumas semanas estava na França, tentando desesperadamente escapar de uma armadilha e retornar à Inglaterra. Agora estava no salão de um lorde, pronto a travar relações com um bando de pares do Reino, com suas damas fúteis, para conversar frivolidades. Quase sentiu saudades da prisão.

Respirou fundo: por um tempo precisava empurrar aquelas lembranças para o fundo da mente. *Conseguira escapar, estava vivo*! Ao chegar a Londres insistira com lorde Grant em continuar buscando descobrir quem era o traidor. Seu superior, no entanto, lhe determinara que se afastasse temporariamente do centro de operações e da própria Corte. Tivera a identidade revelada quando ainda estava em solo francês. De nada adiantaria prosseguir naquele momento. Ao contrário, sua presença em Londres poderia deixar o espião de sobreaviso.

Sem alternativa, viera para o campo. Era um homem de ação, mas até ele reconhecia que o tempo passado na França fora extenuante. Além disso, havia sido atingido por um tiro de mosquete no ombro e o ferimento não estava cicatrizando bem. *Devia reconhecer que um período de calmaria em sua vida era necessário.*

Pois bem, pensou, tentaria se adaptar à rotina da vida no campo, ainda que lhe parecesse monótona. A amizade com lorde Snowden havia sido um bom começo. A despeito de suas observações pejorativas sobre os pares do Reino, simpatizara com Edward quando foram apresentados por lord Grant e estava contente por suas propriedades serem vizinhas.

Será agradável conviver com alguém com quem poderei conversar livremente sem a preocupação de estar traindo segredos, pensou, procurando encontrar um motivo de satisfação naquela temporada de descanso forçado.

Lord Grant lhe garantira que em Londres medidas continuariam a ser tomadas para descobrir o verdadeiro traidor. Quando surgisse alguma novidade ele seria informado. O pérfido não ficaria impune. Em algum momento cometeria um erro. *E eu estarei lá para desmascará-lo. Enquanto isso vou dedicar-me a outra missão: minha guerra particular. Vou encontrá-la.* Ele jurou novamente para si mesmo, ao mesmo tempo em que a imagem de um par de olhos verdes retornava à sua mente.

– Querida, que bom que está se sentindo melhor! Venha se juntar a nós. Deixe-me apresentá-la ao nosso convidado.

A voz de lady Melissa o despertou dos devaneios e ele se virou a fim de ser apresentado à pessoa a quem ela se dirigia.

O choque o deixou paralisado. Não podia ser a mesma dama! Mas aqueles olhos, aqueles cabelos... *Com mil demônios,* praguejou silenciosamente. É ela! A maldita! A que me comprou! *E é ainda mais linda do que eu me lembrava.* Um leve estremecimento perpassou o corpo do homem quando seus olhos se encontraram. *Sua esposa*! A palavra *ressoou* por sua mente e uma onda de fúria o inundou.

Haviam ficado frente a frente por poucos minutos, mas ele jamais esqueceria aquele rosto. Tivera dois longos anos para relembrar cada detalhe daquela noite e para imaginar sua vingança. Ainda sentia a força e a crueldade dos golpes que recebera. Não tivera alternativa, fora obrigado a concordar com aquele casamento absurdo, pois manter sua integridade física era essencial para dar sequência ao plano. Não tinha nem autoridade e nem desejo de revelar seu disfarce, tampouco, colocar em risco o plano de espionagem minuciosamente traçado pela Coroa.

Riu consigo mesmo. O destino fora gentil e a colocara em suas mãos antes do que imaginara possível. Agora iria descobrir a razão de toda aquela farsa, mas para isso precisava se manter calmo, embora

sua vontade fosse estrangular a jovem à sua frente. Haveria tempo para sua vingança. Mas o que ela fazia ali? Será que lorde Snowden teria conhecimento da situação? Ainda chocado percebeu que ela caminhava em sua direção levada por lady Melissa. *Ela o reconheceria?*

– Lorde Cunnington, conde de Hartford, essa é lady Amélia, uma amiga muito querida. E também viúva de um oficial do exército de Sua Majestade. Uma lástima que essa guerra tenha deixado tantas de nossas jovens viúvas, não acha milorde?

– Sim, uma lástima – respondeu ele, ao passo que depositava um leve beijo na mão de Amélia. Ela se inclinara breve e automaticamente em deferência ao título de Sua Senhoria.

– Anseio para que o tirano seja derrotado, só assim nossos jovens estarão seguros e as mães e esposas inglesas terão paz – comentou Melissa. – Oh, deem-me licença um momento – pediu, ao notar George vindo em sua direção, certamente para lhe pedir alguma orientação sobre o jantar. – Por favor, Amélia, faça companhia a lorde Cunnington. Talvez ele queira mais um cálice de xerez – disse a anfitriã, afastando-se.

Amélia não conseguiu formular nenhuma palavra, parecia hipnotizada. Lorde Cunnington mantinha os olhos fixos nos seus, sem pestanejar. Uma sobrancelha levemente erguida lhe dava um ar interrogativo e zombeteiro. Mas ele não sorria, ao contrário. Seus olhos pareciam em chamas, a boca cerrada num ricto feroz.

– Viúva? – perguntou num tom baixo e grave. – Mas eu não morri, milady!

O tempo pareceu congelar. O coração de Amélia disparou batendo como um tambor. Suas mãos estavam trêmulas, a boca seca, mal conseguia respirar. Uma sensação de desespero tomou conta dela. *Era ele, não havia dúvidas.* O homem à sua frente não tinha a mesma expressão ou aparência daquele com quem se casara, mas aqueles olhos... eram os mesmos! *E ele a havia reconhecido.*

Nesse momento o mordomo anunciou que o jantar estava servido e Melissa convidou todos a seguirem para a sala de jantar. Lorde Cunnington lhe ofereceu o braço e ela não teve como recusar. Caminhou como um autômato, temendo tropeçar nas próprias pernas.

Eram poucos convidados à mesa. Além dos anfitriões e dela própria, apenas lorde Cunnington, Francis Asbury, o clérigo da paróquia, sua esposa a senhora Asbury e um filho ainda muito jovem e tímido de nome Henry. Para a sorte de Amélia o conde não se sentou ao seu lado. Amélia sabia que não conseguiria manter uma conversa aceitável. Sequer conseguia prestar atenção no assunto discutido pelo senhor Asbury e os poucos bocados de comida que engolia formavam um bolo em sua garganta. Deu graças aos céus pelo pároco ser tão retraído quanto seu filho. Se ela tivesse que responder a todas as perguntas da senhora Asbury ela estaria em apuros.

– Sente falta de cavalgar, lady Amélia? A pergunta dirigida diretamente a ela a fez dar um pulo na cadeira. Percebeu que era ele quem falava, olhando-a diretamente nos olhos. Lady Melissa estava dizendo que as senhoras costumavam cavalgar juntas, mas que agora ela já não pode mais acompanhá-la.

– Sim – ela conseguiu pronunciar e manter a voz firme – sinto falta disso – murmurou quase que para si mesma.

– Amélia gosta muito de cavalgar e nós duas costumávamos apostar corrida pelos campos todas as manhãs. Sempre fomos destemidas demais, até um tanto inconsequentes – disse lady Melissa.

– Destemidas, eu acredito. Mas inconsequente eu não vejo como ser possível... – Lorde Cunnington olhou para Amélia – seus olhos eram como duas chamas de ódio.

– Jamais vou me opor que pratique suas atividades preferidas – Edward interrompeu, dirigindo-se à esposa – mas você terá que ser mais cuidadosa. Nada mais de cavalgadas *destemidas* ou saltos sobre obstáculos altíssimos.

– Não se preocupe, querido. Estou proibida de montar até o nascimento do bebê. E prometo que quando puder voltar a fazê-lo vou ser mais cuidadosa. Os tempos de irreverência e descuido ficaram para trás – disse ela, com um suspiro um tantinho nostálgico.

– Estava pensando se me permitiria substituir lady Melissa – falou lorde Cunnington, dirigindo-se diretamente a Amélia. – Como companhia numa cavalgada, quero dizer. A senhora também me faria um favor mostrando-me a região. Eu soube que um riacho corta o vale e que próximo a Rose Hall ele fica naturalmente represado, quase forma um lago. Deve ser um local muito aprazível, gostaria de conhecer. Como sabem, assumi minha propriedade recentemente e não tive tempo de familiarizar-me com nada. Uma apresentação do local seria bem-vinda.

O convite repentino e direto foi um tanto impertinente e fez lorde Snowden franzir levemente a testa como se estranhasse a atitude de seu convidado. Lady Snowden, entretanto, bateu palmas com alegria.

– Que gentil de sua parte, lorde Cunnington. Eu sei como Amélia adora cavalgar, mas não é adequado que o faça sem um acompanhante. Estamos aqui há duas semanas e ela ainda não cavalgou nem uma vez, não é mesmo querida?

– É mesmo muito gentil de sua parte, milorde... oferecer-se como meu acompanhante – disse Amélia, dirigindo-se ao conde – mas vim para Rose Hall fazer companhia a lady Snowden. Não gostaria de sair para um passeio sabendo que Melissa está temporariamente impedida de fazê-lo.

– De maneira alguma, querida! Não se prive desse prazer por mim. Vou aproveitar as manhãs para colocar minha correspondência em dia. E também tenho alguns livros para terminar de ler. Depois do nascimento terei menos tempo para isso, vou me ocupar com outras tarefas, já que não pretendo delegar a criação de meu bebê inteiramente a amas-secas e preceptores – disse, olhando para o marido com um arzinho de desafio. – Como lorde Cunnington comentou, ele também seria beneficiado por sua companhia. Temos o dever de auxiliá-lo a se ambientar.

Amélia suspeitava de que não pudesse recusar sem parecer indelicada ou levantar suspeitas. – Será um prazer, senhor. Quando...

– Amanhã! Virei buscá-la logo às primeiras horas antes que o sol esteja muito forte, se estiver bem para a senhora, milady – disse lorde Cunnington, com pressa.

– Pois não, lorde Cunnington. Estarei à espera.

– Vou mandar os cavalariços deixarem a égua baia preparada – disse Edward, dirigindo-se a Amélia. – É a sua montaria preferida, não é?

Amélia aquiesceu com um gesto afirmativo de cabeça e agradeceu. Não tinha condição de formular uma resposta coerente. Sabia que o convite não era inocente. Lorde Cunnington queria respostas, explicações. Aliás, pela forma como ele a olhava ele pretendia puni-la. *O que faria?*

A conversa tomou outro rumo à medida que os criados serviam a sobremesa. Quando os homens se dirigiram à biblioteca para apreciar licores e charutos, Amélia pediu licença para se retirar alegando que a dor de cabeça voltara com força.

– Realmente você está muito pálida, talvez seja febre do feno. Essa época é terrível para quem tem esse tipo de problema – comentou a senhora Asbury.

– Não se preocupe, não é nada assim tão sério, apenas uma dor de cabeça. Acho que exagerei e fiquei muito tempo exposta ao sol hoje no jardim.

– Fique à vontade minha amiga. Apresentarei suas desculpas aos cavalheiros quando nos juntarmos a eles – respondeu Melissa, dirigindo-lhe um olhar preocupado.

Despedindo-se de Melissa e da senhora Asbury, Amélia subiu as escadas usando suas últimas reservas de energia para chegar ao quarto. Despiu-se rapidamente e dispensou a criada. Ao ver que estava só, jogou-se na cama e deu vazão ao seu desespero. Pensara ter afastado todo o perigo de sua vida, tomara uma decisão pensando em se proteger e agora estava em apuros. Sabia que o falso casamento poderia impedi-la de casar-se de verdade e formar uma família, mas não tivera alternativa. O preço havia sido alto, mas ela o aceitara e se resignara.

O que não imaginara era que seu *marido* retornasse do mundo dos mortos e ainda por cima como um conde, um herói condecorado. Ele tinha todo o direito de exigir o que quisesse dela, não como marido, mas como homem ofendido. Traído. Forçado. Com ódio. Afinal, ela o comprara, pagara aos seus carcereiros para que o levassem àquele casamento. Na época nem se perguntara o porquê de ele ter aceitado. Ralph lhe garantira que se tratava de um traidor, um condenado à morte que vendia seu nome em troca de algumas moedas que lhe permitissem comprar um pouco de conforto, cama seca e refeições quentes em seus últimos dias. Ou, como brincara Ralph, *até uma boa mortalha.*

Nunca imaginara que sua atitude poderia ter sido uma afronta; que ele tivesse se submetido àquele casamento contra a vontade; obrigado por um dever maior. Agora ela tinha certeza disso. Lembrou-se de sua figura alquebrada, do ferimento em sua testa...

eles, os carcereiros, devem tê-lo obrigado. E se o que Edward contara sobre sua condição de espião e seu plano de fuga fosse verdade... Meu Deus! Sua atitude poderia ter posto tudo em risco. Ele não poderia recusar o casamento sem chamar a atenção para si.

Amélia não conseguia conciliar o sono, os pensamentos se sucediam em turbilhão, não conseguia raciocinar com calma. *Estava perdida. Não, na verdade estava nas mãos dele.* Aquele homem assustador era senhor de seu destino. *Escapara de um tirano cruel e mesquinho e caíra nas mãos... de um herói? Que ironia!* Um riso amargo surgiu em seus lábios, e, de repente, ela estava gargalhando. Mas não havia qualquer alegria em sua manifestação e sim puro desespero. Não soube a hora em que a exaustão tomou conta de seu corpo e de sua mente, levando-a a um sono inquieto, todavia, misericordioso.

Capítulo 4

A Prisão de Fleet

Lorde Cunnington retornou ao Solar Hartford com os pensamentos fervilhando e o ódio corroendo suas entranhas. Mal conseguiu esperar que a carruagem parasse e o criado descesse os degraus, saltou com ela ainda em movimento, passou a passos largos pelo mordomo empertigado que o aguardava à porta e seguiu direto para o gabinete. O encontro inesperado com Amélia o fizera relembrar a dor e a humilhação a que fora submetido anos antes na prisão de Fleet e fora necessário um esforço extraordinário para não ceder ao desejo de confrontar aquela víbora diante de todos. Custara-lhe muito manter a compostura durante o jantar, mas agora...

Servindo-se de uma dose dupla de *brandy*, emborcou o conteúdo do copo num único gole. A bebida lhe queimou a garganta, mas não foi suficiente para lhe embotar os sentidos ou acalmar o coração transtornado. Servindo-se de mais uma dose repetiu o gesto, em vão.

– Maldita! – gritou ele, atirando longe o fino cálice de cristal que se espatifou contra o console da lareira, ao mesmo tempo em que um par de olhos verdes invadia sua mente. – Mil vezes maldita! – continuou a repetir a imprecação à medida que cruzava a sala de ponta a ponta com passos rápidos e decididos.

Por um momento sentiu-se novamente preso, confinado aos limites de uma cela úmida e malcheirosa, contando os passos e os minutos que o separavam da liberdade. O pavor pelo qual passou na noite e nos dias que antecederam a data em que fora obrigado a se casar o sufocou, vívido e real como se tudo estivesse ocorrendo novamente. Precisava de ar, precisava sentir o cheiro da liberdade, tinha que sair dali! Decidido, tocou a sineta e, quando o velho mordomo surgiu à porta, determinou com rispidez:

– Mande selar meu cavalo!

– Pois não, milorde, como já passa da meia-noite mandarei acordar o cavalariço. Deverá demorar alguns minutos – respondeu o criado, deixando transparecer na voz um levíssimo tom de reprimenda.

– Não é necessário. Eu mesmo farei isso – resmungou James, incapaz de permanecer naquele ambiente fechado por mais um minuto sequer. Quase correndo, seguiu para os estábulos sem perceber o olhar surpreso do criado ou mesmo preocupar-se em levar uma capa contra o frio da noite.

Não selou o animal, colocou somente bridão e rédeas, e impulsionou o corpo acomodando-se em seu lombo.

Fury resfolegou, parecia compartilhar o estado de espírito do cavaleiro que o continha. Com habilidade, James cutucou seu flanco com os calcanhares e deu liberdade às rédeas. Como se houvesse sido atingido por um raio, o cavalo disparou pela noite adentro numa corrida quase suicida, embrenhando-se nos campos que se perdiam de vista ao redor de Hartford. Colou seu corpo ao do animal, firmou bem os joelhos e deixou-o seguir sem controle ou destino.

A lua cheia clareava o caminho que se descortinava à sua frente, dando a tudo um brilho prateado, quase fantasmagórico. Nem uma brisa agitava as folhas das árvores e apenas o som dos cascos ferindo o chão quebrava o silêncio. Era como se a natureza assustada se mantivesse inerte para não ser atingida pela fúria de cavalo e cavaleiro. Nada havia de elegante ou refinado neles, ao contrário, exalavam um quê de selvageria cortando a noite como um raio, unidos como um só.

James aspirava o ar fresco com sofreguidão, precisava manter distante das narinas e da memória o cheiro do submundo, da podridão que permeava a prisão de Fleet, aquele mundo paralelo, no qual vivera de maneira grotesca, embora por uma causa justa. Sacudindo a cabeça tentou se manter no tempo presente, mas sua mente insistia em recuar até o dia da vergonha. Ainda que tentasse, não conseguia controlar as lembranças despertadas pelo encontro inesperado com aquela que se dizia sua viúva. Estava preso ao dia fatídico em que fora forçado ao casamento ignóbil, e sentimentos dolorosos lhe invadiam a alma.

Lembrou-se com repulsa que fora *vendido! E comprado* como uma mercadoria. Pior que um escravo.

– Vagabunda! Miserável! Maldita mulher!

A situação lhe provocara profundo asco na ocasião e a sensação perdurava ainda hoje. Nem mesmo a dor excruciante a que foi submetido o marcou tanto quanto o sentimento de humilhação e impotência que o dominou quando se viu forçado a assinar aquele documento.

Ele tinha consciência de que fora impossível não ceder, diante da missão que lhe fora designada, pois não era o dono de seu corpo ou de seu destino. Manter a integridade física fora um dever mil vezes superior à sua vontade. Mesmo assim, todo o seu ser ainda se revoltava pela imposição abusiva que lhe fora infligida.

James, mais uma vez, sacudiu a cabeça na tentativa desesperada de bloquear as memórias que se atropelavam, inutilmente.

Ainda era capaz de sentir o hálito fétido do diretor da prisão gritando com maldade à medida que alternava com o carcereiro a posição de espancador. Reviveu novamente a dor do golpe que o atingiu na fronte, o qual rompeu a pele e o fez sangrar.

– Miseráveis! – ele ainda se recorda da punição que exigira para ambos assim que pôde se libertar daquele inferno. Recorda-se do dia em que esteve lá, acompanhado do advogado-geral da Coroa. Da expressão do diretor de *Fleet Prison* quando o viu. Parecia estar vendo um fantasma e, de fato, o olhar de James era mais frio do que de qualquer espectro. Mas a espera da forca para os malditos atrozes era pouco diante do que ele sofrera em Fleet. "Você vai ceder, miserável, e se não ceder vou matá-lo de pancada e colocar outro em seu lugar. Esse casamento vai acontecer, acredite", dissera seu torturante enlouquecido por suas negativas.

Em seus ouvidos reverberou novamente o urro que ele próprio soltou no momento em que o carcereiro quebrara seus dedos com um bastão.

"Nos dedos não, acerte outro lugar, ele precisa da mão para assinar o termo de casamento", dissera rindo o impiedoso diretor da prisão. "Calma, chefe, ele já foi *acertado lá. Aquilo nem deve funcionar mais", e riram dele às gargalhadas. "E pra* que um imbecil com o pescoço na forca vai precisar de um pau?", o hediondo diretor respondera. "Podemos cortar fora então, chefe? Vamos ver se assim ele não assina o tal papel", e ele não tivera alternativa senão assinar.

Ou assinaria ou viraria um eunuco, ou morreria. E não era somente por sua vida, havia a missão e muitas vidas inglesas que dependiam dele.

– Malditos! – disse James, inconscientemente protegendo-se com uma mão.

Para o diretor de Fleet ele era substituível, um miserável, cuja morte não teria significado algum, mas para a Coroa Britânica ele era fundamental! Se pudesse optar, teria escolhido reagir e lutar! Teria se levantado contra eles, ainda que a morte fosse o único resultado possível! Mas havia uma missão a ser cumprida, seus compatriotas dependiam dele, não podia correr o risco de ser morto e nem de... – mais uma vez ele xingou todas as imprecações que lhe vieram à mente, muitas delas ele havia *aprendido* na própria prisão, com os *nobres* carcereiros de Fleet.

Ele cedera, aceitara a imposição, dissera sim e se casara.

– Aquela maldita agora usava meu nome – gritou ele para o vento – circula pela sociedade como minha viúva...

A perversa que me comprou ainda sai por aí angariando solidariedade e simpatia com a falsa premissa de minha morte. Arrancou-me o direito de escolha, o direito de ter filhos legítimos.

James sabia que agora precisaria de um herdeiro, de um sucessor honrado para seu título. – Maldita mulher, malditos olhos verdes! – praguejou, lembrando-se de que a despeito de todo sofrimento que ele havia passado por causa dela, há anos aqueles olhos invadiam seus sonhos, perturbavam suas noites e traziam infelicidade a seus dias. Era uma agonia, pois as lembranças das dores se misturavam à lembrança de seus olhos, do seu cheiro.

Num paroxismo de raiva, fincou os calcanhares em Fury, incitando-o a ir mais rápido. O pobre animal já dava os primeiros sinais de cansaço, o pelo brilhante empapado de suor, a boca espumando, os olhos arregalados. Mas James não parecia perceber, era como se corresse contra suas próprias lembranças tentando afugentar seus demônios.

– Amélia Maria de Wintour, jamais a perdoarei! – seu grito rompeu a noite como se a voz pudesse chegar até ela e apagar o brilho daqueles olhos.

Inesperadamente, um bicho noturno, talvez uma raposa ou um coiote, atravessou a estrada. Assustado, o cavalo refugou e relinchou, corcoveando. Por um momento, com o coração descompassado, James acreditou que seria lançado longe. Com dificuldade conseguiu manter-se sobre o animal, agarrando-se a ele para manter o equilíbrio.

– Calma garoto, está tudo bem! – deitado sobre o pescoço da montaria, James falou suavemente em seu ouvido até Fury se acalmar.

Por longos minutos ficaram ali parados, o alazão resfolegando e indócil; James ofegante, coberto de suor, o coração acelerado pelo susto e pela corrida alucinada. Aos poucos, a respiração de ambos se aquietou o suficiente para que ele retomasse as rédeas.

– Eu exagerei, meu amigo. Descontei em você a raiva que sinto dela – disse ele, dando tapinhas no pescoço do animal. – Acredite, não vou mais permitir que essa mulher continue a me assombrar, a invadir meus pensamentos e usurpar meus momentos de paz. Ela não terá mais controle sobre mim ou sobre meus sonhos. Agora eu terei ingerência sobre ela, meu amigo. Vou arrancá-la da minha mente à medida que eu arrancar o seu próprio coração. Despedaçá-lo-ei.

Conduzindo Fury com mais tranquilidade, retornou em marcha lenta. Mais sereno, sentiu pela primeira vez o frio da noite enregelando seus ossos e lamentou ter saído intempestivamente.

– Aquela feiticeira de olhos verdes me desestabilizou, mas foi a última vez. É uma promessa que faço a você e a mim mesmo – disse ela para Fury.

Se houvesse alguém ali presenciando o *diálogo* inusitado, acreditaria que James apresentava algum distúrbio mental, mas a *conversa* com o cavalo foi a forma que ele, enfim, encontrara para verbalizar sentimentos profundamente escondidos.

Embalado pelos suaves barulhos da noite que, mais calmo, já conseguia ouvir, James abriu seu coração ciente de que apenas o companheiro de tantas horas solitárias, tomaria conhecimento de sua angustia e revolta.

– Durante anos arquitetei minha vingança imaginando a forma como eu iria puni-la. Foi esse desejo que me manteve vivo no calor da batalha ou no desespero da fuga. Mais de mil vezes me perguntei quem seria ela, mais de mil vezes imaginei maneiras de torturá-la, mais de mil vezes imaginei onde e como seria reencontrá-la. Mais de mil vezes a lembrança de seu rosto se interpôs entre mim e outras mulheres – admitiu baixinho.

James acalentara o desejo desse reencontro, o momento em que, por fim, poderia confrontá-la e expô-la à humilhação semelhante a que sofrera.

– Não, não posso chutá-la – disse ele para o cavalo. – Não, Fury, tenho coisa mais agradável para fazer com ela. Chutá-la não me daria nenhum prazer, mas... – uma gargalhada sombria e gutural saiu de seus lábios. Ele odiava aquela mulher insidiosa, cruel e dissimulada. Cada minuto de sua vida, desde que fora obrigado a se casar, era voltado para descobrir a razão daquela farsa. Agora seria uma questão de honra. Algo tão importante quanto descobrir o traidor por quem fora obrigado a abdicar de sua vida e se juntar às fileiras de Napoleão como espião.

Mas mesmo assim a desejava ardentemente.

– Sim, Fury, tenho coisa melhor para fazê-la sofrer do que chutá-la entre as pernas como fizeram comigo – seu corpo arrepiou-se, mas ele não soube dizer se pela lembrança da dor ou de outro sentimento recém-descoberto.

Em noites insones imaginara encontrá-la nos salões de Londres, cercada de libertinos. Em outras, ela era a filha dissoluta de um nobre, desesperada por um marido e um nome para acobertar uma gravidez indesejada ou uma relação adúltera. Por vezes, se convencia de que o casamento fora o disfarce perfeito para a feiticeira justificar a falta de pureza para um possível noivo, algum jovem incauto seduzido e iludido por sua beleza. Essa hipótese lhe parecia a mais plausível, já que ser uma viúva de guerra explicaria a perda da virgindade e o casamento de curtíssima duração.

– Uma mulher desonrada e com a reputação destruída – disse em voz alta retomando a *conversa* com Fury – jamais conseguiria um bom casamento. Talvez isso explique, meu amigo, a decisão insana de comprar um marido e uma viuvez imediata.

Qualquer que fosse a hipótese correta, nada mudaria o fato de que ele havia sido o tolo obrigado a casar-se para acobertar as leviandades daquela mulher. Em qualquer um dos quadros que imaginava, era o seu nome que vinha sendo usurpado por ela e provavelmente arrastado na lama. O ódio e vergonha se abateram novamente sobre ele e a frustração revolveu seu estômago e a bile subiu-lhe à garganta.

– Como ela deve ter zombado da situação – disse ele, sentindo o gosto amargo da revolta.

Os pensamentos se sucediam velozes, a figura bela e altiva de Amélia surgiu à sua frente como se ali realmente estivesse. *Estaria ela rindo novamente essa noite, comentando com os amigos a forma como o ludibriara, expondo-o mais uma vez ao ridículo? Ou o reencontro a teria abalado a ponto de causar apreensão e medo? Aquela mulher seria capaz de sentir medo? Aquela mulher...*

– Meu Deus! Eu a odeio! Odeio? Eu não sei de mais nada! Desgraçada!

James suspirou profundamente, quando um certo desconforto invadiu seu coração e o fez se remexer sobre o dorso de Fury. O frio da noite parecia estar jogando uma nova luz sobre Amélia, ou talvez fosse apenas a voz lúcida da razão, mas algo o estava incomodando, como se fosse um *espinho* arranhando levemente suas certezas e convicções, uma nota dissonante naquela história...

Por mais que relutasse, ele precisava admitir que a jovem angelical que surgira inesperadamente no salão de lorde Snowden, não era exatamente a mulher cruel que povoara seus sonhos. Fisicamente iguais, mas de alguma forma completamente diferentes! Os olhos límpidos, o sorriso gentil, uma garota de vida singela numa propriedade rural, longe da Corte... Aquilo não condizia com a figura que habitara seus pensamentos por todo aquele tempo, aquela que havia alimentado seu ódio, sua sede de vingança. E havia lorde e lady Snowden, seriam eles pessoas capazes de se relacionar com uma mundana?

– Não! Você não me engana, Amélia de Wintour – disse ele, recusando-se a reconhecer o direito que ela tinha a usar seu nome. Vou desmascará-la – protestou consigo mesmo, incapaz de admitir, ainda que por um mísero segundo, que a imagem que fazia dela pudesse estar errada. Pobre lady Snowden! Certamente deve ter sido induzida ao erro, seduzida por um rosto doce, um olhar gentil, que não a deixa enxergar o negror que existe naquele coração. Você é uma feiticeira, mas vou desmascará-la e encontrar um meio de fazê-la passar por uma humilhação da mesma magnitude da que você me infligiu – disse James, o tom da voz cada vez mais crescente. – Você vai me confessar a razão de ter me obrigado àquele maldito casamento que, por causa dele, quase perdi minhas partes... Você fará isso, Amélia de Wintour, ou eu não me chamo James Cunnington!

Seu grito final ecoou pela noite, mas o pio da coruja foi a única resposta que ele obteve.

Um brilho róseo no horizonte começava a romper a escuridão da noite. Quando James, finalmente, chegou ao solar, a luz já se derramava pelas colinas e um novo dia surgia. Desmontando, entregou as rédeas de Fury ao garoto do estábulo e deu uma palmadinha no lombo do alazão com carinho.

– Vá descansar, meu amigo, você merece! Cuide bem do animal, garoto – disse ao cavalariço. – Escove-o e providencie para que ele tenha água fresca e alfafa no cocho, talvez uma maçã.

– Sim, milorde, farei como ordena – respondeu o garoto, assustado pela aparência do conde.

As roupas amassadas, os olhos injetados pela noite insone, os cabelos desgrenhados e a barba incipiente, lhe davam a aparência de um bruto. Respirando fundo, ele se encaminhou para o solar. O excesso de álcool da noite anterior, o cansaço e a tensão dos acontecimentos cobravam seu preço. Com a mente enevoada ele sabia que precisava descansar, só assim conseguiria colocar os pensamentos em ordem e pensar num plano eficaz para sua vingança contra Amélia.

Confuso, a cabeça doendo, dirigiu-se aos seus aposentos. Com um gesto de cabeça determinou que Alfred e seu *valete,* que diligentemente separava as roupas para o dia, saíssem. O criado, assustado com sua expressão, nem mesmo lhe perguntou se desejava algo, imediatamente e silenciosamente saiu fechando a porta atrás de si.

– Amanhã, não, hoje ainda – disse James em voz alta – é um novo dia! Só que... maldição! Por que ela tem que ser tão linda?!

Sem nem mesmo tirar as botas empoeiradas, atirou-se ao leito sabendo que, mais uma vez, a mulher de olhos verdes invadiria seus sonhos e aceleraria as batidas de seu coração. Em segundos, estava entregue a um sono agitado e febril e ela não se fez esperar.

Capítulo 5

A cavalgada

Lorde Cunnington caminhava de um lado a outro na sala de espera aguardando Amélia. Passara a noite transtornado, a surpresa havia sido enorme. Agora mil conjecturas passavam pela sua cabeça. *Tudo seria parte de um mesmo plano? Lorde Snowden teria conhecimento dos termos daquele casamento? Por que Amélia se encontrava ali? E o mais importante: por que aquele casamento havia acontecido?*

Durante aqueles anos formulara várias hipóteses sempre que se debatia entre a revolta pelo que ocorrera e a curiosidade sobre a razão de ter ocorrido. Talvez ela fosse uma jovem desonrada, que precisasse justificar a perda de sua pureza para um futuro marido; ou quem sabe uma mulher volúvel, que engravidara de um homem casado e precisava de um tolo para dar o nome ao seu filho bastardo. Muitas vezes seu coração se despedaçara com essa possibilidade, não conseguia aceitar a ideia do filho de outro homem usando seu nome. Qualquer que fosse a situação, aquela mulher não merecia a sua consideração. Iria fazê-la se arrepender de sua leviandade.

E então afastaria para sempre de sua mente a lembrança de um par de olhos verdes e brilhantes que insistiram em invadir seus sonhos durante todo aquele tempo. Em suma, teria paz! O ruído da porta da saleta se abrindo o fez virar-se: Amélia estava ali.

A roupa de montaria enfatizava sua cintura muito fina, um chapeuzinho delicado estava pousado sobre seus cabelos presos num coque discreto. Ele notou as manchas escuras sob seus olhos: *ela também não conseguira dormir. Ah! Havia certo consolo em saber que ela estava sofrendo, que estava provando um pouco do próprio veneno. Mas ainda que fosse assim, ela mantinha-se altiva e orgulhosa*. Um desejo repentino de tomá-la nos braços, soltar aqueles cabelos e subjugá-la com beijos o tomou de assalto. Não era um ímpeto romântico, ao contrário, sua vontade era selvagem, queria dominá-la, fazê-la sentir sua força, seu ódio, sua revolta, sua vingança...

– Bom dia, milorde – Amélia cumprimentou-o e recebeu uma leve inclinação de cabeça como resposta. Seus olhos se encontraram e ela sustentou seu olhar. *Não se mostraria fraca, embora estivesse apavorada. Ele era um herói, um cavalheiro. Haveria de ouvir sua explicação, sobretudo entender suas razões*. Ela esperava.

– Vamos, milady – disse ele, de forma brusca – os cavalos já estão selados. Conduza-nos a um lugar onde possamos conversar sem sermos interrompidos – e dando-lhe passagem, saiu em seguida, indo a passos largos para o estábulo.

O dia estava lindo, o céu azul pontilhado de nuvens brancas iluminadas pelo sol! A campina estava verde, touceiras de margaridas, frésias e agapantos coloriam os gramados. Passaram por uma plantação de canola, as flores de um amarelo vivo e vibrante. O ar estava perfumado. Eles conduziam seus animais a meio galope e, por alguns momentos, Amélia permitiu-se esquecer-se o que a afligia e apenas usufruiu daquele prazer. Amava cavalgar, seguir pelos campos a fazia se sentir livre, dona de seu destino.

Inconscientemente incitou sua égua num galope cada vez mais rápido em direção ao riacho, local mencionado por lorde Cunnington. O vento derrubou seu chapéu, que ficou preso apenas pelas fitas, e seu cabelo acabou por se soltar, os cachos brilhantes esvoaçando. O prazer a inundou e ela, por instantes, esqueceu-se da presença de lorde Cunnington, e todas as preocupações foram varridas de sua mente. Só ela e seu animal passaram a existir naquela vastidão verde.

Amélia era uma amazona soberba, controlava o animal suavemente, mas com segurança a ponto de parecer formarem um só corpo em movimento. Lorde Cunnington diminuiu o ritmo de sua montaria apenas para observá-la: os cabelos soltos, o rosto afogueado, correndo contra o vento. Montaria e amazona eram um só e quando a égua saltou sobre uma sebe ela manteve-se perfeitamente equilibrada.

Gradativamente ela diminuiu a velocidade do galope até um trotar suave. Nas margens do riacho, desmontou. O local fazia jus a sua fama, a natureza fizera com que o curso d'água ficasse naturalmente represado, formando um pequeno lago. Touceiras de flores coloridas pontuavam as margens e um enorme salgueiro derramava sua sombra pela relva. Acariciando o animal, ela murmurava baixinho em seus ouvidos, soltando as rédeas e deixando-o saciar a sede na água fresca.

Mal percebeu quando lorde Cunnington parou ao seu lado e desmontou, e assustou-se quando ele a segurou pelo braço, apertando-o.

– Você pretendia se matar? – a raiva transparecia em seu tom de voz, baixo, porém, assustador.

– Como? Claro que não! – disse Amélia, indignada. – Por que eu faria isso?

– A égua é pequena, no entanto você saltou aquela sebe. Ela poderia não ter conseguido e você e o animal teriam se machucado gravemente. Poderia ter quebrado o pescoço...

– Que tolice! Sei perfeitamente como conduzir minha montaria, lorde Cunnington. Jamais me colocaria em risco ou...

Ela não conseguiu terminar a frase, lorde Cunnington a puxou para si e tomou sua boca num beijo duro e possessivo. Não havia carinho ou delicadeza em seu gesto, ele queria claramente puni-la. Forçou os lábios dela a se abrirem e sua língua invadiu-a. Amélia sentiu seus braços envolvendo-a completamente, seus corpos se colarem e ela pôde sentir a rigidez da masculinidade dele. Ela não estava preparada para aquilo, seu corpo estava reagindo ao dele.

– Não! – a voz saiu num sussurro. – Por favor, não!

A voz dela o trouxe de volta à realidade e ele se afastou. Um estranho sentimento o atingiu, uma leve sensação de perda.

– Desculpe-me – disse ele, recuando alguns passos. – Devo lembrar-me de que milady é uma hóspede de lorde Snowden, qualquer que tenha sido o seu comportamento em um momento anterior.

– Ah, então apenas isso me qualifica como merecedora de respeito, milorde? Ser hóspede de um lorde? Se eu não fosse essa hóspede milorde se sentiria à vontade para desrespeitar-me, talvez seduzir-me aqui no meio do campo aberto?

– Milady, eu já me desculpei. Lamento minha atitude intempestiva, mas não vamos prosseguir com essa farsa. Não banque a inocente, o seu comportamento não foi exatamente digno e respeitável há alguns anos. Ambos sabemos o que fez, *querida esposa.*

Por que fez aquilo? Um amante a engravidou? Precisava de um nome para um filho bastardo?

Chocada com a rispidez daquelas palavras ela o encarou, negando a afirmação:

– Não! Não há nenhum filho...

– Então, o quê? – perguntou ele, elevando a voz. – O que justificaria obrigar um homem a um casamento indesejado e inesperado? Ou melhor, o que justifica forçar um homem ao casamento a pauladas, murros e chutes, pois foi o que aconteceu? A senhora tem ideia de como eu me senti nos últimos anos, casado com uma mulher que eu apenas sabia o nome, impedido de descobrir incorrendo no castigo de prejudicar meu país e minha missão? Ainda que eu fosse um traidor, e não sou, mereço saber o porquê.

Amélia estremeceu. *Então ele havia sido espancado para aceitar aquele casamento.* A dor da culpa e do arrependimento a dominou por instantes. Respirou profundamente, como se o ar que lhe enchia os pulmões pudesse enchê-la também de coragem para enfrentar aquele momento. Numa calma aparente, ela dirigiu-se para a sombra das árvores, à margem do riacho, e sentou-se numa pedra. Precisava de alguns minutos para ordenar sua mente. Sabia que ele tinha razão, precisava dar-lhe uma explicação. Imaginou como seria terrível ter sido obrigado a um casamento com uma desconhecida e sem sequer saber os motivos. Um arrepio lhe passou pelo corpo quando ela imaginou as atrocidades que ele havia sofrido por causa dela. Uma lágrima precipitou-se por sua face e ela imediatamente a secou para que ele não visse sua dor. Amélia sabia que seria difícil contar a verdade, relatar todo o horror e a vergonha que a levaram a tomar uma atitude tão radical. Jamais falara a alguém, apenas Naná conhecia os detalhes daquela noite fatídica. E ainda que contasse, poucos seriam os que acreditariam nela. E ele decerto também não acreditaria.

Então, por que se expor? *Farei um relato sucinto da situação, não há necessidade de entrar em detalhes*, pensou. Aliás, ela não conseguiria relembrar os detalhes.

Ele a tinha acompanhado e a olhava expectante. Seus olhos eram uma mistura de ódio e desejo.

– Milorde merece uma explicação...

– Ah, mereço! Então milady chegou a essa brilhante conclusão depois de dois longos anos.

– Eu não tinha como saber que estava vivo. Eu me casei com um condenado à morte – ela quase gritou.

– Milady podia ter escolhido um noivo melhor, não acha? Certamente algum cavalheiro a quisesse tomar como esposa – as palavras de lorde Cunnington eram irônicas, o que a enfurecia sobremaneira. Ele a estava desdenhando.

– Eu vou me explicar... se Milorde tiver paciência em me ouvir – disse ela, e lorde Cunnington, exasperado, sentou-se no chão próximo a ela.

– Sou seu mais paciente ouvinte, milady – disse ele.

Silêncio constrangedor. Por fim, ela começou:

– Meus pais eram filhos únicos. Morreram jovens e, embora tenham me deixado em uma situação financeira extremamente confortável, não havia parentes que pudessem assumir minha guarda e educação quando fiquei órfã. O testamento de meu pai nomeava um tutor e estabelecia condições para que eu entrasse em posse da herança. Enquanto eu não me casasse, meu tutor, lorde Hamilton...

– Lorde Hamilton, o visconde de Beauchamp? Ele exerce uma função no gabinete de lorde Grant...

– Sim, ele mesmo. Havia sido amigo de meu pai na juventude.

– Desculpe-me interrompê-la, continue – insistiu lorde Cunnington, observando-a atentamente.

– Sim, lorde Hamilton era meu tutor...

– A senhora era órfã, mas tinha recursos financeiros para se manter: um lar, um tutor que a protegia... – disse ele.

– Sim, foi o que eu disse – respondeu Amélia, rispidamente.

– Então, pelos céus! O que a levou àquela prisão imunda? Aquele casamento desgraçado?

O coração de Amélia falhou uma batida. Ele não acreditaria nela, como todos, ele também considerava o seu tutor um homem de honra.

– Eu não tinha qualquer liberdade – gaguejou ela. – Ele controlava todo o meu dinheiro, meu destino... enquanto eu não me casasse não poderia usufruir de meus bens. Ele não me permitia conhecer ninguém, eu estava nas mãos dele... ele tentou... ele queria... – nervosa, ela não conseguia coordenar os pensamentos e formular uma frase coerente.

– Forçou um homem ao casamento apenas porque o seu tutor controlava seus bens?

– Não é só isso – ela gritou. Estava desesperada.

– Por que queria ter mais liberdade – ele complementou com ironia.

– Não! – bradou Amélia. – Não foi isso que eu quis dizer.

Não tinha sentido continuar aquela explicação, seria inútil. Quaisquer que fossem seus argumentos não seriam suficientes. Apenas a verdade justificaria sua atitude. Mas ainda que a contasse, sempre haveria o risco de ele não acreditar nela. Era melhor se calar, não se expor, sua vergonha não mudaria nada. A garganta dela se fechou e ela engoliu um soluço. Não iria chorar, disse para si mesma, manteria a dignidade, era tudo que lhe restava. Lentamente, ela levantou-se e alisou as saias, retirando vestígios de grama. Precisava ocupar as mãos para que ele não notasse o quanto ela tremia.

– Acho que não temos mais nada a dizer um ao outro, milorde. O senhor tem todo o direito a uma retratação. Decida qual será a minha punição e eu a aceitarei. Devo dizer que não divulguei o seu nome, pouquíssimos são os que sabem do nosso casamento. A sociedade me considera viúva. Mas é claro que tem todo o direito de exigir a anulação daquele matrimônio e, talvez, uma reparação. Eu não posso me negar a isso.

Ele não respondeu. Manteve os olhos semicerrados. Uma expressão de desprezo tomando-lhe o rosto. Por longos segundos ele a observou, então com um gesto de cabeça indicou os cavalos. Fizeram o caminho de volta sem trocar uma única palavra. Ao chegar aos estábulos de Rose Hall, lorde Cunnington apenas acenou em despedida e partiu deixando-a arrasada.

Ela estava nas mãos dele, o que seria dela?

O dia seguinte amanheceu chuvoso.

Capítulo 6

Lorde Cunnington

— Aff – resmungou Melissa, ajeitando-se melhor no sofá. – Nunca imaginei que uma simples gravidez fosse ser capaz de me deixar tão... prostrada?! – disse num misto de indagação e surpresa. – Por mais que eu repouse, meus pés insistem em inchar.

– O que posso fazer para deixá-la mais confortável? – perguntou Amélia, levantando-se para afofar as almofadas às costas da amiga e aproximar mais a banqueta na qual ela apoiava os pés.

– Nada querida, sua companhia já é um presente. Não consigo me imaginar tendo que ficar em repouso durante meses sem você por aqui para me distrair. Obrigada, sempre vou lhe agradecer por ter deixado sua casa e vindo para cá. Esse tempo inclemente também não colabora. Na verdade está me deixando deprimida. Sinto falta do sol, da luz! Essa névoa é horrível, nem parece que estamos na primavera!

– Já chove há quatro dias!

– Sei que não posso cavalgar e nem me cansar em demasiado no jardim, mas ficar presa dentro de casa... sequer conseguimos receber convidados. Fica impossível transitar por essas estradas com tanta lama. Nem mesmo lorde Cunnington apareceu e até você está impedida de cavalgar.

– Não é agradável sair para cavalgar debaixo de chuva e, certamente, lorde Cunnington deve ter seus próprios compromissos. Foi gentil me acompanhando naquela manhã, mas sinceramente não espero que isso se torne um hábito. O médico virá vê-la hoje novamente? – perguntou Amélia, buscando desviar o assunto sobre o lorde. Não se sentia à vontade mentindo para a amiga, ainda que fosse uma mentira por omissão, todavia não estava preparada para contar a verdade sobre seu verdadeiro relacionamento com ele.

– Sim, Dr. Ross virá mais tarde. Edward quer conversar com ele, está preocupado. Nossos planos era voltar a Londres para que o bebê pudesse nascer lá, mas meus pés estão cada vez mais inchados, não tenho conseguido dormir, não consigo uma posição confortável no leito. Não sabemos se uma viagem longa seria aconselhável nessas condições. E o bebê se movimenta muito. É uma alegria senti-lo, mas me preocupo. Tenho a sensação de que o espaço é pequeno, de que ele não se sente confortável dentro de mim – confidenciou Melissa, chorosa. – Ah, Amélia! Será que meu bebê está bem?

– O que é isso, minha querida! Você é perfeita para seu bebê, e está tomando todos os cuidados necessários para que ele esteja bem. Daqui a algumas semanas ele estará em seus braços, lindo, perfeito e feliz. Não tema.

– Anseio para que ele nasça, não pelo meu conforto, mas para que eu possa segurá-lo e me certificar de que é saudável. Edward está em dúvida sobre o que será melhor. Enfrentar a viagem a Londres, onde há maior assistência ou aguardar aqui, com nosso médico de família. Você sabe, Dr. Ross é um excelente médico, já trouxe dezenas de bebês ao mundo e, além disso, me conhece desde pequena, mas na cidade talvez houvesse mais recursos.

– Calma, minha querida! Não fique tão aflita. Isso é que não vai lhe fazer nenhum bem. Dr. Ross é mesmo um ótimo médico. Ele lhe dirá o que será melhor. Fique calma, ainda faltam alguns meses.

Naquela tarde, após examinar Melissa, o médico não aconselhou a viagem.

– Milady está bem, lorde Snowden, mas talvez o parto ocorra antes do que imaginamos – disse o médico a Edward. – Madame tem uma compleição física delicada e o bebê parece ser bem grande. Ela deverá ficar de repouso daqui para frente, uma medida de segurança, caso contrário temo que a criança possa nascer bem antes do planejado. A viagem para Londres, mesmo que cercada por todo o conforto possível, pode ser muito cansativa, e as estradas estão em condições ruins por causa da chuva constante. Não, não aconselho o retorno a Londres de forma alguma – disse Dr. Ross, enfático. – Viajar nessas condições seria extremamente prejudicial a ambos, mãe e filho.

– Claro, Dr. Ross, não tomarei nenhuma atitude que possa prejudicar minha esposa. Mas conto com o senhor para estar presente sempre que ela necessitar. Como o doutor mesmo apontou, ela é muito delicada e o bebê parece ser bem grande. Temo que ela vá necessitar de toda ajuda que puder conseguir – disse Edward, visivelmente preocupado, durante o tempo que acompanhava o médico.

– Naturalmente, milorde. Basta mandar me avisar sempre que necessitar. A vila não é tão distante, ficarei de sobreaviso, e preparado para qualquer emergência. Mas fique tranquilo, não há nada anormal, estamos sendo apenas precavidos. E acho que seu herdeiro está a caminho, me parece que será um menino – disse Dr. Ross, sorrindo, e dando um tapinha amigável nas costas de Edward.

– Deixarei os charutos preparados – respondeu o orgulhoso e futuro papai.

– E então? – indagou Amélia alguns minutos depois, – como estão Melissa e o bebê?

– O médico garantiu que estão bem, mas não deveremos voltar a Londres. O bebê parece ser bem grande, e há o risco de que ele nasça antes da hora. Melissa deve ficar em repouso e guardar suas forças para o parto. Estou preocupado Amélia, e se acontecer alguma coisa com ela?

– Ficará tudo bem, não se preocupe tanto. Melissa tem aparência de uma flor frágil, mas nós dois sabemos que ela é forte. Tudo dará certo, e logo vocês estarão com um bebê lindo e saudável nos braços. Uma menina, claro – disse ela, tentando fazer um gracejo.

Edward sorriu, contudo, dessa vez, não a contestou. – Desde que seja uma criança saudável eu ficarei feliz. Seria demais pedir-lhe que permaneça em Rose Hall até o nascimento, Amélia? Não posso me afastar completamente do Parlamento nesse momento e não fico tranquilo em deixá-la.

– Claro que ficarei! Melissa é a irmã que nunca tive. Jamais a abandonaria numa hora dessas. Não se preocupe, não há nada em Hampton House que exija a minha presença. Naná e Ralph estão lá, e você sabe que eles cuidam de tudo.

– Infelizmente eu terei que ir a Londres em breve. Saber que você estará aqui me deixa mais tranquilo. Obrigado, Amélia. Agora se me der licença, vou fazer companhia para minha esposa, que tolamente acha que o bebê se mexe demais porque não se sente confortável onde está – Edward riu.

Para alegria de Melissa, o sol apareceu no dia seguinte, afastando a névoa e inundando tudo de um brilho dourado. Estava uma bela manhã, o ar fresco e perfumado convidava a um passeio. As duas estavam no caramanchão no jardim, acomodadas em espreguiçadeiras. A futura mamãe mantinha os olhos fechados, enquanto Amélia lia em voz alta uma das cartas de John Keats. O jovem poeta conseguia atingir seu coração com as belas palavras que escrevera para a amada.

"... antes fôssemos como as borboletas e vivêssemos três dias de verão – três dias que eu preencheria assim com você, que cinquenta anos normais jamais poderiam conter."

– Desculpem-me – uma voz masculina a interrompeu.

Amélia calou-se e levantou os olhos para deparar com lorde Cunnington observando-a atentamente. Os olhos verdes se abriram ainda mais de surpresa quando ela notou quem era.

– Não pretendia perturbá-las, quis apenas cumprimentá-las antes de me reunir com lorde Snowden.

– Oh! Lorde Cunnington, o senhor não nos perturba, não é mesmo, Amélia? Na verdade sentimos sua falta, não nos deu mais o prazer de sua presença.

– Como tem se sentido, lady Snowden? Muito me lisonjeia saber que sentiu falta de minha presença, vou procurar evitar que torne a acontecer – disse ele de forma cortês. – Infelizmente precisei me inteirar sobre a nova propriedade, assimilar alguns detalhes da administração. Embora ela tenha o mesmo administrador há anos, desde o falecimento de meu tio-avô estava um pouco negligenciada.

– É natural, milorde. O velho conde faleceu há mais de um ano deixando uma lacuna a respeito de quem herdaria a propriedade. O próprio administrador deve ter ficado um tanto tolhido em suas possibilidades. Espero que o senhor já tenha conseguido resolver as pendências e que esteja conosco mais vezes – disse ela com um sorriso.

– Farei o possível, milady – disse o conde, e com um leve cumprimento de cabeça, pediu licença e se afastou em direção ao solar.

Amélia não conseguira pronunciar uma só palavra. A presença dele a deixara ansiosa. Provavelmente viria alertar Edward antes de iniciar o processo de anulação do casamento. Ambos sabiam que, quando a verdade sobre a união viesse à tona, causaria um escândalo. Não que ela se importasse realmente com isso, mas temia o desprezo de Edward e de Melissa. Não apenas mentira sobre o seu casamento como colocara em risco a vida e a missão de um herói.

– Edward deverá ir a Londres por uns dias e está preocupado em ter que viajar agora. Minha gravidez o está deixando paranoico, teme que me aconteça algo. Acho que ele pedirá que Sir James zele por nós enquanto estiver fora. Edward confia nele, sabe que é um homem honrado e o vizinho mais próximo – disse Melissa.

Surpresa, Amélia anuiu com a cabeça. Então era isso, lorde Cunnington atendera a um convite de Edward. Não viera para participá-lo de sua decisão. Ela não sabia se se sentia aliviada ou ainda mais infeliz. Ter seu destino nas mãos de um homem novamente era terrível. Ele iria puni-la, ela tinha certeza. Só não sabia como! Retomou a leitura, mas não conseguiu mais apreciar as belas palavras. Seu coração estava pesado com toda aquela incerteza.

James Cunnington caminhava em seu próprio gabinete de um lado para outro. Uma batida leve na porta e seu mordomo pediu licença para acender os candelabros. A noite chegara e ele nem percebera que a luz se fora. Tinha que tomar uma decisão, mas não conseguia resolver.

Há alguns meses não lhe passaria pela cabeça que pudesse ficar em dúvida sobre o que fazer quando encontrasse a mulher que o levara ao casamento. A anulação era a única alternativa. Sabia que o pedido causaria um escândalo porque as condições do casamento seriam conhecidas, mas isso nunca o preocupara. Ao contrário, a mulher que o forçara a se casar não merecia nenhuma consideração. Mas agora havia o título e um escândalo o atingiria.

E também havia Amélia...

A mulher que vinha conhecendo não correspondia à imagem daquela que o forçara a se casar. Apenas uma mulher muito calculista seria capaz de engendrar um plano como aquele: casar-se com um condenado dentro de uma prisão para se ver livre da guarda de um tutor. Ou ela era uma exímia atriz ou ele se enganara em sua avaliação. Aquela jovem não parecia uma mulher fria e calculista, ao contrário.

Estivera observando-a por alguns minutos durante aquela tarde. Ela estava adorável, com um vestido fluido de um tom suave de lavanda, os cabelos cobertos com um chapéu de palha de abas largas enfeitado com uma fita da mesma cor. Seu carinho e dedicação para com lady Snowden eram visíveis. Lembrou-se dela cavalgando, os cabelos esvoaçando, o controle absoluto sobre o animal, saltando sobre a sebe alta com confiança e coragem. Uma mulher linda e corajosa. Uma combinação de doçura e força! Amélia não percebera, mas ele vira a lágrima que ela tentara esconder dele e aquilo o deixara incerto sobre quem ela era. Por que esconder dele que chorava? Se queria impressioná-lo sua atitude deveria ter sido contrária.

Sua vontade tinha sido tomá-la nos braços e consolá-la, e sentia esse mesmo desejo novamente, de sentir seu corpo junto ao dela, mergulhar os dedos naqueles cabelos e sentir o calor daquela boca. A força de seu desejo o assustou. *Maldição, o que aquela feiticeira está fazendo comigo?*

Há dias não dormia direito, não tinha um sono reparador. O sono inquieto, invadido por um par de olhos verdes, por uma cascata de cabelos avermelhados, a lembrança de um beijo sempre presente. *Essa mulher está sempre me assombrando. Maldita feiticeira!*

Uma mulher muito calculista? Ou uma jovem inocente e desesperada? Alguma coisa o incomodava naquela dubiedade e ele não sabia bem o que era. Por anos pensara nela como uma libertina, que buscara a saída mais fácil para encobrir um erro. Agora, depois de olhar em seus olhos, não tinha tanta certeza daquilo. Mas ela usava seu nome e ele não podia permitir que a situação continuasse como estava. A qualquer momento alguém ligaria os fatos, estava surpreso que lorde Snowden ainda não tivesse notado a coincidência dos nomes. Se a verdade viesse a público através de terceiros não prejudicaria somente Amélia. Edward, Melissa e ele seriam todos envolvidos no escândalo daquele casamento inusitado.

Cansado, James bebeu de uma vez todo o conteúdo do copo que segurava e serviu-se de outra dose. Vinha bebendo mais do que o habitual, mas naquela noite nem o conhaque o estava ajudando a relaxar. Teria que tomar uma decisão sobre o que fazer e precisava tomá-la com rapidez. Mas também precisava descobrir o que havia por trás daquele casamento antes de expor Amélia ao escárnio da sociedade. Seu senso de honra o obrigava a isso. Era uma situação delicada, se ela fosse mesmo uma vadia libertina a atual situação já seria um castigo. Para quem se arriscara àquele casamento para conseguir liberdade e dinheiro, ficar à mercê dele e de sua decisão seria terrível, principalmente porque ele poderia destruir sua reputação. Comprar um condenado como marido era uma atitude que seria condenada em todos os círculos sociais. Ele tinha o poder de fazê-la passar por um inferno semelhante ao que ele havia vivido.

Mas não queria cometer um erro, já havia vivenciado situações que pareciam ser uma coisa e na verdade era outra. Ele era o exemplo vivo disso. Precisava de tempo para descobrir a verdade, mas como conseguiria o que necessitava antes que...

É isso. É o que farei! *A verdade, ou pelo menos parte dela, sempre é a melhor solução. Tempo e oportunidade para descobrir o que realmente a motivou antes de tomar uma decisão definitiva, é isso o que eu preciso. Mas enquanto isso não acontece, não deixarei de puni-la.*

Quanto mais pensava, mais a ideia que tomava forma em sua mente lhe parecia interessante. Ainda que não fosse a mulher malévola que imaginara, o comportamento de Amélia merecia uma correção. Só que a punição seria de uma forma que ela não imaginara. Seria uma troca justa, ela provaria da própria malícia e ele teria paz. E preservaria seu nome e seu título.

– Milorde! Chegou por um mensageiro de Londres e parece ser importante – disse John, interrompendo seus pensamentos e estendendo-lhe uma bandeja de prata na qual estava uma carta com o timbre do Ministério da Guerra.

James analisou o velho mordomo por um instante. Embora agisse com respeito, a insatisfação era visível no rosto do criado e em seu tom de voz. Parecia reprovar o comportamento de James, como se ele não fosse digno de usar o título, um usurpador envolvido diretamente com a guerra, o que era demasiado vulgar para um conde.

Os criados, às vezes, são mais arrogantes que seus próprios patrões, pensou consigo mesmo. *Mas não há nada que eu possa fazer a respeito. Não pedi esse título, ou essa posição, tampouco me agrada esse mausoléu, escuro e triste. Não escolhi morar aqui ou me tornar o conde de Hartford. Sou um soldado, apenas isso. Mas ambos teremos que cumprir o próprio dever, ainda que contra a vontade.* E olhando firme para o criado, aguardou impassível sem deixar uma palavra escapar dos lábios cerrados, até que esse, numa atitude respeitosa, fez uma reverência e se afastou deixando-o novamente sozinho para abrir a correspondência que recebera.

Era uma mensagem pessoal de lorde Grant, atualizando-o sobre os acontecimentos. O espião havia agido novamente e, dessa vez, dentro do gabinete e de forma audaciosa e inesperada. Alguns planos e mapas com a localização dos navios de suprimentos para a tropa haviam desaparecido e ele tinha convicção de que se tratava da mesma pessoa. James deveria voltar a Londres assim que estivesse restabelecido para ser reintegrado a seu posto de forma discreta. Pouquíssimos conheciam a situação que se agravara e ele não poderia dispensar os serviços de seu agente mais qualificado.

– Maldição! – resmungou.

Esse traidor não pode ficar impune, mas antes de voltar à ativa há algo que preciso e devo resolver. A situação com Amélia tem que estar definida antes de meu retorno a Londres. Não posso correr o risco de que alguém associe nomes e descubra a verdade sobre esse casamento. Isso atrairia todas as atenções para mim, o que não me ajudaria em nada na busca do espião. Amanhã à noite, após o jantar marcado por lady Snowden, sem falta... amanhã resolverei.

Nesse momento a lembrança de um enorme par de olhos verdes faiscantes invadiu seus pensamentos, afastando a imagem sem rosto do traidor.

A reunião estava agradável. Lorde Snowden fora a Londres, mas já retornara, e Melissa sentindo-se mais disposta resolvera convidar novamente o reverendo, sua esposa e lorde Cunnington para uma visita. Haviam desfrutado de uma refeição leve, os homens tomavam um cálice de licor enquanto a esposa do reverendo, ao piano, encantava-os com um pouco de música.

A noite estava excepcionalmente quente, iluminada por uma lua quase que perfeitamente redonda. Amélia se aproximou da janela aberta, os olhos no jardim, mas sem conseguir prestar atenção em nada. Ela sequer ouvia os barulhos noturnos ou a música na sala, tinha o pensamento em lorde Cunnington. Não havia como negar que, além de ser uma companhia agradável, ele era um homem muito inteligente, carismático e sensual. Por várias vezes, a cada visita que ele fazia a Rose Hall, sentira seu olhar fixo nela de uma forma possessiva e insolente. Essa noite, ao cumprimentá-la, o toque dos lábios em sua mão se prolongara por um segundo a mais do que o decoro recomendava. Ela sentira a pele queimar e o coração disparar sem nenhuma outra razão que não fosse aquela proximidade. A lembrança do beijo deles também não a deixava em paz. Ela tocou os lábios com as pontas dos dedos. *O que estava acontecendo com ela?* Por que a presença dele a deixava tão, tão... agitada?

– Tomei uma decisão a nosso respeito, milady! – ao ouvir a voz dele, ela voltou-se assustada. James estava ao seu lado, falando baixinho, e encarando-a com os olhos semicerrados.

– E qual seria, milorde? – ela encarou-o e sustentou seu olhar sem pestanejar. Não iria demonstrar medo ou mostrar-se intimidada.

– Vamos dar uma volta, a noite está agradável – não era exatamente uma pergunta, o tom era mais o de uma ordem. Pedindo licença aos outros na sala, ele a conduziu ao jardim.

O ar fresco e perfumado os envolveu. Caminharam por alguns

segundos sem trocar uma única palavra até que Amélia não resistiu:

– Então, milorde? Qual é a sua decisão? Qual castigo vai me infligir? Aceitarei meu destino, só lhe peço que aguarde o nascimento de meu afilhado, um escândalo agora prejudicaria Melissa e...

James segurou-lhe o braço e virou-a para si. – Considera-me um homem tão sem honra, Amélia? – ele indagou, chamando-a pelo nome pela primeira vez. – É isso que pensa? Que eu a exporia a um escândalo enquanto se encontra hospedada com um amigo que me recebeu em sua casa com tanta gentileza? Quando sua esposa se encontra num estado tão delicado?

Amélia olhou-o assustada, os olhos enormes repletos de inocência e medo. Por um momento James teve a sensação de que poderia mergulhar e se perder naquele olhar. Como era possível uma mulher ser tão encantadoramente bela, tão suave e tão... *dissimulada*? Podia sentir o leve estremecimento que percorreu o corpo dela, o arfar de sua respiração, o perfume de seus cabelos.

Puxou-a para si e viu seus olhos se abrirem ainda mais quando ele inclinou a cabeça e enterrou os dedos nos cabelos sedosos. Trouxe seu rosto mais para perto e capturou sua boca. A língua forçando a entrada, abrindo-lhe os lábios, provando do seu gosto. Dessa vez sua intenção não era punir, queria apenas seduzir.

Um desejo primitivo tomou conta do corpo de James, fazendo o sangue correr mais rápido em suas veias, o coração bater mais forte e a respiração se acelerar. Fazia muito tempo que não sentia tanto desejo por uma mulher. Ela era tão macia, tão adorável...

Apoiando Amélia contra o tronco de uma árvore ele comprimiu seu corpo ao dela. Libertou a boca e deslizou os lábios por seu rosto, pelos lóbulos das orelhas, descendo até o pescoço delicado onde uma veia pulsava. Ela inclinou a cabeça para trás mal conseguindo reprimir um gemido. O contato da língua quente e úmida em sua pele a fez arquejar. Sentia as mãos de James percorrendo seu corpo, segurando um seio, o polegar massageando o mamilo através da seda do vestido numa carícia sensual.

James conteve-se e afastou o impulso de levantar-lhe as saias e possuí-la ali mesmo. Haveria tempo, e quando acontecesse ele pretendia desfrutar cada segundo. Ergueu a cabeça com a respiração ofegante e abraçou-a delicadamente.

Amélia apoiou-se nele, o coração descompassado.

– Por favor, milorde...

– Por favor, o que, Amélia? Quer que eu continue?

Ela se afastou com o rosto corado e os olhos verdes flamejantes.

– Você está se aproveitando de minha situação – ela protestou.

– Mas você não recuou, ao contrário, você reagiu a mim. E, se eu não estiver muito enganado, você até gostou. E não estou me aproveitando da situação. Somos casados. Se alguém se aproveitou de uma situação foi você quando me forçou a um casamento que eu não poderia recusar sem comprometer minha integridade física e minha missão. Agora só estou buscando a compensação.

– Diga-me o que pretende. É seu direito buscar uma compensação, reconheço. Mas é meu direito saber qual será. Diga-me o que pretende fazer, milorde?

– Vamos anunciar nosso casamento – disse ele.

Como? Amélia tinha certeza de que não havia ouvido bem. Você quer dizer anular não é?

– Não, milady. Eu quis dizer exatamente o que disse. Vamos anunciá-lo. Se eu a tivesse encontrado há alguns meses pode ter certeza de que não teria nenhuma dúvida: teria exigido a anulação. Mas agora sou um membro do Parlamento, um conde, investido de toda a responsabilidade que o título impõe. Para conseguir a anulação teríamos que relatar as condições as quais o casamento ocorreu.

Um escândalo prejudicaria não apenas a senhora. Não posso me dar ao luxo de permitir que meu nome seja arrastado na lama, mesmo que eu não tenha tido nenhuma responsabilidade pelos fatos.

– Mas, como... – confusa e um tanto desorientada, Amélia ficou absolutamente surpresa com a decisão. – Um casamento? Anunciar o casamento? Nós mal nos conhecemos... não existe nenhum sentimento... o senhor precisa de herdeiros, é isso... – as frases escapavam de forma desordenada de seus lábios.

Um sorriso cínico tomou conta do rosto dele. – Não se iluda, senhora. Anunciaremos o casamento. Mas quem falou em sentimentos? Ora, sejamos práticos, não pretendo formular ou manter quaisquer votos em relação a você. Um casamento de conveniência, como tantos, e talvez temporário. Se for conveniente poderemos pensar num divórcio daqui a algum tempo. Basta encontrar alguma razão menos vergonhosa para justificá-lo. Certamente o dano será menor do que um pedido de anulação com base num casamento forçado, na prisão de Fleet. Dessa forma, manterei o meu nome a salvo de qualquer mexerico e sua reputação não será destruída. Poderá viver em sua propriedade no campo, eu continuarei em Londres, não vou impor minha presença mais do que o necessário. Terá a liberdade que tanto almejou, mas saiba que não permitirei jamais que tenha um comportamento que desabone o meu nome. Quanto aos herdeiros... – não completou a frase, mas os olhos semicerrados mantiveram-se fixos no rosto de Amélia, que o encarava de volta perplexa...

De repente ela entendeu, um leve rubor cobriu seu rosto e ela ergueu a cabeça com indignação.

– Entendo. O senhor pretende consumar o casamento.

– É meu direito. E pelo que pude perceber há pouco isso não será um grande fardo para milady. Seu corpo reage ao meu, isso é inegável. Quando a beijo, quando toco em você, suas pupilas se dilatam, seu coração se acelera, sua respiração... não há como negar a química entre nós.

– Meu corpo reage ao seu, não posso negar, milorde. Contudo, gerar um filho? Para mim isso exige mais do que simples atração.

– Amélia, você quer falar em exigências? O título exige que eu tenha um herdeiro. É um título muito antigo, o príncipe regente foi bastante claro quando eu o recebi. Não quer que seja extinto, como o meu tio-avô quase permitiu que acontecesse. Sua atitude acabou com a minha possibilidade de encontrar uma esposa que atendesse à "exigência" de bom grado. Confesso, porém, que nunca tive muito interesse em frequentar a sociedade ou paciência para cortejar uma debutante ingênua na iminência de convencê-la a casar-se comigo. Portanto, a solução servirá a nós dois. Ficaremos ambos livres de um escândalo. Daqui a uns anos poderá ter de volta a *liberdade* tão desejada e manterá sua reputação intacta. Eu terei o herdeiro de que necessito sem ter que procurar por uma debutante. Não estou lhe dando uma escolha, você é minha esposa. Esse é o preço que pagará pela situação que criou e deverá se comportar de forma condizente com sua posição de condessa e de mulher casada. Por ora terá que abrir mão de sua tão desejada independência.

Amélia não teve forças para replicar. Ele estava certo, ela se colocara naquela situação, não podia fazer nada. Ele era seu marido e ela não sabia como ficaria sua situação se o casamento fosse anulado. Seu tutor talvez alegasse a "obrigação" de voltar a controlar sua vida e sua herança. Essa hipótese a apavorava ainda mais do que a decisão de James.

– E como pretende comunicar nosso casamento, milorde? – perguntou num fio de voz.

– Vamos manter a história que você mesma contou: nos apaixonamos, nos casamos e eu parti rapidamente. Você nunca soube a verdade sobre qual era exatamente minha missão na guerra ou que eu havia sido preso como traidor. Para mantê-la a salvo houve o falso comunicado de minha morte. A minha volta a surpreendeu e você precisou de algum tempo para entender a situação e nos ajustarmos a ela.

– Mas e Melissa e Edward? Eles presenciaram a sua *aparição* e a minha atitude não foi a de uma viúva que vê seu marido *ressuscitar* – ironizou Amélia.

– A sua atitude, minha cara esposa, foi de pavor quando me viu. Se Lady Snowden for uma mulher perspicaz já percebeu que entre nós há muito mais do que simpatia ou antipatia de dois recém-conhecidos. Disso você pode ter certeza. Garanto-lhe que lorde Snowden também está desconfiado de algo. Andou, sutilmente, fazendo-me algumas perguntas sobre nós e tive que me esquivar de todas elas com evasivas.

– Sim, tem razão. Melissa está desconfiada de algo e deve ter comentado com Edward.

– Sim. Eles sabem que têm algo entre nós, mas não imaginam o quê. Ficarão surpresos, evidentemente, mas melhor essa surpresa do que a perplexidade diante da atitude de milady para com um presidiário da Coroa – respondeu ele, sarcástico.

– E onde iremos morar? Não quero abandonar Hampton House e Melissa. Ela ainda precisa de mim.

– Ficaremos em Hampton House, se preferir. Não tenho nenhum apego ao solar Hartford. Além disso, não pretendo manter nosso relacionamento por muito tempo, apenas o suficiente para garantir a sucessão do título. Enfim, não há razão para que abandone sua casa. Quanto à sua promessa, Hampton House é perto de Rose Hall e não a impedirei de visitar lady Snowden sempre que desejar. Devo retornar a Londres em breve para reassumir minhas funções, assim não irei impor minha presença mais do que o necessário. No momento apropriado encontraremos uma desculpa adequada e nos divorciaremos.

Amélia respirou fundo e concordou. Percebeu que ele a usaria para ter um filho, que o casamento seria consumado, mas que não haveria nenhum compromisso de afeto ou fidelidade futura. Ao contrário, a única certeza era quando James decidisse, ele se divorciaria dela. Sua vida mudaria radicalmente, mas curiosamente não sentiu tanto medo quanto imaginou, ao contrário, havia uma pontinha de esperança em seu coração. Mas ela não sabia explicar nem para si mesma por que sentia tal esperança.

Capítulo 7

O casamento

— Querida, ainda bem que as rosas desabrocharam. Branco é definitivamente a cor das noivas – disse Melissa, radiante. Ela não cabia em si de alegria, feliz pela amiga. Nos últimos dias o comportamento de Amélia a incomodara, ela percebera que havia algo de errado, mas não conseguia entender o que poderia ser. Chegara a discutir o assunto com Edward, mas ele havia tentado tranquilizá-la, creditando suas impressões ao fato de que emoções e sensibilidade se encontravam mais afloradas em razão de seu estado. A revelação sobre James ser o marido de Amélia, o fato de ele estar vivo, ser um conde e um herói, fora surpreendente, mas isso finalmente a acalmara. Ela conhecia a amiga o suficiente para saber que, apaixonada, teria sido mesmo capaz de casar-se daquela forma. A história toda se assemelhava a um conto de fadas e sua índole romântica e aventureira vibrara com o final feliz.

– Mas não é exatamente um casamento, minha amiga! Trata-se apenas de uma comunicação à sociedade – respondeu Amélia, interrompendo as divagações de Melissa.

– Ah, minha querida! Não concordo com isso. Embora eu admire a coragem que você teve em casar-se daquele jeito, ambas sabemos que sempre imaginamos como seriam nossos casamentos – disse Melissa com um sorriso. – Ainda me lembro que sonhávamos em entrar na igrejinha da vila, toda enfeitada de flores e enxergar nossos futuros maridos, àquela época ainda figuras sem rosto, ansiosos à nossa espera no altar. Ficávamos imaginando como eles seriam e lhes atribuíamos todas as melhores qualidades físicas e morais – continuou rindo. – Lembra-se que até sonhamos com a possibilidade de nos casarmos no mesmo dia? Fomos duas garotas românticas, Amélia! Muito levadas e destemidas, porém, românticas.

– Isso ficou no passado, minha amiga. Não me vejo mais assim – respondeu Amélia, um tantinho encabulada. A comunicação que faremos hoje será mais pela necessidade de apresentarmos uma satisfação à sociedade do que por um desejo pessoal, afinal, James agora é um conde.

– Não e não! – protestou Melissa, enfática e carinhosa. – Você pode falar o que quiser, senhora condessa, mas não me engana! Eu sei que sempre sonhou com uma festa de casamento e hoje terá a sua. Pode disfarçar, mas sinto que está emocionada. Eu vejo o brilho em seus olhos, minha amiga! E depois temos que concordar que nossos maridos correspondem às expectativas que tínhamos àquela época. Na verdade, acho que são melhores do que a encomenda! – concluiu Melissa, rindo satisfeita.

O que Melissa dizia sobre os sonhos compartilhados de ambas era real e Amélia estava se sentindo uma traidora por ter falseado a verdade. Não suportava mais mentir para a amiga, por isso procurou desviar o assunto, sem corrigi-la. Além disso, Melissa estava certa em pelo menos um ponto: embora as condições de seu casamento não fossem aquelas em que sua amiga acreditava, ela estava realmente um pouco emocionada. Afinal, seria mesmo a sua festa de casamento, a única que teria.

– E mais uma vez, muito obrigada por nos oferecer essa recepção, é muito gentil de sua parte ter todo esse trabalho, principalmente levando em conta sua situação – disse Amélia, mudando o rumo da conversa.

– Na verdade, é minha situação que nos mantém aqui, minha querida. Eu jamais poderia ir a Londres se você e James tivessem optado por oferecer a recepção lá. Nem mesmo a Hampton House ou ao solar do conde de Hartford. Tenho que agradecer a vocês por terem nos permitido oferecer a recepção aqui em Rose Hall. Eu e Edward lamentaríamos muito se não pudéssemos participar dessa história tão incrível e tão bonita, e você sabe que doutor Ross me impediu de viajar até que essa menina resolva nos brindar com sua presença – disse Melissa, acariciando o ventre bastante proeminente. – E mesmo que ele não tivesse feito isso, acho que eu não conseguiria viajar. Eu me sinto como uma carruagem lotada, cujas rodas mal conseguem suportar o peso da carga.

– Melissa, só você mesma para dizer algo assim! Querida afilhada – disse Amélia, inclinando-se e falando diretamente com a barriga de Melissa – não escute o que sua mamãe diz. Você e ela não se parecem com uma carruagem lotada, de jeito nenhum!

Rindo, ambas as amigas nem sequer notaram a presença de James que à distância observava a esposa no jardim. *Amanhã*, pensava ele, *amanhã*, e deixava seu pensamento divagar, preso apenas à sensação do corpo de Amélia moldado ao seu.

Ele havia colocado Edward a par da situação, relatando os fatos na versão que tinham combinado e explicando que haviam ficado surpresos em se reencontrarem ali após dois anos. Havia programado procurar por Amélia e explicar-lhe toda a verdade assim que estivesse estabelecido no solar, mas que encontrá-la em Rose Hall adiantara a situação. Esperava que isso justificasse o fato de não terem imediatamente se comportado como marido e mulher. Para sua surpresa, o amigo não ficara chocado com a notícia, ao contrário, começara a rir claramente aliviado ao ouvir sua explicação.

– Então foi isso! – disse Edward. – Que maravilha! Melissa e eu percebemos que havia alguma coisa entre vocês, mas não conseguíamos entender o quê. Ainda bem que os constrangimentos acabaram, vocês serão muito felizes. Amélia é como uma irmã para minha esposa e como ela não tem família gostaria que me permitisse oferecer a recepção e providenciar a comunicação. Pelo que entendi não tiveram padrinhos quando o casamento foi celebrado em Bath, apenas o testemunho de Naná, não é mesmo? Ficaria muito honrado se nos permitisse assumir essa função.

– A honra será minha, Edward – respondeu James. – E tenho certeza de que Amélia não desejaria nenhuma outra pessoa para ter ao seu lado nesse momento.

– Então devemos marcar essa data com urgência. Imagino que você deva estar ansioso para tornar público o seu casamento e levar sua mulher para casa. Se adiarmos muito, temo que Melissa não consiga participar – disse lorde Snowden, referindo-se sutilmente ao estado da esposa. – E isso ela não me perdoaria. Além disso, há a questão da convocação de lorde Grant – concluiu, sem entrar em detalhes.

James concordou com uma inclinação de cabeça. Edward fazia parte do gabinete do príncipe regente – um membro de extrema confiança – e como tal fora informado sobre a situação em sua recente viagem a Londres. Grant o convocara para juntar-se a ele e a James na missão de captura, certo de que a proximidade e amizade dos dois homens facilitaria o trabalho de ambos. Estavam contentes pela possibilidade de atuarem juntos naquela missão.

Isso acontecera havia duas semanas. Os convites foram enviados rapidamente. Fora programada uma recepção simples para poucas pessoas, afinal não se tratava de um casamento, apenas de uma comunicação. Mas a curiosidade sobre uma situação tão insólita agitara a sociedade, e mesmo com a temporada em pleno curso, todos haviam confirmado presença. Aqueles que não tinham propriedades na região estavam hospedados na mansão Hartford; e Melissa estava felicíssima em oferecer a festa.

Curiosamente, lorde Cunnington se sentia como se o casamento fosse ocorrer agora, e, desta vez, ele estava de acordo.

O céu estava com um tom que ia do violeta ao azul-escuro e não havia uma única nuvem. O sol se escondera há pouco e ainda não era possível avistar qualquer estrela, mas a noite prometia ser perfeita. Os convidados chegariam dali a poucas horas e Amélia estava surpresa com a própria ansiedade. Não resistira a descer por um momento antes de vestir-se para verificar como estavam os preparativos e espiar o local da festa. A governanta, Sra. Simons, e George, o mordomo, haviam se desdobrado para organizar a recepção em tão pouco tempo. Mas tudo estava lindo! O grande salão fora enfeitado com rosas brancas, o brilho das velas dava um tom dourado ao ambiente que refletia nas taças de cristal; uma pequena orquestra viera de Londres, especialmente para a ocasião, e os músicos já estavam posicionados afinando seus instrumentos. Edward e Melissa receberiam os convidados, logo após James faria a comunicação e haveria um baile. Na sala de jantar os criados estavam a postos, grandes travessas de prata traziam iguarias diversas. Uma mesa de bolos e doces completava a ceia oferecida.

Seria tudo maravilhoso, *ou quase*, pensou ela. Infelizmente a cerimônia, assim como o casamento, era uma farsa. James não a amava, apenas desejava solução para a enrascada em que ela o havia envolvido e, de quebra, queria um herdeiro. Apenas isso. Ela tinha certeza de que se não fosse uma mulher de boa estirpe e educação, capaz de lhe proporcionar um herdeiro à altura do título de nobreza que herdara, ele sequer teria pensado em reconhecer aquele casamento. *E haveria aquela noite!* Alguma coisa no íntimo de Amélia se agitou ao pensar no que aconteceria. James a tomaria como sua esposa! Um frêmito de emoção a fez estremecer. Mas não era repulsa, ao contrário. Assustada com os próprios sentimentos, ela percebeu que desejava intensamente que aquilo acontecesse. Seus lábios formigavam, suas mãos tremiam, seu coração se acelerava, seu corpo todo ansiava pelo toque dele. Ela queria abraçá-lo, sentir o calor de sua respiração, a força de seus braços... os pensamentos fizeram seu rosto queimar. *O que estava acontecendo com ela? Deveria odiar James e não desejá-lo!*

Que ironia, se casara acreditando que se tornaria viúva em questão de dias; que o marido jamais cruzaria seu caminho e a escolha que fizera a levara a acreditar que o amor nunca faria parte de sua vida. E ele ressurgira, voltara do mundo dos mortos! Se ele percebesse como ela o desejava, como ficava vulnerável em seus braços, zombaria dela? Um suspiro profundo escapou de seu peito.

– Suspirando, Amélia?

Surpreendida, ela viu que James encontrava-se perto dela,

mas não parecia pronto para a festa. Suas roupas estavam empoeiradas e ele ainda usava as botas de montaria.

– Chegou cedo, milorde. Lamento estar atrasada.

– Você não está atrasada, milady. Ainda é bastante cedo. Vim cavalgando porque preciso lhe entregar uma coisa. Mas você não me respondeu, por que suspirava?

– Está tudo tão lindo... é como se hoje fosse o dia do casamento! Sonhei com isso por muito tempo... quando, por fim, eu encontraria alguém com quem dividiria minha vida e meu lar. Só que nunca imaginei que seria dessa forma...

James a observava atentamente. Os olhos negros sondando como se quisesse ler o que havia no coração da moça. Entretanto, não comentou nada a respeito, apenas a convidou a acompanhá-lo até a biblioteca.

– Aqui estamos. O que é tão urgente que o fez vir do solar cavalgando horas antes da festa?

– Vim lhe entregar isso – disse ele, tirando uma pequena caixa de veludo vermelho do bolso do colete. – Quero que o use esta noite.

Amélia abriu o estojo e viu, acomodada em veludo, uma esmeralda quadrada, engastada num aro de platina e circundada por pequenos diamantes.

Amélia estava muito surpresa e emocionada.

– Permita-me? Uma esposa deve usar o anel de casamento dado por seu marido – e tomando-lhe a mão delicadamente, James colocou a joia em seu dedo. A esmeralda irradiava um brilho intenso. – Gostaria de dizer que pertenceu à minha mãe, mas na verdade pertenceu à mãe do velho conde. É um anel de família e todas as condessas de Hartford o recebem por ocasião do casamento. Agora deverá pertencer a você.

– É lindo, James! Você é muito gentil, mas será que não deveria guardá-lo? Talvez um dia haja uma condessa, uma esposa de verdade – disse ela.

– Você é uma condessa e uma esposa de verdade. Pelo menos por enquanto – ele respondeu. – Eu espero que se comporte de acordo com sua posição e use o anel como condessa de Hartford – disse ele, num tom que não aceitava qualquer contestação.

Uma grande tristeza tomou conta do coração de Amélia embotando a alegria que sentira minutos antes. A joia era linda, mas ele não a tinha dado com emoção. Era apenas mais um detalhe da farsa que era o seu casamento. Sua única preocupação estava em manter seu nome e o título que recebera, sem máculas. Ela não podia culpá-lo por isso, mas era muito dolorido saber que ele a tinha em tão pouca consideração.

– Certamente eu honrarei o seu nome e essa joia – disse ela com altivez. – Obrigada por tê-la me entregado, mas saiba que assim que nosso casamento for encerrado, eu a devolverei. Não poderia ficar com uma peça de família quando sei que minha permanência nela será apenas temporária.

– Resolveremos isso, assim como o restante, no momento adequado – disse James. Com um leve beijo na mão dela, ele saiu deixando-a sozinha naquele aposento imenso e frio.

Os convidados já haviam chegado e se espalhavam pelo salão de Rose Hall. Lorde e lady Snowden haviam recebido a todos e, agora, enquanto Edward circulava pelo salão conversando com seus pares, ela, devidamente instalada em uma cadeira confortável, distraía algumas senhoras contando de forma romanceada a história de amor de lorde Cunnington e Amélia, a condessa de Hartford.

James aguardava no *hall*, ao pé da escada, a chegada de Amélia para conduzi-la à frente do salão e anunciar a todos o casamento. Ele estava magnífico, a casaca preta e a calça da mesma cor lhe assentavam como uma luva. Os punhos da camisa branca e engomada ostentavam abotoaduras de safira, o colete de brocado acinzentado completava o traje. Ansioso, se perguntava por que Amélia demorava tanto em descer. *Será que ela desistiria? Não, ainda que não lhe agradasse ser sua esposa ela jamais exporia os amigos a uma situação vexatória perante a sociedade, ela compareceria e iria até o fim. Senão por ele, por Melissa e Edward.* Um murmúrio de admiração fez com que ele se voltasse.

Amélia descia lentamente a escadaria da mansão. O vestido diáfano, entre o azul e o verde, ressaltava o tom de seus olhos e deixava o colo levemente à mostra. O cabelo arranjado para cima rivalizava em brilho com os grampos de diamantes que os enfeitava e combinavam com o colar delicado que ela trazia ao pescoço. Ela usava a esmeralda da condessa de Hartford.

Estava belíssima! James não conseguia afastar os olhos dela e quando Amélia lhe estendeu a mão, um sentimento novo o invadiu, uma mistura de orgulho e prazer.

– Milady, conceda-me a honra – e apoiando a mão enluvada de Amélia em seu próprio braço, conduziu-a para o centro do salão ciente dos olhares que os acompanhavam.

A festa estava perfeita, a participação do casamento fora aceita com surpresa e alegria, e eles recebiam muitas felicitações. As senhoras se emocionaram com a linda história de amor e os homens sentiram até certa inveja. James era um herói que recebera como recompensa um título de conde e uma linda esposa.

Abriram o baile dançando uma valsa em perfeita harmonia. Faziam um belo contraste: a jovem de pele clara e cabelos cor de fogo era alta e esguia, mas sequer chegava ao queixo do homem moreno e de músculos firmes, que a segurava como se ela fosse uma pluma que o vento pudesse levar. Eram a força e a delicadeza se contrapondo.

– Como está se sentindo, condessa? – perguntou James, à medida que a fazia girar pelo salão ao som da orquestra.

– Hum, feliz! – disse Amélia, surpreendendo-se com a própria resposta. – Nunca imaginei, não esperava... – balbuciou, tentando explicar a resposta espontânea, porém, sem conseguir. Um sorriso sutil tomou o rosto de James, os olhos negros cintilaram. Amélia fechou os seus e deixou que ele a conduzisse em voltas e rodopios ao som da música. Foi um momento mágico e por um breve instante o resto do mundo deixou de existir. Eram apenas eles, um nos braços do outro...

Ela estava feliz sim, e emocionada. Tudo parecia perfeito. Pelo menos naquela noite ela decidira permitir que a ilusão a dominasse. Por aquela brecha no tempo ela seria uma noiva feliz. O amanhã seria outro dia, não queria pensar no que poderia lhe trazer. Não ali, não naquele momento.

Depois da dança ele a levou para junto de Melissa e foi juntar-se aos cavalheiros. Mas não antes de beijá-la nos lábios. Um beijo casto, mas cheio de promessa.

Do lado oposto do salão, ela observava James conversando com outros cavalheiros; notou sua elegância, sua altivez. *Ele é o homem mais bonito da festa*, pensou ela, orgulhosa, e lembrou-se de que havia se sentido maravilhosa nos braços dele. Como se tivesse sido chamado, James olhou-a diretamente nos olhos, o canto da boca ergueu-se levemente num quase sorriso e ele elevou a taça num brinde discreto. O coração de Amélia saltou no peito e uma sensação de plenitude a invadiu.

– Senhoras, se me dão licença, preciso de um refresco – disse, Amélia, desculpando-se e afastando-se em direção ao bufê no salão de jantar. Estava num grupo de senhoras junto a Melissa, que mais uma vez divertia-se contando como se dera o encontro e o reencontro dos noivos. Só que lady Ravenge e sua filha haviam deixado o decoro de lado e insistiam, mais do que seria delicado perguntar, em conhecer os detalhes de sua história de amor. Ela precisava escapar daquela situação, caso contrário poderia cair em contradição e se complicar.

Que mulheres curiosas, pensou.

Ansiosa como estava, não conseguia se concentrar no que ela e James haviam combinado divulgar. *Melhor bater em retirada*, brincou consigo mesma. O lacaio servia-lhe uma taça de champanhe quando sentiu uma mão segurar seu braço, apertando-o mais do que seria educado.

– Lord Hamilton! – exclamou Amélia, virando-se e puxando o braço assustada. – O que faz aqui?

– Ora, ora, cara Amélia! Aceitei o convite de Edward, naturalmente. Como poderia deixar de vir? Minha tutelada, filha de meu caro amigo...

Amélia observava com repulsa o homem ao seu lado. Seu tutor fora um belo homem, mas parecia ter envelhecido muito desde a última vez que em que o vira. Havia bolsas sob os olhos, a pele do rosto estava flácida e manchada, os dentes amarelados. Com certeza a bebida em excesso e as noites nas mesas de jogo estavam cobrando seu preço. Ele já não conseguia mais esconder essa condição atrás de um sorriso charmoso.

– Então havia mesmo um marido – disse ele. – Confesso que nunca acreditei, mas o documento que você apresentou foi aceito pela Corte de Justiça. Eu não poderia contestá-lo mais do que fiz, não sem me colocar numa situação suspeita. Você me deixou numa situação muito difícil há dois anos, minha cara Amélia...

– Eu não fiz nada – disse ela, enfática. – Apenas não aceitei sua proposta, como poderia? Você era amigo de meu pai, como pôde fazer o que fez? Vá embora, não quero vê-lo aqui, saia!

– Sua tola, cale-se. Não pode me mandar embora diante de seus convidados e de seu marido, não sem explicar a razão. E como você vai fazer isso? Seu marido sabe da nossa história de amor?

– Nunca houve uma história de amor – disse Amélia, indignada. – O que houve foi uma tentativa de estupro, que só não aconteceu porque Naná conseguiu evitar.

– Aquela intrometida, eu deveria ter mandado matar aquela mulher. Mas não foi uma tentativa de estupro, minha querida – continuou irônico – você tentou me seduzir em troca de dinheiro e liberdade. Será a sua palavra contra a minha. Em quem acha que acreditarão? Se essa história for divulgada, sua reputação ficará manchada e como seu marido herói vai aceitar isso? Não, minha cara, acho que para seu próprio bem você deve ficar calada. E foi isso que vim tão amigavelmente lhe aconselhar: fique calada! Mas, talvez, você tenha razão em um ponto, eu não deveria ter feito uma proposta. Teria sido mais fácil, muito mais fácil, ter providenciado um acidente. Então, cuidado com o que fala, essa ainda é uma ideia interessante. Eu não esqueci o que você me fez, ainda temos contas a acertar, querida afilhada.

– Não se atreva ou falarei com meu marido – disse Amélia, aparentando uma segurança que não sentia. – Se algo me acontecer, ou a Naná...

– O que poderia lhe acontecer, Amélia? – James estava parado ao seu lado, uma sobrancelha erguida de forma inquisitiva, os olhos semicerrados observando-os atentamente.

– Lorde Cunnington, permita-me apresentar-me. Sou lorde Hamilton, visconde de Beauchamp, fui tutor de Amélia – disse ele, interrompendo qualquer explicação que ela pudesse dar.

– Muito prazer, senhor – respondeu James, inclinando levemente a cabeça. – Devo-lhe desculpas pelas condições de nosso casamento. Não havia tido oportunidade de apresentá-las. Com certeza não foi um casamento que um tutor desejaria, mas espero que compreenda. Na época eu era apenas um jovem oficial, extremamente apaixonado e partindo para uma missão muito difícil. Não havia tempo para um pedido formal e um noivado adequado.

– Realmente, mas não posso negar que Amélia se saiu bem. O senhor é um conde e um herói. Acho que as condições se alteraram e o casamento se tornou mais do que adequado. E já que não pude cumprimentá-lo na ocasião, aceite minhas felicitações agora. Com licença, preciso cumprimentar alguns amigos.

– Amélia, o que foi? Você está pálida e notei que ele segurava seu braço de uma forma que me pareceu contra sua vontade. O que você quis dizer quando se referiu a algo lhe acontecer? – indagou James, assim que lorde Hamilton se retirou do salão de jantar.

– Não foi nada, você entendeu mal – disse Amélia. – Ele foi meu tutor, ainda guarda mágoa por eu ter me casado sem sua autorização. Isso o privou de todo controle sobre mim.

– É verdade, lembrei-me agora, você tinha necessidade de liberdade. Pobre homem! Deve ter passado maus bocados para poder controlá-la e manter a dignidade – disse James, mudando a postura e um tom de desprezo transparecendo na voz. – Por vezes me esqueço de que você não era exatamente uma jovem inocente.

Chocada, Amélia esforçou-se para impedir que lágrimas de dor e vergonha lhe escorressem pelas faces.

– Você não pode se esquecer, ou tampouco se lembrar o que

desconhece – disse ela de forma enigmática.

James olhou-a demoradamente, os olhos negros fixos nos verdes dela. Nenhuma emoção transparecia no olhar dele. Amélia, entretanto, sentia-se invadida, como se ele pudesse lhe desnudar a alma e desvendar todos os seus sentimentos e segredos. Com o coração batendo loucamente no peito, ela não conseguia se afastar. Então, James apoiou a mão em suas costas e dirigiu-a para o salão de baile sem pronunciar mais nenhuma palavra.

A noite perdeu o brilho para ela. O encontro com seu tutor lhe roubara toda a alegria. Amélia passou as horas seguintes sorrindo e dançando com os convidados, mas seu coração estava pesado. Por diversas vezes notou que James a observava do outro lado do salão, mas ele não voltou para seu lado novamente. Amélia sentiu-se grata quando o último convidado se retirou e os criados começaram a apagar as velas dos candelabros.

– Meus amigos, espero que tenham apreciado a noite – disse Edward ao casal. –Melissa, como sabem, já se recolheu. A festa foi um tanto excitante para ela.

– Ela está bem? Terá sido demasiado esforço? – perguntou Amélia, preocupada.

– Ela está bem. Adorou cada minuto e só foi deitar-se porque o médico havia lhe determinado que fosse descansar antes do término. Por ela, creio, teria ficado até o último convidado ir embora. Vocês sabem, minha esposa adora movimento e agitação.

– Obrigado mais uma vez por ter nos proporcionado essa noite – agradeceu James com um respeitoso aceno de cabeça.

– Foi um prazer, meu amigo. Gostaria de me acompanhar

num último conhaque na biblioteca?

– Naturalmente Edward, será um prazer.

– Vou me recolher – disse Amélia, agradecida por poder ter alguns minutos para acalmar o tumulto que tomava conta de seu coração ante a expectativa do que a noite ainda poderia lhe reservar.

– Sim, concordou James. É melhor você ir descansar. Devemos sair amanhã bem cedo para Hampton House – e se afastou, seguindo Edward em direção à biblioteca.

Com o coração angustiado, Amélia seguiu George até os aposentos que Melissa mandara preparar na ala leste da mansão, distante dos quartos que ela e Edward ocupavam. Sua querida amiga quis lhes garantir privacidade, ela sorriu tristemente. *O casal apaixonado em seu reencontro! Que ironia, mal sabe ela que a realidade é bem diferente.*

O quarto era muito bonito e elegante, as paredes forradas de seda rosa, a colcha e cortina de chintz floral. Estava iluminado por vários castiçais, mas as cortinas afastadas permitiam que o brilho da lua invadisse o aposento.

– Milady, deseja que eu acenda a lareira antes de ajudá-la a se despir? – perguntou a jovem criada.

– Obrigada, Beth. Mas não há necessidade. A noite está agradável, apenas deixe as cortinas abertas, por favor.

Amélia se aproximou de uma das enormes janelas e inspirou profundamente. Seu coração estava descompassado de ansiedade. Ela não era ingênua, sabia o que um homem e uma mulher desfrutavam em sua intimidade. A ideia era aceitável quando havia amor, paixão, desejo... e ela desejava James. Seu corpo já lhe dera provas disso. Mas o desejo que sentia seria capaz de afastar de sua mente o horror do ataque que sofrera? Ou as lembranças a impediriam de desfrutar da intimidade com seu marido?

Enquanto a criada a ajudava a vestir a camisola branca de seda e escovava seus longos cabelos, os sons e odores daquela noite malfadada invadiram sua mente. O ruído da porta sendo arrebentada, o cheiro de bebida no hálito azedo de seu tutor, seus próprios gritos. Ela ainda sentia aquelas mãos em seu corpo! E, de repente, o baque: o corpo desfalecido de Hamilton sendo tirado de cima dela. Naná com o atiçador da lareira nas mãos, chorando e tremendo. Querida Naná! Ela conseguira evitar o pior, mas as lembranças ainda a aterrorizavam.

Amélia balançou a cabeça para expulsar aqueles pensamentos.

– Vou ajudá-la a se deitar, milady. E se me permite dizer, a senhora está linda.

– Obrigada, Beth. Por favor, apague as velas antes de se retirar – disse Amélia ao mesmo tempo em que se aconchegava no leito, com os olhos bem abertos e o coração acelerado. James seria paciente, entenderia seus temores? Ansiosa, procurou por lembranças agradáveis, momentos em que, embora altivo, ele fora gentil, como quando dançaram pelo salão. A figura forte e orgulhosa do marido tomava todo o seu pensamento, quando o cansaço a venceu e a fez mergulhar num sono profundo.

James entrou silenciosamente, o quarto estava na penumbra, iluminado apenas pela luz da lua que se derramava pela janela. Nenhuma vela acesa, nenhum sinal de boas-vindas. Era como se ele não fosse desejado ali. Durante o tempo em que permanecera com Edward na biblioteca, mantivera a esperança de que Amélia esperaria por ele acordada. Ele jamais tomaria uma mulher contra a vontade dela, ainda que fosse sua esposa. Ele desconfiava que houvesse desejo da parte dela, pois sentira como o corpo dela reagia ao seu quando a beijava. Se ele tivesse percebido alguma repulsa jamais teria proposto que aquele casamento se consumasse.

Contudo ela dormia profundamente, a respiração pesada afastava qualquer dúvida. Parado ao lado do leito, ele não conseguia tirar os olhos dela. Os lençóis afastados até a cintura mal encobriam seu corpo; a fina camisola de seda marcava o contorno dos seios; a profusão de cachos avermelhados espalhava-se pelo travesseiro. Sua vontade era enfiar os dedos naqueles cabelos e puxá-la para si, tocar a pele sedosa de seu rosto, sentir o calor de sua boca. Estava enfeitiçado, nunca desejara tanto uma mulher.

– *O que fez comigo, feiticeira?* – perguntou a si mesmo, baixinho.

Com cuidado para não acordá-la, despiu as roupas, mantendo apenas o calção e deitou-se ao lado dela. Delicadamente começou a traçar o contorno de seu rosto com a ponta dos dedos. Ansiava por possuí-la, mas queria que o ato fosse bom para ambos. Amélia não era inocente, afinal nenhuma mulher inocente buscaria um casamento como ela havia feito, mas algo em seus olhos e na maneira como retribuíra aos seus beijos lhe dizia que ela também não era uma mulher experiente. Ela o desejava, mas ele não iria avançar como um lobo faminto, não queria assustá-la.

Lentamente, ele deslizou o dedo pelo pescoço até o ombro abaixando a alça da camisola e expondo um seio firme, o mamilo rosado. *Ela era perfeita!* Não conseguiria resistir, iria acordá-la com beijos.

– Não, por favor, não... – ainda envolta nas brumas do sono, Amélia agitou-se gemendo quando ele a tocou.

– Calma! – sussurrou James, percebendo que ela falava ainda dormindo e estava tendo um pesadelo. – Você está sonhando...

– Não, não! – gemia ela, debatendo-se. – Solte-me... solte-me... não quero... não... –com um olhar esgazeado, Amélia sentou-se na cama e o encarou, ainda não totalmente acordada, mas visivelmente assustada...

– Está tudo bem, minha querida. Tudo bem. Acalme-se, volte a dormir, foi apenas um pesadelo. Com cuidado e carinho, James a ajudou a se deitar novamente. – Estou aqui, vou ficar ao seu lado, ninguém vai lhe fazer mal – disse ele baixinho, segurando-lhe a mão.

Aquietada por essas palavras, Amélia voltou a pousar a cabeça no travesseiro. Ela, evidentemente, não estava totalmente desperta e a presença dele a tranquilizou. Alguns minutos depois seu ressonar mostrava que ela tornara a adormecer, mas mesmo profundamente adormecida não largou a mão de James.

James respirou fundo para controlar o desejo e se preparou para uma noite insone. Não a forçaria a consumar o casamento naquela noite, o terror que ele lera em seus olhos enevoados era real e a perseguia mesmo em sonhos. Lembrou-se do beijo que lhe dera à beira do riacho na primeira vez em que cavalgaram juntos. Em seus olhos havia desejo, mas também havia medo. Definitivamente havia um segredo e, pela primeira vez, James pensou que, talvez, ela tivesse tido uma razão diferente da que apregoava para ter buscado aquele casamento. E ele descobriria qual.

Capítulo 8

Promessas

A viagem estava tranquila, o dia bonito convidava a estar ao ar livre e, se não fosse a preocupação por deixar Melissa num momento tão próximo ao parto, Amélia estaria totalmente feliz. Ansiava por voltar a Hampton House, sentia saudades de casa. Não costumava afastar-se por tanto tempo de seu lar. Além disso, precisava conversar com Naná, lhe contar detalhes do casamento e da noite passada. A preceptora fora a única mãe que conhecera, e agora precisava desabafar, ouvir seus conselhos.

Sabia que tivera novamente o mesmo pesadelo que a perseguira por muito tempo. Lembrava-se vagamente de James ao seu lado acalmando-a e segurando sua mão. Tinha se sentido protegida a ponto de voltar a dormir. Quando acordara naquela manhã ele não estava mais lá e ela não conseguiu saber se a presença fora real ou apenas parte de seu sonho.

– Olhe, lá está Hampton House, meu lar – disse ela, feliz, apontando para um gracioso solar de pedras cinzentas recobertas por hera. Construído em estilo georgiano, estava encaixado no centro de um pequeno bosque no alto da colina. Uma sebe ladeava o caminho que levava até um pátio à frente, circundado por um jardim florido onde canteiros de rosas brancas chamavam a atenção. A construção não era muito grande, mas mesmo assim era imponente. Oito janelas de cada lado, quatro no andar térreo e quatro no andar superior, ladeavam uma imensa porta de carvalho a qual se chegava por seis degraus de pedra. Vasos de gerânios dispostos na lateral de cada degrau traziam cor e alegria ao ambiente. Era uma casa acolhedora.

A porta estava aberta e os criados todos devidamente uniformizados esperavam para prestar-lhes homenagem. Ralph, o velho mordomo, adiantou-se assim que a carruagem parou e, fazendo uma reverência formal, deu boas-vindas ao casal:

– Sejam bem-vindos, Vossa Senhoria e senhora condessa – e com um olhar carinhoso dirigido a Amélia, completou: – Sentimos sua falta e estamos felizes com seu retorno, milady.

– Obrigada, Ralph. É muito bom voltar para casa – respondeu Amélia, com um sorriso feliz e contra todas as normas de etiqueta adiantou-se e deu um grande abraço em Naná que, ao lado de Ralph, visivelmente emocionada, aguardava para cumprimentá-los.

– Querida menina, comporte-se, agora você é uma condessa. Não pode sair abraçando os criados.

– Ora, Naná, você não é uma criada, e sabe disso. Você é minha família! Posso ser uma condessa, mas jamais vou deixar de lhes querer bem – disse Amélia, olhando para todos. – E quem conviver comigo terá que aceitar isso – completou baixinho, mas num tom claro de desafio. E de braço dado com a velha preceptora entrou em casa.

James observava Amélia com cuidado. Era perceptível que os criados a amavam e a admiravam, e que ela os tratava também com carinho e respeito. Mais uma característica que não combinava com a imagem de uma mulher fútil e egoísta. Cada vez mais James percebia que havia um mistério envolvendo sua esposa, e cada vez mais se decidia a desvendá-lo. Sua feiticeira estava se mostrando uma mulher muito diferente do que ele havia imaginado. E ele estava adorando essa diferença.

– Vossa Senhoria deve estar cansado, gostaria de conhecer seus aposentos? Seu lacaio levará suas malas em seguida – disse Ralph, dirigindo-se ao conde assim que entraram no *hall* da mansão. – Ou prefere ir à biblioteca, talvez para um cálice de xerez ou uma xícara de chá? O jantar será servido às 20 horas se estiver bem para milorde – disse o mordomo, com deferência ao novo senhor.

– Um cálice de xerez seria bom. Mas assim que minha bagagem e meu criado estiverem em meu quarto me avise. Gostaria de descansar e me trocar para o jantar – e com segurança ele entrou na casa em direção à biblioteca indicada pelo mordomo.

– Minha menina, como foi acontecer uma coisa dessas? – perguntou Naná, sem conseguir conter a ansiedade, no mesmo momento em que subiam as escadas para o andar superior. – Quando você nos mandou a mensagem contando que aquele homem, o prisioneiro com quem se casou, estava vivo em Rose Hall, que, na verdade, era um conde e um herói da guerra contra Napoleão, eu e Ralph ficamos desesperados, com medo do que ele pudesse fazer com você. Então, veio a segunda mensagem dizendo que vocês anunciariam o casamento e que deveríamos preparar tudo para recebê-los.

– Naná, querida Naná! Vou lhe contar tudo em detalhes assim que tivermos um tempo disponível. É uma longa história, mas não se preocupe, ele é um homem de honra e tem sido gentil. Acredito até que se as condições fossem diferentes eu estaria contente. Infelizmente, por causa da forma como nos casamos, ele não tem uma imagem muito lisonjeira de mim, acredita que sou uma oportunista.

– Amélia, você não lhe contou a verdade?

– Mas como eu poderia fazer isso, Naná? E se ele não acreditar em mim? Eu não suportaria depois de tudo o que aconteceu ser considerada também uma mentirosa. Prefiro deixar tudo como está. Anunciar o casamento foi conveniente para ambos, se pedíssemos uma anulação as razões seriam conhecidas e enfrentaríamos um escândalo. Não seria bom nem para mim nem para ele, que agora tem um título de nobreza a preservar. E ele deseja um herdeiro – disse Amélia, corando. – Por isso fizemos um trato, Naná. Eu lhe darei um herdeiro, depois encontraremos uma razão mais amena para justificar nossa separação e eu serei poupada da execração pública.

– Minha querida – disse Naná, abraçando-a. – Eu sinto tanto que as coisas não tenham saído como programadas. Ainda bem que ele tem sido gentil, seria terrível se você tivesse que enfrentar outro canalha como lorde Hamilton.

– Ele não pretende morar aqui, vai voltar para Londres em breve. Mas é meu marido e enquanto estiver aqui...

– Não se preocupe, eu mandei preparar a suíte principal para vocês. Achei que seu antigo quarto não seria adequado agora que está casada. Além disso... – Naná não completou a frase, apenas olhou interrogativamente para Amélia.

– Sim, eu sei. As lembranças daquele quarto não são agradáveis. Fez muito bem, obrigada. Eu realmente não sei como conseguiria partilhar qualquer intimidade com meu marido num local onde as lembranças são tão terríveis. Você como sempre cuida de mim, minha querida Naná – disse Amélia, dirigindo-se para seus novos aposentos.

Antigamente a suíte principal do solar era ocupada por lady e lorde Wintour, os pais de Amélia, e estava vazia desde a morte deles. No entanto, o local havia sido conservado bem arejado e limpo. Amélia gostava de passar algumas tardes na saleta da mãe, lendo, apreciando a vista ou simplesmente tentando imaginar como seria a jovem que lhe dera à luz e morrera pouco tempo depois.

A suíte era ampla e tinha aposentos masculinos e femininos. O quarto de dormir agora destinado a Amélia era revestido por um delicado papel de parede, com buquês de flores azuis. Janelas quase do chão ao teto davam vista para o jardim de rosas e eram sombreadas por cortinas do mesmo tom. A cama de pau-marfim era ladeada por mesas decoradas com um castiçal, caixinhas de prata e pequenos vasos de cristal, arrumados com flores frescas que deixavam o ar levemente perfumado. Um candelabro de cristal descia do teto alto e dezenas de velas garantiam farta iluminação. No canto próximo à janela, o *recamier* de veludo convidava ao descanso e à contemplação da paisagem lá fora. O piso de carvalho era quase que totalmente coberto por um tapete *aubusson* em tons de rosa e azul. Em frente à cama a imensa lareira de mármore tinha sobre si um belíssimo espelho de cristal. Havia ainda um quarto de vestir e uma saleta particular, decorados no mesmo estilo. Uma porta de comunicação ligava seu quarto ao de James.

– Nunca pensei que ocuparia esse quarto. Achei que depois de tudo... bem, achei que jamais me casaria de verdade, que minhas chances de formar uma família estariam arruinadas.

– Querida menina, isso mudou! Você se casou de verdade e agora tem a chance de uma família, por isso não permita que as lembranças daquela noite obscureçam ou afastem suas possibilidades de ser feliz – disse Naná, decidida. – O que aconteceu no passado não foi culpa sua. Você era apenas uma criança, uma menina ingênua, doce e estava sob meus cuidados. Fui eu que não consegui evitar que aquele monstro...

– Não, Naná! – disse Amélia, abraçando-a – tampouco foi culpa sua. Ele era meu tutor, o senhor desse solar, o amigo de meu pai... você não tinha como saber ou impedi-lo – disse Amélia, referindo-se a lorde Hamilton. Ele é o único culpado pelo que eu sofri, o único!

– Amélia, eu sei que embora fosse apenas uma preceptora, deveria tê-la protegido. Você não tinha mais ninguém – lamentou Naná, balançando a cabeça em negativa. – Eu deveria ter feito algo quando notei as conversas insistentes, os toques inadequados, a obstinação dele em ficar a sós com você. Eu deveria ter interferido! Lorde Hamilton sequer deveria ter vindo para essa casa! Não é correto que um homem, ainda que seja um tutor, se hospede na casa de uma jovem solteira sem que ela tenha uma acompanhante adequada. Mas não fiz nada e ele chegou ao ponto de... eu me sinto tão culpada – disse Naná, relembrando a cena que presenciara na noite em que a pureza de Amélia estava prestes a ser aviltada. – Por isso não consegui me opor ao plano que Ralph concebeu, era preciso aquiescer, já que naquele momento foi a única possibilidade que vislumbrei de livrá-la daquele demônio.

– A culpa não foi sua – insistiu Amélia – o que você poderia ter feito além do que fez? Ele era meu tutor, o senhor desta casa! Além disso, se não fosse sua coragem e audácia, o pior teria acontecido. Você sabe que naquela noite me salvou, Naná! – disse Amélia, buscando o aconchego do colo da velha mulher, a única mãe que conhecera.

Naná acomodou a cabeça de Amélia no colo, acariciando seus cabelos enquanto a jovem desabafava seus receios.

– O comportamento de lorde Hamilton foi inimaginável – prosseguiu Amélia. Não estávamos preparadas para enfrentar seus planos diabólicos, como poderíamos estar? Naqueles dias ele se aproveitou de minha inocência, de minha ingenuidade e em cada convite ou gesto que eu creditava ao afeto paternal, ele escondia uma intenção malévola. Ele foi cruel, sabia que eu sofria a falta de meu pai, usou as memórias dele para me envolver e depois... depois... propor aquela ignomínia que seria um casamento entre nós, uma relação quase incestuosa, considerando-se o relacionamento dele com nossa família. Sempre o considerei uma figura paterna, aquele a quem meu pai confiou minha guarda. E quando eu não aceitei...

Um soluço escapou de seu peito, interrompendo-a. As lembranças daquela época eram por demais dolorosas, humilhantes.

– Não fique assim, milady, não deixe que essas lembranças arruínem sua vida – disse Naná, aconchegando-a.

– Eu ainda tenho medo, Naná. Lorde Hamilton é um louco. Ele me ameaçou durante a minha festa de casamento, está inconformado por não ter tido acesso à minha herança. Ele quer se vingar e, se um dia ele contar a James o que aconteceu, vai deturpar os fatos, eu sei que vai. Fará isso por pura maldade, já que não tem mais como se apossar de meu dinheiro. E quando isso acontecer, minhas chances de fazer com que James aceite e entenda...

– Não, minha querida, pare de pensar assim! Você não cometeu nenhum erro, o monstro foi ele. Se você permitir que sentimentos de culpa ou lembranças amargas a dominem, a vitória será dele, ainda que não tenha conseguido seu dinheiro, porque isso destruirá sua paz.

Amélia levantou a cabeça e encarou Naná, enxugando as lágrimas com as costas da mão e concordando.

– Você tem razão. Eu não vou deixar que aquele crápula estrague minha paz. Não acredito que eu consiga realmente ser feliz, Naná; não como eu gostaria. Esse casamento... bem, não creio que venha a ser o que eu sonhei para mim. Minha relação com James foi por demais comprometida, a sombra da realidade de como realmente nos casamos vai pairar para sempre entre nós, contudo, eu espero conseguir seu respeito e espero que consigamos ter uma relação amigável. Isso terá que ser o suficiente, e acredito que será.

Levantando-se, Amélia caminhou até a janela. Observando o jardim, de costas para Naná para esconder um certo constrangimento, ela continuou.

– James quer um filho, um herdeiro. Como lhe disse essa é a verdadeira razão de ele ter decidido manter a farsa. E ainda que eu saiba que meu casamento não se realizou com base numa relação de afeto, ainda que ele seja apenas uma união de conveniência imposta pelo destino, nosso filho não deverá sofrer as consequências disso. Eu quero que meu filho cresça em um lar harmonioso, quero que se sinta seguro e amado. Eu farei o que for necessário para que isso aconteça, Naná. Aceitarei as imposições de James, morarei onde ele determinar, procurarei viver em paz com ele a qualquer custo. Eu preciso que exista uma relação de respeito e harmonia entre nós, senão por mim, pelo nosso filho.

– Sim, milady, uma criança inocente deve ser protegida e amada – concordou Naná. – E tenho certeza de que você será uma mãe maravilhosa!

– Eu não posso permitir que as lembranças daquela noite envenenem nossa relação ou maculem nosso casamento. Mas não sei como conseguir com a sombra de lorde Hamilton pairando sobre nós, com suas ameaças de envenenar James contra mim! Eu preciso tanto esquecer o que houve, Naná, só não sei como fazer isso – disse Amélia, angustiada.

– Confie em seu coração, minha querida, confie. Você encontrará forças para afastar aquele demônio de sua vida! Acredite, ele não poderá mais lhe fazer mal. Eu observei lorde Cunnington quando vocês chegaram, vi a forma como ela a olha, como seus olhos a seguem. Havia algo neles, milady! Não posso dizer que tipo de sentimento milorde dedica a você, mas certamente não é o mesmo que vi nos olhos dele na noite do verdadeiro... casamento – disse a governanta. – Na cripta em Fleet havia rancor e ódio, mas agora...

Por um instante Naná interrompeu o que dizia, ela percebera uma centelha nos olhos de James, talvez de afeto?

– Enfim – ela continuou – algo novo surgiu, ainda que eu não saiba definir exatamente o que possa ser, milady. Mas tenho certeza de que se Hamilton tentar envenená-lo contra você, lorde Cunnington enxergará os fatos com um novo olhar. Acredito que pelo menos lhe dará a chance de explicar sua versão, antes de acolher as colocações daquele crápula. Você poderá defender-se e dar às insinuações maldosas a dimensão que elas realmente têm. E se precisar estarei aqui para testemunhar a seu favor, para comprovar que tudo o que sai da boca daquele demônio são mentiras e falsidades. Sou só uma velha preceptora, mas não me parece que para lorde Cunnington isso seja um demérito quando se trata de conhecer a verdade.

Amélia olhou-a, uma pontada de esperança reluzindo em seus olhos.

– Você realmente crê que ele vai superar a imagem que fez de mim, Naná? Sente que ele acreditará em mim, que poderá me respeitar como desejo e, talvez um dia, sentir até uma certa simpatia por mim?

É preciso que eu consiga isso, Naná, caso contrário, quando nosso filho nascer...

Amélia não completou a frase, tinha receio até de mencionar o medo de que um dia James pudesse afastá-la do filho que viessem a ter; se ele preferisse criar a criança longe de seus olhos e de seu coração ela não suportaria.

Naná conhecia aquela jovem tão bem quanto a si mesma e sentiu sua angústia. Notou também que um sentimento novo parecia estar se instalando no coração de Amélia.

– Você está se apaixonando por ele, minha menina?! – a pergunta, mais uma exclamação do que uma indagação, surpreendeu Amélia.

– Não, Naná! Naturalmente que não! Eu apenas quero manter uma boa convivência! Ele é meu marido, será o pai do meu filho!

Os olhos imensamente abertos e o ar de surpresa que lhe assomou o rosto mostraram que a possibilidade de vir a amar James não havia sido imaginada por Amélia. Mas Naná a conhecia demais e percebeu que talvez aquela negativa enfática não correspondesse exatamente à verdade, ainda que a garota não houvesse se dado conta. Contudo, nesse momento, nada havia para ser feito, apenas lhe restava orar para que ela não viesse a sofrer ainda mais.

Hoje, dava-se início a uma nova fase na vida de Amélia e seria preciso dar tempo ao tempo para que lorde Cunnington conhecesse o coração e a alma da jovem. Sua esperança era a de que ele notasse o tesouro que tinha em mãos. Com cuidado, Naná conduziu-a ao leito e ajudou-a a deitar-se, afofando as almofadas sob a cabeça e cobrindo seus pés com uma manta, como uma mãe carinhosa faria.

– Minha criança, você precisa descansar um pouco. Mais tarde mandarei trazer água quente para um banho. Beth está abrindo seus baús no quarto de vestir, chame-a se precisar de algo. Gostaria de um chá?

– Obrigada, Naná. Vou simplesmente me deitar por alguns minutos. A viagem não é longa, mas hoje o dia estava quente e a estrada muito empoeirada. Um banho mais tarde seria ótimo.

– Então descanse, milady. Virei chamá-la e mandarei trazer a água para o banho antes do jantar – disse Naná, saindo do quarto e fechando a porta.

James observou seu quarto, era bastante confortável e decorado num estilo bem masculino. Tons sóbrios de cinza na colcha e nas paredes deixavam o aposento acolhedor, porém sem nenhum rebuscado. Para quem havia dormido em catres de campanha e celas de prisão, a enorme cama de dossel e a banheira de latão no quarto de vestir eram luxos extremamente convidativos.

Imaginou Amélia nua naquela banheira, envolta em bolhas de sabão, a pele macia e brilhante pelo vapor, os cabelos úmidos presos no alto deixando o colo e o pescoço à mercê de sua boca. Gotas de água escorrendo no vale entre seus seios... Os imensos olhos verdes desafiando-o, a boca entreaberta pronta para receber a sua... Um desejo avassalador tomou conta de seu corpo, a ereção pressionando o tecido de sua calça a ponto de rompê-lo.

– Philip, gritou chamando o criado.

– Pois não, milorde.

– Prepare-me um banho. Agora!

– Sim, milorde. Vou descer imediatamente para buscar água quente e...

– Quente não, fria! Um banho frio, agora! E dizendo isso atirou o casaco sobre a cama e sentou-se para tirar as botas. Precisava de um banho frio para acalmar os sentidos, senão invadiria o quarto ao lado e... bem, não podia começar a imaginar o que faria, caso contrário nem o banho frio o ajudaria.

Amélia passou a tarde em seu quarto alegando cansaço e uma leve dor de cabeça. Precisava de algum tempo a sós; o casamento e a presença de James em Hampton House eram uma mudança muito grande. Ela acordara naquela manhã em Rose Hall surpresa e grata por ele não a ter procurado após a festa. Fora gentil da parte dele não a pressionar. É verdade que por um momento pensou tê-lo percebido ao seu lado, mas fora apenas um sonho, com certeza.

Mas essa noite eles estavam em casa, em Hampton House; Amélia e seu marido. Como era estranho se referir a James como seu marido, mais ainda dividir com ele a sua casa. Precisava acostumar-se com aquilo. Fizeram um trato e ela fora a mais beneficiada. Anunciar e confirmar a história que ela contara sobre o casamento salvara não só sua reputação como sua dignidade. Cumpriria sua parte no acordo, consumaria o casamento, lhe daria um filho, um herdeiro ao título, e aceitaria o divórcio, se ele assim o exigisse. Manteriam uma relação civilizada pelo filho.

Ao pensar nisso, os olhos de Amélia se encheram de lágrimas. Essa era a parte dolorosa do trato, não haviam discutido a forma como James esperava criar seu herdeiro. Será que pensava em afastá-lo dela? Isso ela não poderia aceitar, quanto ao resto... Honraria a palavra empenhada.

– Milady, Ralph pediu para lhe avisar que o jantar será servido em dez minutos – disse Beth, interrompendo seus pensamentos.

– Por favor, o frasco de perfume – pediu. Colocou algumas gotas atrás das orelhas, nos pulsos e no vale entre os seios. – Agora sim, estou pronta.

Ela usava um vestido de seda azul-escuro, o decote insinuante deixava parte dos ombros e do colo descobertos. Um pingente de pérola preso numa corrente finíssima brilhava aninhado entre seus seios. Os cabelos, lavados e escovados por Beth, estavam recolhidos num coque alto, mas alguns cachos teimavam em dançar em torno do rosto. O tom escuro de vermelho reluzia à luz das velas! Os olhos pareciam ainda mais verdes e mais límpidos depois de algumas horas de descanso.

Assim que entrou na sala percebeu que James a encarava e mantinha o olhar fixo nela. Ele também estava magnífico, reparou Amélia. A casaca ajustada aos ombros valorizava sua altura e seu porte, a calça justa delineava os músculos das pernas. Os cabelos, ainda úmidos do banho, estavam penteados para trás, salientando o maxilar largo e o queixo firme. Os olhos negros, sob as sobrancelhas cerradas, tinham um brilho selvagem, indecifrável. Com graça ele ofereceu-lhe o braço para conduzi-la ao salão de jantar e ajudou-a a se acomodar à sua frente numa das pontas da mesa.

– Vinho, milady?

Embora não tivesse o hábito de tomar bebidas alcoólicas, Amélia aceitou e Ralph encheu sua taça. Estava intimidada com a presença de James, uma taça de vinho a ajudaria a ser sociável. Não queria que ele percebesse o quanto a perturbava, e, tampouco, gostaria de parecer uma tola, mas a ansiedade não lhe permitia sequer engolir a comida.

– Está bem acomodado, James? Há alguma coisa que eu possa pedir para Ralph providenciar para deixá-lo mais confortável?

– Os aposentos são excelentes, muito mais confortáveis do que aqueles com que estou acostumado. Não se esqueça de que nos últimos anos dormi em catres de campanha e celas de prisão – disse ele, irônico.

– Oh! Realmente. Mas Hampton House não é uma prisão, nada justificaria receber o novo senhor de forma inadequada – completou ela.

– *Touché!* Mas não se preocupe, está tudo perfeito. A casa é ... encantadora!

O reconhecimento por parte dele de que sua casa era encantadora trouxe um enorme sorriso aos lábios e aos olhos de Amélia, o que desfez toda a tensão de seu corpo.

– Sim! É mesmo, não? Não é grande, mas sua simetria é perfeita, os jardins são lindos, o bosque, então... Você precisa conhecer os estábulos, temos belos animais aqui. E o parque é ideal para cavalgadas.

– Seus olhos estão brilhando, você parece gostar muito da vida no campo e de Hampton House – disse ele, observando-a atentamente.

– Nasci aqui, esse é o único lar que cresci. Nunca desejei morar em outro lugar. A vida em sociedade não me seduz, prefiro a vida ao ar livre. Meus pais também adoravam esse lugar. Meu avô era marquês, mas meu pai, como segundo filho, foi para o exército. Não herdou nem o título e nem as propriedades que o acompanhavam. Só que Hampton House pertencia à minha avó, estava na família dela há gerações e desvinculada de títulos. Quando meu pai conheceu minha mãe decidiu deixar a vida militar, se casar, e minha avó os presenteou com a casa.

– E lady Melissa? São amigas há muito tempo?

– Crescemos juntas. Nossas mães eram amigas quando solteiras. Depois que a minha mãe morreu, Naná veio cuidar de mim, mas lady Rose, mãe de Melissa, acabou por tomar-me sob seus cuidados. Rose Hall e Hampton House são muito próximas, estávamos sempre juntas, cavalgando, procurando tocas de coelhos ou nadando no lago, escondidas, é claro. Éramos levadas, verdadeiros moleques. Lady Rose e Naná sofreram para nos transformar em jovens bem educadas – Amélia riu.

– Mas conseguiram, não há a menor dúvida.

Amélia sorriu com o elogio discreto. A convivência entre eles estava sendo mais fácil do que ela esperava. James era gentil e interessado, perguntou-lhe detalhes sobre a propriedade e sobre a vida ali. Apenas quando ele tentou falar em seu tutor e na morte de seus pais ela respondeu de forma evasiva e conseguiu mudar o assunto, deixando-o com uma interrogação no rosto.

A refeição acabou sendo agradável. É verdade que havia certa expectativa no ar. Eles mal tocaram nos pratos ao passo que a garrafa de vinho se esgotava. Era como se o jantar fosse o preâmbulo de um acontecimento maior e eles estivessem apenas aguardando o que viria a seguir. Conversavam, mas a tensão era perceptível. Não era uma sensação ruim, ao contrário, mais se parecia com aqueles momentos que antecedem uma festa há muito desejada e esperada.

James não conseguia tirar os olhos dela. O vinho trouxera um tom rosado à pele de Amélia, seus olhos brilhavam e sua risada alegre era contagiante. Mas havia algo mais, ele simplesmente não conseguia conciliar a imagem da mulher interesseira e mesquinha que o obrigara a casar-se para obter liberdade e dinheiro com a jovem interessante e verdadeira que tinha à sua frente. Nada nela era artificial, não havia nenhum jogo de sedução, nenhum interesse velado. *Quem era realmente a mulher com quem havia se casado?*

– Você aceita um cálice de xerez, talvez charutos? – perguntou Amélia, quando a refeição terminou e eles se encaminharam para a sala de estar.

– Que tal champanhe?

Surpresa, ela notou que ele já pedira ao mordomo que deixasse uma garrafa no gelo e duas taças de cristal sobre uma mesa, ao lado do sofá.

– A que vamos brindar? – indagou ela.

– Ao prazer! – ele respondeu.

Amélia ofegou com o convite velado. Ao entregar-lhe a taça James deslizou o dedo indicador por seu pulso. O toque foi sutil, mas um estremecimento percorreu o corpo dela. Levantou a taça para o brinde silencioso e tomou um pequeno gole do líquido gelado. As borbulhas fizeram cócegas no seu nariz e umedeceram sua garganta seca. Sentindo-se vulnerável diante daquele olhar, afastou-se em direção à janela, de costas para ele.

James bebeu todo o conteúdo da taça de uma só vez e tornou a enchê-la. Estava inquieto, o banho frio o havia ajudado a acalmar-se, mas agora... a presença dela enchia o ambiente, era impossível não notar a pele branca e macia do colo, o longo pescoço, os fiozinhos de cabelo que escapavam do coque, finos como seda. Aproximou-se lentamente dela, os passos silenciosos de um predador, abaixou a cabeça e aspirou o perfume de sua nuca descoberta. Sua vontade era colar os lábios ali, fazê-la sentir o mesmo que ele sentia naquele momento.

Amélia mantinha-se imóvel, a respiração em suspenso, o coração absurdamente acelerado. A excitação superava o medo, ele nem mesmo a tocava, mas seu corpo todo formigava de ansiedade. Ela queria que ele a beijasse, que a puxasse para si, que a envolvesse em seus braços, queria suas mãos passeando por seu corpo, descobrindo cada vale, cada curva. Ela queria... tudo! O momento era extremamente erótico e ela soube que não suportaria a expectativa nem um minuto a mais...

– O que você quer? – perguntou ela, sussurrando.

– Você – disse ele, com a voz rouca de desejo, ao mesmo tempo em que a virava para ele.

Seus olhos se encontraram. Dois lagos verdes se perderam num mar negro e insondável. Lentamente ele abaixou a cabeça. As bocas se aproximando, um toque levíssimo. Os lábios dela tinham gosto de champanhe. A língua dele provocou, provou e invadiu, descobrindo o calor e a umidade de seu interior. Esse beijo era diferente, não havia castigo, só promessas. E dessa vez ele não se conteve. Lentamente foi deslizando as mãos por suas curvas, puxando o corpo dela ao encontro do seu, colando-a a si para que sentisse a força de seu desejo. Os beijos se tornaram profundos, cada vez mais exigentes.

Ela não conseguiria, mesmo se quisesse, impedir o domínio que ele tinha sobre seu corpo. Deixou que as novas sensações se apossassem dela, afastando o medo. Entrelaçou os dedos nos cabelos negros, retribuindo seus beijos. Seu corpo ardia como se estivesse em chamas, gemidos de prazer escapavam de sua garganta. Mal conseguia se manter em pé, respirou profundamente para tentar encontrar o equilíbrio perdido, em vão. Apoiou-se no corpo dele para não cair. Ele tocou seu queixo e ergueu seu rosto numa pergunta muda. Ela não conseguia falar, mas seus olhos pesados de desejo disseram tudo que ele queria saber. Erguendo-a no colo, saiu da sala e subiu as escadarias em direção ao quarto.

Com cuidado depositou-a no chão, as mãos ainda apoiando-a. Lentamente retomou as carícias, ele não conseguia se concentrar em nada a não ser nos lábios dela, em sua pele macia, em seu perfume. As mãos voltaram a acariciá-la, excitando-a, tocando em pontos sensíveis demais.

– Fique nua para mim – pediu ele, baixinho. – Quero vê-la inteira, sentir cada centímetro de sua pele com meus lábios, vou fazê-la sentir prazer, eu prometo.

Era um pedido extremamente erótico e ela, talvez com as reservas afastadas pelo vinho, não conseguiu resistir. Qualquer resíduo de decoro que ainda houvesse em sua mente foi afastado por um instinto primitivo que a fazia querer agradá-lo mais e mais.

– Ajude-me – pediu ela, virando-se de costas.

Os pequenos botões de madrepérola foram abertos um a um. Por mais que seu corpo pedisse pressa, por maior que fosse a urgência, James queria saborear cada minuto daquela noite. Com cuidado, afastou o tecido dos ombros e depositou um leve beijo na pele exposta.

Então, ela virou-se novamente e fez com que o lindo vestido de seda deslizasse para o chão, formando uma poça azul a seus pés. Lentamente ela soltou os laços do espartilho que caiu no chão. Estava na frente dele usando apenas a camisa íntima. Ela titubeou, o rosto tomado por um rubor intenso. Mas o brilho de desejo que viu nos olhos dele lhe deu coragem. Ele a desejava e isso era o bastante para ela.

Afastando-se uns passos para que ele pudesse apreciar melhor seu gesto, ela lentamente tirou a camisa, expondo os seios perfeitos, os mamilos rosados, os quadris arredondados, as longas pernas unidas num ninho de cachos avermelhados como seus cabelos. Tremendo e ansiosa por aprovação, ela passou a língua pelos lábios num gesto inconscientemente sedutor.

– Você é linda, perfeita! – a voz dele estava rouca de desejo.

Por um momento, James não conseguiu se mover, nem pensar, não conseguiu fazer nada a não ser admirá-la. Então, ela num ímpeto de coragem e desejo se aproximou dele e pegando, ainda que timidamente a mão dele, colocou-a sobre o próprio coração para que ele sentisse as batidas descompassadas, ao mesmo tempo em que mantinha os enormes olhos verdes fixos nos dele.

Aquele gesto tocou-o no fundo da alma, ele sabia que ela não estava apenas lhe entregando seu corpo, mas lhe dizendo que confiava nele. Ela era tão dolorosamente bela que ele teve que controlar-se ao extremo para não arrancar as próprias roupas e possuí-la ali, de pé. Em vez disso, tirou as peças uma de cada vez, alternando cada gesto com beijos e carinhos.

Amélia também não conseguia afastar os olhos dele. Ele era esplêndido! Queria lhe dar o mesmo prazer que ele lhe proporcionava. Lentamente espalmou as mãos em seu peito sentindo a textura da pele quente; percorreu cada músculo explorando o peito largo e musculoso, sentiu as cicatrizes, o abdômen firme, os pelos negros e grossos que desciam numa fileira estreita até o interior da calça. Ele gemeu e não resistiu às carícias sensuais. Todo seu corpo estava rígido, seu autocontrole estava no limite extremo e, levantando-a nos braços, deitou-a na cama.

A respiração sôfrega dos dois se fundiu em beijos mais e mais profundos. Eles rodopiavam num redemoinho de sensações. As carícias de James cobriam todo o seu corpo, ela arquejou e arqueou os quadris agarrando-se a ele, querendo mais, implorando por mais, por tudo. Qualquer resquício de pudor ou vergonha foi embora.

Ele a tocava cada vez mais intimamente, os lábios percorrendo o mesmo caminho que as mãos. Amélia perdeu a noção de tempo e de lugar. Seu corpo latejava, gemidos escapavam de sua garganta sem qualquer controle, o mundo inteiro era o corpo de James. Perdida demais para se constranger, apenas ofegou quando ele a tocou lá embaixo com os lábios, então uma onda gigante a envolveu e ela mergulhou numa sensação de prazer sem fim.

Ainda envolta nas sensações de prazer, o viu se posicionar sobre ela. James não conseguia mais controlar seu desejo, a necessidade que sentia dela era devastadora. Segurando seu rosto com ambas as mãos e olhando em seus olhos, ele a penetrou rápida e profundamente. Surpreso, sentiu a barreira interna de sua virgindade se romper ao mesmo tempo em que o grito de dor de Amélia ecoava.

James ficou imóvel, olhou para ela e viu os olhos arregalados e desfocados.

– Por que você não me disse? – perguntou ele. – Eu pensei... pensei...

– Você nunca me perguntou, não exatamente.

– Relaxe, querida – disse ele, beijando-a delicadamente em cada pálpebra para afastar o brilho das lágrimas que teimaram em despontar. – Relaxe, apenas sinta e deixe acontecer. A dor logo vai passar e você sentirá apenas o prazer.

A voz dele, calma e profunda, afastou seu medo. O corpo dela se soltou lentamente e começou a acompanhar seus movimentos. A princípio lentos e depois cada vez mais rápidos e profundos. Um turbilhão a envolveu novamente, apertando-lhe as entranhas, fazendo-a querer mais e mais. Então, ela pareceu flutuar e subir até uma enorme explosão de sensações. E por um momento pensou ter ouvido o grito de prazer de James se sobrepor ao seu.

– Bom dia, dorminhoca. Está uma linda manhã de sol! Acho que o verão chegou mais cedo este ano – disse Naná, abrindo as cortinas. – Trouxe seu chá, ânimo!

– Hum, bom dia, Naná! – Amélia tentou clarear a mente ainda perdida num sonho delicioso e esticou o corpo forçando-se a despertar. – O sonho, estava tão bom... – balbuciou. – Estava sonhando com James...

A velha preceptora olhou para sua menina com carinho, até

que enfim sonhos bons tinham substituído os pesadelos. *Ah, parece que a loucura insensata e desesperada que foi aquele casamento havia se transformado num conto de fadas*, pensou a mulher.

Algumas semanas haviam se passado desde que Amélia e James chegaram ao solar. Nos primeiros dias após o casamento havia certo constrangimento entre eles, mas Naná notou a afinidade crescendo a cada dia. A mudança foi mais perceptível após a segunda semana de casados, quando passaram a cavalgar todas as manhãs e a partilhar todas as refeições. Jogavam xadrez na biblioteca ou tomavam um licor, e subiam ao mesmo tempo para seus aposentos todas as noites. Era evidente que sentiam prazer na companhia um do outro. E quando James partira relutantemente para Londres, o olhar de Amélia traduziu seu sentimento de perda. *Deus permita que milorde retorne em breve e que continue tudo bem*, pensou Naná.

– Beth está chegando para ajudá-la a se vestir – insistiu a velha senhora. – Se quiser chegar a Rose Hall a tempo de almoçar com lady Melissa, deve partir logo.

– Você tem razão, não posso desapontar minha amiga – disse Amélia, levantando-se do leito. – Eu prometi que estaria lá quando chegasse a hora de o bebê nascer.

Engraçado, quando fizera a promessa achava que aquela seria sua única oportunidade de acompanhar o nascimento de uma nova vida. Tinha certeza de que, embora quisesse muito, jamais teria filhos. Como poderia? Mas as últimas semanas tornaram tudo diferente, sua vida definitivamente não era mais a mesma, pensou, sentindo que um sorriso lhe chegava aos lábios. A imagem de James tomou sua mente, e ela se deixou perder nas lembranças recentes... será que ela também já carregava um filho no ventre?

A felicidade de poder estar esperando um filho de James era imensa, mas havia também uma sensação de medo. O que aconteceria quando o desejado herdeiro nascesse? Ele a deixaria e levaria seu filho com ele? Ela não suportaria perder nenhum deles...

A memória do momento em que descobriu que o amava voltou, e junto com ela a do instante em que ele disse que a deixaria... Amélia se deixou levar e voltou no tempo para relembrar...

– Vamos apostar uma corrida até o salgueiro da beira do riacho – provocou Amélia.

– E o que vamos apostar? – perguntou James com um sorriso maroto.

– Ora, quem vencer escolhe o prêmio – disse ela, já incitando sua égua num galope rápido.

A manhã estava esplendorosa, o sol forte de final de primavera aquecia o ar e avivava as cores das flores e da grama. Ela controlava o animal com facilidade, conhecia cada pedra, cada árvore, cada sebe daquele campo. Ergueu o rosto e aspirou profundamente o ar perfumado. Nunca se sentira tão feliz. O casamento estava sendo uma surpresa maravilhosa, James era gentil e carinhoso com ela, mas, ao mesmo tempo, forte e seguro. Ela se sentia protegida, pela primeira vez em anos acreditava que lorde Hamilton não conseguiria mais lhe fazer mal. Seu marido não permitiria...

Seu marido... há um mês era uma falsa viúva, fadada a uma vida de solidão e agora ela tinha um marido. E não era qualquer marido, era James... Ele era luz e sombra, força e gentileza. Suspirou enquanto saltava uma sebe e se aproximava da borda do riacho...

– Perdeu, milady!

Surpresa, ela notou James com um sorriso zombeteiro encostado no tronco do velho salgueiro. Seu alazão pastava ali perto, ele estendera um cobertor à sombra da árvore e colocara ao lado uma cesta com pão, queijo e frutas. Havia também uma garrafa de vinho e duas taças.

– Como chegou tão rápido? – perguntou ela, desmontando e soltando as redes para que a égua pudesse saciar a sede. – Tenho certeza de que estava à sua frente, nem vi você... – Mas claro, seus pensamentos haviam divagado, ela nem notara quando ele a ultrapassara num galope firme.

– Venha para a sombra, tire o casaco está muito quente. Vamos nos refrescar e descansar um pouco – disse ele, abrindo a garrafa de vinho.

– Aham – disse ela, obedecendo-o. – Eu tinha certeza de que iria ganhar, estava pensando no que pediria como prêmio. Mas você me ultrapassou, ainda não acredito nisso! – e com um gesto afastou os cachos vermelhos que tinham se soltado dos grampos e teimavam em dançar em frente aos seus olhos. – Nem Melissa conseguia me vencer – continuou ela, inconformada, mas num tom claro de brincadeira. – Eu sempre levava a melhor... afinal, conheço cada palmo desse terreno e...

Ele a puxou para si e colou sua boca à dela interrompendo as palavras. Lentamente percorreu o contorno dos lábios com a ponta língua. A boca se deslocou depositando beijos furtivos como o toque das asas de uma borboleta sobre as pálpebras, as sobrancelhas, a face, o queixo, a curva do pescoço... A barba roçava nela a cada beijo e a pele ficava úmida em cada local em que a boca tocava.

– Ah, se você preferir podemos montar novamente e apostar uma nova corrida – disse ele, enfiando o nariz entre seus cabelos e aspirando profundamente.

– Acho que podemos deixar a corrida para mais tarde, agora você precisa escolher o seu prêmio – e lançou os braços no pescoço de James apertando seu corpo contra o dele. A boca dele continuou descendo pelo longo pescoço. Com cuidado ele abriu os minúsculos botões da camisa de seda. Nada deveria se interpor entre ele e a pele macia. Os lábios continuaram a viagem pelo corpo dela, até que ela gemeu de prazer.

Segurando seu rosto com ambas as mãos, olhou-a fundo nos olhos:

– Meu prêmio! Você é meu prêmio.

Delicadamente, ele a deitou sobre o cobertor estendido na relva. Com a ponta do indicador traçou seu perfil, contornou os lábios cheios, continuou pelo pescoço até o colo e acabou por enroscá-lo num cacho de cabelo. Amélia enlaçou seu pescoço e puxou-o para si, beijando-o nos lábios, num convite mudo.

– Aqui? – perguntou ele, surpreso, com a ousadia dela.

Um sorriso curvou os lábios de Amélia e ela suspirou profundamente concordando com a cabeça. Então, James levantou suas saias acariciando as pernas longas e torneadas. Ela se sentia vulnerável seminua e exposta, mas tremendamente excitada e sensual. Ele deslizou os dedos pelas coxas perfeitas num toque sutil e extremamente erótico.

– Toque-me também – pediu ele, a voz rouca e baixa.

Com as mãos trêmulas, ela abriu os botões do colete e da camisa e empurrou-os dos ombros, as pontas dos dedos percorrendo cada centímetro de pele.

– Como aconteceu isso? – criando finalmente coragem para perguntar, os dedos correndo sobre a cicatriz esbranquiçada no quadril direito.

– Hum, um florete. Estava distraído, não me esquivei e fui atingido – respondeu James.

– E isso? – continuou ela, tocando a marca sobre a pele do

ombro esquerdo.

– França, um tiro de mosquete.

Amélia tocou a cicatriz com os lábios, guiada por puro instinto, traçou todo seu contorno depositando pequenos beijos sobre a pele morena, leves toques com a ponta da língua...

James gemeu e moveu as mãos para trazer os quadris dela para perto dele, pele contra pele. A fome que sentia por ela queimava-o por dentro, eles eram perfeitos juntos. Ele a queria inteira, ali e agora.

– Você é minha, só minha – disse ele, olhando-a nos olhos no momento em que se encaminhavam para o clímax.

E eu te amo, pensou ela, *estou total e completamente apaixonada por você!* A realidade de seus sentimentos a atingiu com a mesma força da onda de prazer que a dominou. E ela navegou por um mar de sonhos e sensações deliciosas até se estilhaçar em mil pedaços maravilhosos.

Ela sentia cócegas. Cócegas no nariz, agora nos lábios...

– Olá feiticeira, você dormiu – disse James, passando um raminho de grama pelo seu rosto para despertá-la.

– Hum...

– Precisamos conversar e está ficando tarde, daqui a pouco teremos que voltar.

– Não quero voltar, quero ficar aqui para sempre – disse ela, esticando o corpo dolorido por ter dormido no chão duro.

A gargalhada de James ecoou no vale.

– Você é adorável, feiticeira – disse ele, acariciando seu rosto, – e se continuar assim, tão quente, macia e convidativa eu vou querer cobrar meu prêmio novamente. Mas acho que será mais confortável se eu o fizer em nossa cama.

– Hum...

– Preciso lhe falar, é sério Amélia – algo no tom de sua voz a fez despertar e sentar-se prestando atenção nele.

– Recebi um recado de Londres – continuou James. – Devo partir amanhã.

De repente foi como se o sol desaparecesse e levasse com ele todo o calor do dia. Amélia ajeitou as roupas e tirou alguns gravetos dos cabelos. Precisava de alguns minutos para se recuperar do choque. *Ele vai partir, vai me deixar,* pensou.

– Amanhã? Assim tão de repente – murmurou ela. Queria desesperadamente descobrir se ele voltaria, mas não tinha coragem de perguntar, temia a resposta...

– Você sabe que eu estava em uma missão quando... bem, quando nos casamos. Havia a suspeita de que um traidor, alguém com acesso aos planos de guerra estava passando informações aos franceses. Durante quase dois anos agi disfarçado para diminuir os danos e descobrir quem era o espião. Entretanto, quando estava prestes a saber, meu disfarce foi descoberto. Consegui escapar por pouco. O espião ficou inerte por algum tempo, mas agora parece ter voltado à ativa. Conheço a situação melhor do que ninguém, afinal estive do outro lado. A missão é minha, devo terminá-la. Na verdade, estou ansioso por isso. Deus sabe quantos de nossos soldados perderam a vida porque um traidor passou informações privilegiadas para o inimigo.

– Então esse homem, esse traidor, sabe quem você é... Vai fazer tudo para impedir que você descubra. É perigoso...

– Não se preocupe, vou ser cuidadoso. Durante esse tempo todo tenho recebido informações atualizadas do que vem sendo descoberto. Pude analisar friamente a situação e me preparar. O traidor é alguém muito próximo, alguém dentro do ministério com uma razão forte o suficiente para justificar entregar soldados ingleses à morte.

Por isso o assunto será mantido entre pouquíssimas pessoas, além de mim, apenas lorde Grant, Edward e dois agentes do gabinete conhecem a operação.

– Esse homem não mede consequências. Se é capaz de entregar soldados ingleses, de passar informações ao inimigo... James, por favor, tome cuidado! Já tentaram matá-lo uma vez, eu não suportaria...

– Na França eu estava vulnerável, em território inimigo. Dessa vez estou em casa, prevenido e em ambiente conhecido. Tudo está a meu favor, fique tranquila não a deixarei viúva novamente – gracejou ele. – Você ainda não vai se livrar de mim.

– Por favor, não brinque com isso – retrucou Amélia.

– Bem, devo partir amanhã pela manhã. Mas, antes de ir, preciso lhe perguntar uma coisa, e é muito importante que me responda com franqueza, que me conte exatamente as razões.. – ele interrompeu e perscrutou o olhar de Amelia.

– Sim, pergunte – respondeu ela.

– O que a fez procurar um casamento com um prisioneiro, condenado à morte?

A pergunta inesperada a deixou atônita. Por que o interesse naquele assunto agora? Ele já havia feito essa pergunta e não gostara da resposta. Talvez estivesse mudando seu conceito sobre ela e lhe dando uma chance para se explicar. Infelizmente a resposta poderia afastá-lo em definitivo.

Amélia respirou fundo, independente das razões de James e da possibilidade da verdade afastá-lo, contaria o que a levara àquele gesto extremo. Ele vinha sendo leal e honesto, tinha o direito de conhecer as razões que a motivaram a fazer aquela loucura, ainda que a verdade pudesse enojá-lo ou afastá-lo dela. E era melhor que fosse agora, adiar o inevitável só iria prolongar seu sofrimento e colocar a harmonia que começara a haver entre eles em risco. Ele confiara nela, compartilhara informações importantes. Ela também teria que confiar nele, confiar que ele acreditaria nela, que a protegeria...

– Tudo bem, vou lhe explicar. Mas há uma história que justifica minha atitude e preciso contá-la desde o começo. Depois você poderá me julgar.

– Não pretendo julgá-la, mas tenho razões importantes para querer saber. Por favor, não me esconda nada, apenas me conte o que a levou àquela prisão e àquele casamento peculiar.

– Quando minha mãe morreu... – começou ela, – dizem que meu pai ficou desolado e se trancou em casa bebendo sem parar. Lorde Hamilton era um amigo, haviam estudado juntos em Eton e ido para o exército na mesma época. Um dia chegou para uma visita, e ficou por um tempo até que meu pai começou a se recuperar e retornar à vida normal. Hamilton convenceu-o a ir para Londres e eles cada vez mais estreitavam os laços de amizade. Assim não foi exatamente uma surpresa quando, após seu falecimento precoce, descobriram que no testamento ele havia nomeado o amigo como meu tutor. Provavelmente pensando em me proteger, havia também estabelecido uma cláusula na qual eu somente poderia administrar meu patrimônio, e entrar na posse efetiva de Hampton House, após me casar ou completar trinta anos. Até lá, quem dirigiria minha vida seria meu tutor.

James a olhava fixa e atentamente. Com paciência ouvia Amélia narrar a história no seu tempo e ritmo. Pressentia que iria ouvir algo doloroso para ela. Serviu-lhe uma taça do vinho sem pronunciar uma só palavra. Cabia a ela falar.

– Durante minha adolescência ele morava em Londres e quase não o vi. Hampton House é uma propriedade pequena, portanto,

John Stuart, administrador contratado por meu pai, sempre conseguiu manter tudo em ordem, além disso, Ralph e Naná cuidavam de mim e da casa. Meu pai deixara o patrimônio aplicado em títulos, depositados numa casa bancária, e apenas os dividendos podiam ser utilizados. Assim, não havia muito que lorde Hamilton necessitasse fazer. Logo após meu aniversário de dezoito anos, ele veio a Hampton House inesperadamente. Pensei que vinha me consultar sobre uma apresentação à sociedade. Melissa havia partido para Londres para sua primeira temporada, e eu achei que seria natural meu tutor pensar em me proporcionar a mesma coisa. Quando toquei no assunto ele me olhou e disse que tinha outros planos.

A partir daquele dia – continuou ela, – notei que ele passou a me tratar de forma diferente. Insistia para que eu o acompanhasse quando bebia, e queria me ensinar a dançar e, por várias vezes, percebi que me olhava fixamente. Em princípio achei que seu interesse era paternal, afinal ele era quase um membro da família, um tio. Mas depois percebi que... bem, seu comportamento não tinha nada de paternal. Ele me tocava casualmente, mas com frequência cada vez maior e de forma inconveniente. Naná percebia, mas não havia nada que pudesse fazer, a não ser evitar me deixar a sós com ele. Eu era uma menina, ele era meu tutor, amigo de meu pai, eu nunca imaginei...

Amélia parou por um instante, respirando fundo. Todo o horror daquela última noite voltou à sua memória.

– Uma noite, após o jantar, ele me convidou para ir até o jardim. Naná tentou nos acompanhar, mas ele disse que queria falar a sós comigo e ela não teve alternativa. Ele havia bebido muito, parecia bem alterado. Então, simplesmente me comunicou que iríamos nos casar. Eu fiquei horrorizada, e me recusei. Disse claramente que jamais concordaria com aquilo. Ele ficou transtornado.

Insistiu que eu teria que aceitar o casamento e que, como marido, ele passaria a administrar meu patrimônio todo, sem qualquer limitação. Eu gritei que ele não poderia me forçar, mas ele respondeu que me manteria presa em Hampton House, sem contato com ninguém, até que eu concordasse. Mantive firmemente minha recusa e afirmei que se o preço para evitar aquele casamento fosse ficar até meus trinta anos reclusa, eu aceitaria de bom grado, e voltei para a casa encerrando a conversa.

– Acordei naquela noite com o barulho da porta de meu quarto sendo forçada – continuou Amélia, sem conseguir encarar James nos olhos, – ele estava bêbado, se jogou sobre mim e tentou me violentar. Eu gritava, mas não tinha forças para afastá-lo, e ele teria conseguido ir até o fim se não fosse Naná. Ela, desconfiada do comportamento dele, dormia no quarto ao lado. Atacou-o com o atiçador da lareira, ele desmaiou com a pancada e ela o puxou de cima de mim. Eu estava em choque, a camisola rasgada, o corpo marcado e machucado.

James permanecia imóvel e em absoluto silêncio, a boca apertada numa fina linha, as sobrancelhas cerradas, os olhos negros como dois lagos profundos e sombrios sinalizando perigo. Não emitira nenhuma opinião, nenhum comentário até então. Contudo, ela se calara, entorpecida pelas lembranças, e ele precisava saber toda a verdade.

– O que aconteceu depois?

– Naná chamou Ralph e eles o arrastaram do quarto. Ele estava tão bêbado que na manhã seguinte mal se lembrava do que havia feito. Dissemos que ele havia caído na escada e se ferido. Provavelmente não acreditou, mas foi embora deixando um ultimato: voltaria em duas semanas para me buscar. O casamento aconteceria em Londres e, caso eu não concordasse, ele me manteria presa em Hampton House, mas antes dispensaria os serviços de Naná e Ralph. Ou seja, eu ficaria totalmente à mercê dele.

– Então você decidiu procurar um marido...

– Eu havia feito dezoito anos, não precisava mais de consentimento formal para me casar, e somente o casamento me libertaria da tutela dele. Era minha única alternativa. Mas como eu poderia casar-me presa aqui? Jamais conseguiria conhecer alguém em apenas duas semanas... além disso, pensar em casar com um desconhecido, correndo o risco de sair das mãos de um devasso para cair nas de outro... eu estava apavorada! Então Ralph teve a ideia.

– De procurar um condenado?

– Sim – disse ela, baixinho. – Procurar um condenado, alguém com um nome aparentemente respeitável, e que concordasse em se casar mediante o recebimento de uma boa quantia, um valor que lhe proporcionasse conforto nos últimos dias. Uma cama melhor, cobertores, refeições quentes... Enfim, seria uma troca. Eu conseguiria o *status* de casada necessário para conquistar minha liberdade, e o prisioneiro passaria seus últimos dias em condições muito melhores do que as prisões oferecem. Ninguém seria prejudicado, a troca deveria ser proveitosa para ambos – disse ela, erguendo os olhos. – Se eu soubesse que os carcereiros o obrigariam, que o forçariam contra a vontade, eu não teria aceitado aquilo.

– Ainda não entendi por que Hamilton insistiu no casamento – indagou James, secamente. – Foi por dinheiro?

– Ele vinha utilizando os dividendos de minhas aplicações em benefício próprio. Meus gastos aqui em Hampton House eram pequenos, os juros dos títulos que meu pai me deixara eram muito maiores. Ele deveria ter reaplicado esses valores, inclusive para custear minha apresentação à sociedade, mas gastou tudo com ele mesmo. Acho que estava falido. Como era meu tutor, tinha acesso aos rendimentos, mas casando-se teria acesso ao valor principal da herança e à propriedade. Quando apresentei a certidão de casamento ele quis contestar o documento, mas eu ameacei denunciá-lo por roubo, afinal ele havia usurpado parte de meu dinheiro. Eu tive sorte porque ele acabou aceitando o casamento e se afastando. Não tinha tido mais notícias dele até...

– Por que nunca procurou ajuda, não contou a...

– A quem? A quem eu poderia contar? – interrompeu Amélia. – A Melissa? Dizer a ela ou à sua mãe que meu tutor tentou... tentou me forçar a... nunca tive coragem! E ainda havia o risco de que não acreditassem em mim, não totalmente. Ele era o melhor amigo de meu pai, um nobre, um cavalheiro. Ele diria uma mentira qualquer, jogaria a culpa em mim, diria que eu o seduzira. E se alguém acreditasse nisso? Eu não suportaria a vergonha. Fiquei desesperada, ele não conseguiu o que pretendia, mas minha honra havia sido aviltada a um limite insuportável. Só consegui manter minha dignidade porque me recusei a casar com ele.

– O que ele queria com você na noite em que anunciamos nosso casamento? Ele a ameaçou?

– Ele estava preocupado que eu tivesse contado a você o que acontecera. Proibiu-me de lhe contar o que ocorreu, disse que se eu falasse eu poderia sofrer um acidente. Agora você sabe a verdade, embora ela me envergonhe muito.

Abraçando-a, ele depositou um beijo no alto de sua cabeça. – Você não tem do que se envergonhar – disse ele, – foi vítima de um canalha.

Amélia se aconchegou em seus braços. Ele havia acreditado nela, isso era mais do que ousara esperar, mas seria o suficiente? Sem mais explicações, James recolheu o que sobrara do lanche, ajudou-a a montar, e cavalgaram em silêncio de volta para casa.

Com o coração apertado, Amélia só conseguia pensar no quanto o amava e na falta que ele lhe faria quando partisse no dia seguinte.

– Milady, seu chá esfriou. Devo buscar outro? – a pergunta de Beth a trouxe de volta ao presente.

– Não obrigada, ajude-me com o vestido e com as malas. Assim que me arrumar descerei para o desjejum. Vou seguir para Rose Hall em seguida. Alguma carta ou mensagem? – perguntou Amélia, ansiosa.

– Não milady, nenhuma.

James partira para Londres há uma semana. Amélia não sabia se ou quando ele voltaria ou mesmo se estava bem. Sua vida voltara ao normal depois das semanas estonteantes que durara seu casamento. Ela deveria se sentir grata, afinal para quem imaginou que jamais conheceria a realidade do matrimônio, ela fora extremamente feliz, ainda que por pouquíssimo tempo.

Sou privilegiada... algumas mulheres passam a vida toda casadas e jamais sentem o que senti, disse para si mesma. Mas, então, por que estava tão infeliz agora? Por que não conseguia se satisfazer com o que tivera? Por que a vida parecia ridiculamente vazia sem ele? Ela tinha que aceitar que ele não sentia o mesmo e acostumar-se com sua ausência, mas não seria fácil.

Capítulo 9

O traidor

— Eu nunca desconfiei, se você não tivesse nos alertado talvez demorássemos ainda muito tempo. Afinal, ele é um visconde, custo a acreditar que um nobre cometa tal ato de traição.

– Mas tudo se encaixa, as informações confirmam que sua situação financeira estava péssima. Ele perdeu muito no jogo e os credores o estavam pressionando. Ele recebeu o título de visconde, mas já não havia dinheiro. O pai fora um perdulário, por isso ele havia comprado uma patente e ingressado no exército. E, de repente, do nada, ele apareceu com os bolsos cheios e voltou a frequentar os clubes de jogo... de onde veio o dinheiro para manter o vício?

A reunião no gabinete de lorde Grant já durava uma hora. Duas semanas antes James havia relatado suas desconfianças a respeito de Hamilton. Ele sabia que Hamilton, como nobre e militar, tinha acesso ao Ministério da Guerra e aos planos secretos. Juntou esse fato à informação de Amélia de que o visconde estava com dificuldades financeiras sérias a ponto de tentar obrigá-la a casar-se com ele. Naturalmente contara a razão das suspeitas sobre o ex-tutor de sua esposa sem relatar os detalhes sórdidos.

Lorde Grant determinara que fosse feita uma investigação sigilosa, mas bastante detalhada, sobre a vida privada e situação financeira do visconde. Descobriram que ele estivera próximo à bancarrota, com imensas dívidas de jogo. Mas curiosamente, e a cada vez que a situação junto aos credores se tornava insustentável, ele conseguia quitar parte dos débitos e se manter incólume.

Hamilton tinha motivos e possibilidades. E um detalhe os fizera concluir que ele era o traidor. A cada vez que ele conseguia quitar uma dívida havia ocorrido um aumento significativo no repasse de informações ao inimigo, como James pôde atestar já que em várias ocasiões havia participado das negociações como falso espião. Infelizmente as provas eram circunstanciais, não havia uma prova concreta do ato de traição. O que tinham, ainda que muito plausível, não era suficiente para incriminar um nobre, afastá-lo de suas funções e levá-lo à corte marcial.

– O que faremos? – perguntou Edward.

– Teremos que montar uma armadilha e creio que eu terei de ser a isca – respondeu James. – Vou a alguns locais estratégicos a partir dessa noite. Espero me encontrar com ele ou com algum amigo com quem ele mantenha contato mais frequente. Vou comentar de forma velada, e com aparente discrição, que voltei a Londres porque estou prestes a desmascarar um traidor com base em informações que recolhi durante o período em que estive na França. E que montei um dossiê para entregar ao serviço de inteligência, recheado de documentos e provas revelando a operação de espionagem. Vou ser arrogante, dizer que espero que esse feito me traga ainda mais uma medalha e as boas graças de Sua Majestade, o príncipe regente, razão pela qual mantenho minhas descobertas em segredo. Não querer dividir a glória da descoberta será um motivo plausível, aos olhos de um traidor, para eu manter sigilo.

– Eu posso comentar discretamente que estou curioso para saber o que você descobriu – disse Edward, – mas que você se recusou a comentar. Se eu entendi bem, ele tem que ter certeza de que ninguém conhece os fatos. Você quer que ele se sinta seguro, capaz de dominar a situação e mudar os acontecimentos, não é?

– Acredita que ele virá atrás de você? – perguntou lorde Grant.

– Acho que sim. Ele tem todos os motivos para acreditar que essa história é verdadeira, principalmente, se considerarmos o fato de que me casei com Amélia. Acredito que foi ao meu casamento para tentar descobrir o que ela havia me contado sobre seu pedido de casamento e sua situação financeira. Até então ele não havia ligado os fatos, de que o marido de sua pupila era o agente destacado na França. Ele virá atrás de mim e tentará me calar e levar o suposto dossiê, ou então pagará a alguém para que faça isso.

– Agora que tocou no assunto, um ponto chama a minha atenção. Foi ele quem me procurou e, sutilmente, deixou escapar que gostaria muito de ir à festa em Rose Hall – disse Edward. – Ele disse que seria uma excelente oportunidade para reatar as relações com Amélia, estremecidas desde o casamento dela. Justificou o afastamento dizendo que o pai lhe confiara a filha, e ela havia se casado de forma intempestiva, com um estranho e sem a sua permissão. Mas que agora tinha tomado conhecimento de que se tratava de lorde Cunnington, e, portanto, acabara por aceitar a situação entendendo-a como o arroubo de dois jovens apaixonados. A explicação era lógica. Vi-me na obrigação óbvia de convidá-lo, e sinceramente o fiz porque acreditei que a suposta oportunidade de reconciliação deixaria Amélia satisfeita.

– Isso confirma as minhas suspeitas. Ele se encontrou com Amélia, mas não para fazer as pazes. Ao contrário, ele a ameaçou para que não comentasse comigo sobre sua situação financeira, acho que temia que eu juntasse os fatos como fiz. Vamos preparar a armadilha. Ele virá atrás de mim – disse James, com convicção.

– E nós estaremos esperando para obter uma confissão. Mas mesmo que ele não confesse diretamente, o fato de vir buscar o suposto dossiê já será suficiente para comprovar, sem sombra de dúvidas, sua culpa – completou lorde Grant. – Onde você está hospedado, James?

– Estou em uma suíte no Claridge's, o que é providencial. Desde muito antes do velho conde de Hartford falecer, sua casa de Londres está fechada. Ainda não havia mandado reabri-la, é preciso tempo e providências para torná-la habitável novamente. Pareceu mais fácil hospedar-me em um hotel.

– Vou colocar dois agentes seguindo você discretamente, e mais dois disfarçados como criados no Claridge's. Se ele for culpado, tentará calar você e resgatar os documentos que supostamente o incriminam, e fará isso logo. Não temos como saber onde ou como ele fará, mas estaremos preparados.

– O próximo passo, então, é garantir que ele fique sabendo sobre o dossiê. Bom, acho que vou almoçar no clube e garantir que algumas insinuações cheguem a certos ouvidos – disse Edward, levantando-se.

– E eu vou à Câmara dos Lordes me assegurar de que alguns de nossos pares, aqueles com bastante tempo para conversar, fiquem sabendo do fato. Não se preocupem, serei um verdadeiro ator, deixarei a informação escapar de forma sutil e natural – completou lord Grant.

– Enquanto isso, tomarei algumas providências. Edward, você se incomoda se eu o acompanhar? Há algo particular que gostaria de discutir com você.

– Naturalmente que não, James. Será um prazer. Minha carruagem está me aguardando, vamos?

Assim que entraram no veículo, Edward pediu ao cocheiro que os levasse ao clube e, virando-se para James, o encarou:

– Percebi que alguma coisa o incomoda nessa situação. Diga-me o que o preocupa e em que posso ajudá-lo.

– Edward, nos conhecemos há pouco tempo, mas você tem sido um bom amigo. Mais do que isso, há muito tempo você e Melissa têm sido a família de Amélia, e eu sou muito grato por isso.

– Ora James, você não tem o que nos agradecer. Amélia faz parte de nossa família, ainda que não por laços de sangue ou nome. Melissa a considera uma irmã, e se minha esposa sente dessa forma é o que basta para que eu também a considere assim. Diga-me, você teme que Hamilton possa fazer alguma coisa para atingi-la? É isso que o preocupa?

– Infelizmente! Quando esteve em nosso casamento ele lhe fez ameaças, disse que em vez de lhe propor casamento deveria ter providenciado um acidente. E desse tipo podemos esperar qualquer coisa. Tenho medo de.... bem, sou uma isca. É claro que a operação será bem executada, tomaremos todo o cuidado necessário para prender esse crápula, mas...

– Entendo, você teme que algo lhe aconteça...

– Veja Edward, não tenho receios por mim, por minha vida... sou um militar, um agente treinado, estou preparado para servir à Coroa e cumprir minhas missões, independente do risco que elas acarretam. Meu temor é outro. Por favor, posso pedir sua palavra de que se algo me acontecer e Hamilton escapar, você a protegerá?

– Fique tranquilo, lhe dou minha palavra de cavalheiro. Se algo lhe acontecer cuidarei de Amélia, assim como cuido de minha família. Ela não estará só, e Hamilton não conseguirá atingi-la. De qualquer maneira, estou voltando a Rose Hall. Prometi a Melissa que estaria lá quando o bebê nascesse, e comentei isso na frente de várias pessoas durante a festa de anúncio de seu casamento. Hamilton pode ter ouvido, seria estranho se eu agora permanecesse em Londres, sem uma razão aparente.

– Realmente – concordou James, – não podemos lhe dar nenhum motivo para desconfiar de que há uma operação de captura em andamento.

– Além disso, não sou um agente de campo, jamais fui treinado. Minha presença aqui só será necessária para divulgar a existência do dossiê, depois não terei utilidade. Para que você fique mais tranquilo, vou me certificar de que Amélia permaneça em Rose Hall até que você retorne ou que Hamilton seja capturado. Talvez ela até já esteja lá, é provável que Melissa tenha mandado buscá-la agora que o nascimento está próximo. Será tudo muito natural, como ela mesma se comprometeu a fazer companhia à minha esposa, vou cobrar a promessa. Ela não desconfiará de que existe um risco e estará em segurança.

– Obrigado, meu amigo, é o bastante para mim. Agora tenho que me preparar para desempenhar meu papel. Vamos ao clube almoçar. E à noite farei uma visita à casa de madame Junot, talvez passe pelas mesas de jogo. Precisamos montar a armadilha e atrair o traidor de uma forma que ele não consiga escapar.

– Faremos isso, ele não vai escapar.

Amélia chegou a Rose Hall feliz em poder estar com Melissa agora que o parto estava bastante próximo. Não se viam há quase um mês, desde a recepção dada para a comunicação de seu casamento. Na ocasião, a amiga já estava bem pesada e muito cansada, tanto que não conseguiu permanecer na festa até o fim. Ainda bem que James concordou que ela voltasse, afinal, ela tinha se comprometido a ficar lá até o bebê nascer. Ela não o avisara sobre a viagem, mas Melissa havia mandado buscá-la e tinha certeza de que ele não se incomodaria. Já haviam discutido o assunto e, para falar a verdade, na ocasião ele insistira para que ela fosse quando chegasse a hora, o que a deixara feliz. Ele parecia ficar incomodado em deixá-la só, talvez estivesse começado a sentir alguma coisa por ela, ainda que fosse apenas preocupação. Sorriu... bem ou mal era um começo.

Mas agora sua atenção deveria estar com Melissa. Tentaria distraí-la um pouco, pois sabia que o repouso total e forçado das últimas semanas devia tê-la deixado muito aborrecida e irritada. Quanto a ela, sempre havia a possibilidade de estar grávida, pensou consigo mesma, um sorriso feliz tomando conta de seu rosto. Mas não contaria a ninguém até ter certeza. E a primeira pessoa a saber teria que ser James, naturalmente.

A lembrança do marido fez o coração de Amélia se apertar. Ele não havia mandado notícias desde que fora para Londres. Talvez Edward, que havia estado com ele, pudesse ser portador de uma carta, pensou com esperança. A possibilidade deixou-a mais animada e a fez descer do coche rapidamente.

– George, como vai?

– Bem, milady, obrigado. A senhora também me parece muito bem, se me permite a ousadia – disse o velho mordomo com um sorriso.

– Ah, George, nada que você diga será uma ousadia. Afinal, você me conhece e cuida de mim desde que eu tinha sete anos – disse Amélia, rindo. – Tem todo o direito de falar o que quiser. E sim, a resposta é sim! Estou muito bem – e com brilho nos olhos ela subiu as escadas em direção aos aposentos de Melissa, ansiosa por rever sua amiga.

– Querida, está tudo bem, não chore – disse Amélia para a amiga que caiu em prantos assim que a viu entrar no quarto.

– Ah, minha amiga! Estou cansada, ansiosa, preocupada e...

– Calma, calma, está tudo bem – repetia Amélia, segurando-lhe as mãos. – Você só está sensível e um pouquinho cansada, é normal nessa fase final. Logo, logo, esse bebê estará em seus braços, sorridente e saudável, e você esquecerá essa angústia.

– E Edward que não chega! Ele me prometeu que estaria aqui.

– Ele virá, Melissa. Algo deve tê-lo segurado um pouco mais em Londres, mas ele virá. Afinal, ainda não chegou a hora, não é? O que o Dr. Ross disse a última vez que a viu?

– Que eu estou bem, apenas que o bebê é muito grande, por isso estou tão cansada e inchada. E que deverá nascer a qualquer momento.

– Então vamos nos concentrar em esperar, e, pelo jeito, acho que perderemos a aposta. Pelo que Dr. Ross disse vem por aí o futuro conde de Snowden – disse Amélia, piscando. – Edward ficará felicíssimo com o herdeiro e você terá que tentar novamente se quisermos nossa garotinha – gracejou Amélia, para tentar alegrar Melissa.

– Não, vou deixar nossa garotinha por sua conta, pelo menos por um bom tempo. Adoro meu bebê, não vejo a hora de tê-lo em meus braços, mas vou precisar de um bom intervalo antes de ter outro – disse Melissa, convicta. – Isso é muito cansativo!

Sorrindo, Amélia abraçou a amiga e se perguntou se a desejada garotinha estaria a caminho. Ela adoraria, pensou feliz.

Capítulo 10

Os atores

James havia almoçado no clube e conversado com vários conhecidos, criando um ar de mistério sobre o que ele estaria fazendo em Londres. Tinha esperança de que Hamilton passasse por lá e que tomasse conhecimento de sua presença, mas isso não aconteceu. Por isso, ele e Edward decidiram que naquela noite iriam ao estabelecimento de madame Junot. Mesmo que a sorte não lhes sorrisse, e não encontrassem o visconde em alguma das mesas de jogo, era o local ideal para encaminhar o plano.

A velha cortesã mantinha uma das casas de jogos mais populares entre a nobreza londrina. Embora também houvesse jovens dispostas a mais do que uma conversa com os homens presentes, mediante uma taxa preestabelecida, naturalmente, o local tinha certa classe, ao contrário de outras casas similares. Na meia-luz, a decoração, com muito veludo vermelho, era aceitável e as garotas, razoavelmente bonitas e bem-vestidas, até conseguiam manter certo nível de conversa. Madame exigia que todas se comportassem com classe e discrição, talvez para não competir com sua própria aparência um tanto, digamos assim, exótica. O local tinha um ar de salão de bailes e não de prostíbulo. Além disso, os músicos eram razoáveis, as bebidas tinham qualidade e os *crupiês* não trapaceavam ao dar as cartas. Tudo isso atraía os membros da nobreza que procuravam diversão, portanto, o local acabava por se tornar um verdadeiro centro de informações e comentários. Algumas reputações já haviam sido manchadas por conta de conversas que aconteceram no local.

James não era um frequentador assíduo, mas estivera ali algumas vezes quando ainda era apenas um capitão do exército de Sua Majestade e estava prestes a desempenhar o papel de *traidor*. Fora naquele estabelecimento que ele armara a confusão que culminara em sua prisão, tudo devidamente combinado, para que posteriormente pudesse ser julgado como espião. A missão começara naquele local e, provavelmente, seria ali que chegaria ao fim. A ironia é que da primeira vez ele estivera ali se passando por espião e agora retornava como herói, buscando encontrar o verdadeiro traidor. Sua presença certamente seria notada, e Hamilton acabaria sabendo que ele retornara. Chegou sozinho, conforme o combinado, e foi imediatamente recebido com deferência.

– Milorde, que honra recebê-lo em minha casa – madame Junot se adiantou para receber pessoalmente a cartola e a capa de seda negra, repassando-as imediatamente ao criado de libré, ao seu lado. De idade indefinida, algo entre os cinquenta e os setenta anos, madame tinha uma presença marcante. Usava um traje de veludo preto, uma espécie de túnica larga e com mangas longas, bordada com contas da mesma cor e cobria os cabelos com um turbante prateado, no qual se sobressaía uma pluma de avestruz. A roupa, parecida com aquelas usadas por marajás indianos, buscava disfarçar o corpo de quase cento e cinquenta quilos de peso. Os olhos astutos, pequenos e negros, estavam ressaltados com maquiagem e se destacavam no rosto de queixo duplo e bochechas caídas. Ela usava um *pince-nez* preso a uma corrente de ouro no pescoço e tinha o hábito de levá-lo aos olhos de tempos em tempos, para observar a pessoa com quem conversava.

– Madame Junot – disse lorde Cunnington, inclinando levemente a cabeça. – É uma alegria retornar após tudo o que aconteceu. Onde mais eu poderia comemorar?

– Milorde, já soubemos de suas façanhas na França. A fama de herói chegou até nós, assim como o recebimento do título – disse a insinuante cortesã. – Sua chegada merece mesmo uma comemoração. Champanhe?

– Claro, madame. Preciso comemorar mais do que o título, preciso comemorar o sucesso de minha missão. Enfim concluí meu trabalho! – disse ele, ao mesmo tempo em que retirava uma taça da bandeja apresentada pelo criado. Ah, traga-me logo uma garrafa, a noite merece! E eu também – disse ele.

– Naturalmente, milorde. E gostaria da companhia de alguma das meninas em especial? Em alguma saleta privada?

– Talvez mais tarde, madame, agora quero relaxar e tentar a sorte nas mesas de *bacarat*.

– Vou pedir a Lorraine que o acompanhe até a outra sala, ela lhe dará sorte, tenho certeza. E, se lhe agradar, mais tarde poderá lhe fazer companhia de forma mais particular – disse a cortesã, piscando um olho de forma insinuante! E acenou para uma jovem loira, trajando um vestido vermelho-escuro, que imediatamente se levantou e aproximou-se de James aceitando o braço que ele lhe oferecia.

– Vamos, milorde, lhe trarei sorte.

James jogou por quase uma hora, mas Hamilton não apareceu. Resmungando que já perdera muito, passou a circular pelo salão procurando alguém que pudesse lhe ser útil na tarefa de difundir a existência do dossiê. Mantinha uma taça na mão, e fingia beber bastante, queria que acreditassem que estava embriagado, o que justificaria um pouco sua indiscrição. Estava envolvido numa conversa animada com alguns lordes, entre eles o jovem marquês de Brandt, um notório fofoqueiro, quando viu Edward entrando no salão.

– Lorde Snowden, que prazer encontrá-lo hoje aqui, venha sentar-se conosco. Eu queria mesmo agradecê-lo novamente. O senhor foi tão gentil comigo, recebendo a mim e a minha esposa e nos oferecendo uma festa – James falou com a voz um tanto alta e engrolada.

– Ora, Cunnington, não há porque agradecer ou me tratar com tanta cerimônia. Você se esqueceu de que já me agradeceu quando estivemos juntos no início da semana, no gabinete de lorde Grant?

– Claro que me lembro da reunião, quando você insistiu em conhecer melhor "aquele assunto". Você queria saber quem era "ele", mas não vou comentar até ter certeza.

–Não sei a que "assunto" se refere – respondeu Edward, encenando o seu papel.

– Você sabe, sim, a que me refiro, ao fato de estarmos há meses dando voltas e voltas para descobrir, e o fato de eu já saber quem é ele. Ora, afaste seus temores, estamos aqui entre cavalheiros, todos tremendamente discretos, não é mesmo senhores? – perguntou, James, quando percebeu o olhar de clara advertência lançado por Edward.

– Naturalmente que sim, entender de forma diferente seria uma afronta à nossa honra – emendou o jovem marquês de Brandt, curiosíssimo para saber do que se tratava o estranho diálogo. Todos os demais emitiram murmúrios de aprovação e se aproximaram para poder ouvir melhor a informação que James trazia.

– Assuntos da Coroa devem ser mantidos entre as quatro paredes do gabinete, e não discutidos em público, mesmo quando esse público é composto por nobres pares do Reino – censurou-o Edward. – Senhores, tenho certeza de que compreendem – disse, dirigindo-se aos que estavam ouvindo a discussão. – E quanto a você, lorde Cunnington, acho que está esgotado e já comemorou o suficiente sabe-se lá o quê. Permita-me acompanhá-lo até seu hotel. Uma boa noite de sono: é isso o que precisa para se recuperar.

– Ora, Edward! Está sendo deselegante. Deixe-o falar, o assunto parece interessante. Todos nós gostaríamos de entender o que Cunnington está falando. Aliás, também queremos muito ouvir sobre suas aventuras na França – insistiu Brandt, interferindo na conversa.

– Você está me ofendendo. Eu não discuto assuntos da Coroa em público! Sou tão discreto que jamais comentei minhas suspeitas, nem com você, caro amigo – disse James, levantando-se um tantinho cambaleante. – Você está confundindo tudo, quem trai segredos não sou eu. E tenho o direito de comemorar, afinal eu o procuro há anos. Está tudo lá, em meu dossiê.

– Quem? O que você descobriu? Eu ouvi falar em traição? Que dossiê? – perguntou rapidamente o marquês de Brandt sem nem mesmo disfarçar a curiosidade. – Seja mais claro, você está falando por enigmas, caro James – disse o marquês, gesticulando de modo afetado.

– Vamos embora, meu amigo – interrompeu Edward. – A bebida deixou-o mais loquaz que o recomendável, está sendo indiscreto. Perdoem-nos, senhores, acho que lorde Cunnington exagerou.

Atribuam esse entusiasmo à qualidade do champanhe servido por madame Junot – e segurando o braço de James, foi levando-o para a porta.

– Sim, por favor, esqueçam o que ouviram – repetiu James, com a fala cada vez mais enrolada e a voz pastosa, mas num tom que tinha certeza seria ouvido por todos. – Ainda não posso falar, ainda não, mas tenho certeza de que estou certo. Até logo senhores...

Desconsiderando os protestos dos cavalheiros que o rodeavam, dirigiu-se à saída. Edward o amparou enquanto esperavam capas e cartolas lhes serem devolvidas, e depois o ajudou a subir na carruagem. James jogou-se no assento, parecendo estar muito embriagado. Mas, assim que fecharam as cortinas e o veículo se movimentou, levantou-se e se aprumou.

– Que tal? Acha que acreditaram? Ou melhor, acha que a cena foi suficientemente interessante para ser comentada e chegar aos ouvidos de Hamilton?

– Certamente que sim, meu caro! Brandt é um fofoqueiro conhecido. Vai comentar com todos que encontrar que você bebeu demais e acabou mencionando traição e dossiê. Talvez até aumente um pouquinho a história para torná-la mais interessante, o que nos convém. Não existe a menor possibilidade de Hamilton não ficar sabendo. Aliás, você deveria tentar a carreira de ator se a de espião não der certo – riu Edward. – Parecia mesmo embriagado e, o mais importante, com a língua solta por conta do álcool. Por um momento chegou a confundir até a mim mesmo que sabia de todo o plano.

– A isca está lançada, só nos resta esperar que ele morda o anzol. O próximo passo será dele. Por favor, deixe-me no hotel. Basta de aventuras por hoje. Você parte quando?

– Amanhã, logo às primeiras horas, quero chegar o quanto antes a Rose Hall.

– Isso. Vá, pois Melissa deve estar ansiosa.

– Sim, estou aliviado por poder voltar, pois também estou muito preocupado com ela e com a criança – respondeu Edward – mas como pretende ocupar seu tempo enquanto estiver em Londres? Terá que circular bastante. Ser mesmo um chamariz. Motivo pelo qual eu não posso deixar de me preocupar com você também, James.

– Ele vai tentar encontrar o dossiê antes de tomar alguma atitude contra mim. Não vai tentar nada sem ter certeza de que o nome que eu descobri foi o dele. Afinal, se por um golpe de sorte eu estiver suspeitando de outro, o caso estaria encerrado e ele ficaria totalmente impune e com a honra intacta. Seria perfeito para ele. Ele só vai me atacar quando tiver certeza de que é o nome dele que consta naqueles documentos.

– Cuide-se, meu amigo. Esse cafajeste é traiçoeiro. Sabe-se lá quantos homens já perderam a vida por conta da traição por ele cometida. Ele não tem honra, não tem pátria, não tem dignidade... só lhe interessa o dinheiro.

– Não se preocupe, estou preparado, sei bem como lidar com tipos assim. Serei o chamariz perfeito: irei à ópera, ao clube, à casa de madame Junot... ele vai me encontrar, e eu estarei esperando. Boa noite, meu amigo. Por favor, diga a Amélia...

– Sim? – indagou Edward quando James interrompeu o que iria dizer.

– Diga-lhe apenas que estou bem. Boa viagem! – e tocando a cartola com a ponta dos dedos, desceu da carruagem que já estava parada em frente ao Claridge's.

Capítulo 11

Outro espião

A taverna ficava numa das regiões mais mal-afamadas de Londres. Envolto em um manto e com um lenço cobrindo o próprio nariz, o homem perscrutou por entre o ambiente enfumaçado. O local cheirava a vinho azedo, cerveja de péssima qualidade e gordura.

Alguém sentado em uma mesa escondida num canto envolto nas sombras fez um sinal e ele se dirigiu para lá.

– Que lugar horrível, Hamilton.

– O que você queria? – retrucou o homem sentado à mesa, – que marcássemos um encontro no Regent's Park, à luz do dia? Não seja ridículo! Vamos, sente-se e conte-me tudo.

– Ele tem um suspeito, na verdade tem provas contra alguém, montou um dossiê. Mas por arrogância ainda não o entregou, quer ter certeza de suas descobertas. Acho que almeja mais fama do que já conseguiu.

– E insinuou quem seria? Mencionou algo me envolvendo...

– Não, não... não disse nada. Pode ser você ou não.

– Então teremos que descobrir. Pode ser que as conclusões do novo conde de Hartford nos ajudem. Afinal, ele esteve na França por dois anos e nunca conseguiu chegar até mim. Se suas suspeitas tiverem recaído sobre outra pessoa, estarei livre para continuar.

– Não me envolva mais nisso, pelo que percebi ele não tem a menor desconfiança sobre mim.

– Ora, você está mais do que envolvido, não tem como escapar. Se tentar, já sabe o que lhe espera, tenho certeza de que seu pai não ficará muito feliz em saber que você continua alimentando sua predileção por garotinhos imberbes.

– Maldito, aquele velho ameaçou me deserdar...

– Não adianta, precisamos desse dinheiro. Eu para manter meu padrão de vida e você para usufruir dos seus... digamos, prazeres, sem que sua predileção se torne pública. Napoleão manterá a bolsa aberta se o canal de informações prosseguir da mesma maneira. Continuaremos: eu a levantar informações e você a ser meus olhos e ouvidos nessa história. Precisamos descobrir o que Cunnington sabe, o que reuniu naquele dossiê, e depois decidiremos o que fazer. Matá-lo ou usá-lo a nosso favor. Preste atenção no que faremos...

James caminhava pela Bond Street, em direção ao seu hotel, depois de uma noitada na ópera onde fora para ver e ser visto. A uma distância discreta, os agentes designados por lorde Grant o seguiam, atentos à movimentação de pessoas e carruagens, tentando identificar Hamilton. Já tinha se passado três dias da cena que ele e Edward haviam montado no salão de madame Junot. Lorde Grant também havia sido propositalmente indiscreto durante conversas na Câmara dos Lordes, mas Hamilton não fizera nenhum movimento.

A essa altura, pensava preocupado, o visconde já deveria estar sabendo que seus atos de traição poderiam ter sido descobertos. James vinha se expondo cada vez mais, mas até agora nada havia acontecido. O tempo se esgotava, em breve não haveria justificativa para que o suposto dossiê não fosse entregue ao gabinete. Portanto, se Hamilton não o emboscasse logo, seria um sinal de que não "mordera a isca". Estariam errados sobre a identidade do traidor? Não, tudo levava a crer que era mesmo o visconde quem repassava informações ao inimigo francês.

Se o plano não funcionasse teriam que pensar em uma nova estratégia, e agora seria mais difícil. Hamilton estaria alerta, não cairia tão facilmente em outra emboscada, talvez até se mantivesse na obscuridade por um tempo. Não havia como prendê-lo simplesmente, as provas não eram suficientes para levá-lo a julgamento. Se ele estivesse certo, e sabia que estava, o visconde era um homem sem escrúpulos, honra ou decência. A simples suspeita não o abalaria, mas James temia que ele fosse capaz de qualquer ato para se proteger. Esse tipo, quando acuado, tornava-se potencialmente perigoso.

Queria vê-lo preso, julgado por alta traição e enforcado. Mas sua raiva e sua sede de justiça não estavam limitadas apenas aos atos de traição política. Ele também deveria ser punido pela dor e humilhação que causara à sua tutelada, por ter traído a confiança de um amigo e abusado de sua filha, por ter forçado uma jovem inocente a tomar medidas desesperadas como aquele casamento para poder manter-se íntegra e a salvo de seus abusos.

James ficara chocado com a revelação de Amélia. Já esperava que houvesse uma razão muito forte que justificasse seu comportamento, mas nunca imaginara que a ameaça houvesse partido de quem deveria protegê-la. Seu sentido de honra e dever eram princípios fortes e arraigados, valores que norteavam sua vida. Ficara furioso ao conhecer as razões, mas não só com Hamilton. Ele também a havia tratado mal, e isso o estava incomodando. Deveria ter lhe dado uma chance de se explicar na primeira vez em que o assunto surgira, no dia da primeira caminhada ao riacho. No entanto, fora brusco e cínico, tirara suas próprias conclusões sem ouvi-la realmente.

E na noite em que consumaram o casamento, sentia-se envergonhado de seu comportamento. Tratou-a quase como uma mundana, nunca imaginara que ela ainda fosse virgem. Fora uma surpresa, uma enorme surpresa. Durante dois anos acreditara que fora vítima de uma mulher sem moral e sem escrúpulos, que o usara e a seu nome em benefício próprio sem se importar com o mal que poderia estar causando. Perdera noites de sono odiando aquela feiticeira, e quando a exaustão o levava ao sono reparador, ainda sonhava com um par de olhos verdes e um mar de cabelos vermelhos. Ele a odiara com todas as suas forças, ela era a síntese do mal e da luxúria. Havia formado uma opinião, e mesmo quando as evidências o levaram a outra conclusão, resistira em mudar seus conceitos.

Como se enganara! As semanas passadas ao lado dela o tinham feito descobrir uma mulher corajosa e determinada, mas também muito amorosa. Sua risada cristalina enchia seu coração, endurecido nos campos de batalha, de um sentimento muito doce. Ao lado dela ele se sentia em paz, uma sensação maravilhosa e até então desconhecida. Ela era mesmo uma feiticeira, mas uma feiticeira que somente lhe fizera bem, que enchera seu coração de...

O som de passos muito próximos atraiu sua atenção. Ele não teve tempo sequer de virar-se para ver quem o seguia quando sentiu a ponta do punhal em suas costas. Dois homens se postaram ao seu lado, ligeiramente atrás, de forma que ele não pudesse ver seus rostos.

– Continue andando – disse um deles em voz baixa, enquanto o outro lhe espetava a faca na altura dos rins.

– O que vocês querem? Não tenho muito dinheiro comigo, mas...

– Não seja tolo, onde está o dossiê?

O homem falava de uma forma abafada, parecia estar com um lenço sobre a boca, e tentava imitar o sotaque *cockney*, mas ainda assim alguma coisa lhe soava familiar. James tentou virar-se para identificar o dono da voz, mas o punhal foi pressionado com mais força em suas costas, chegando a perfurar o tecido da casaca.

– Nem pense em tentar – ameaçou o segundo sujeito. Não se vire, continue caminhando até a carruagem do outro lado da rua.

Nesse instante um grupo de jovens barulhentos e embriagados saiu de um teatro esbarrando neles. Aproveitando a confusão, James virou-se tentando agarrar o braço que empunhava a faca, mas o homem foi mais rápido e golpeou-o com força. A faca resvalou em sua bengala e atingiu-o superficialmente na cintura. Ele ainda tentou se atracar com o sujeito, mas uma forte pancada na cabeça o derrubou. Sentiu que os homens tentavam arrastá-lo...

James ouviu as vozes de muito longe e tentou levantar-se, mas uma névoa cobriu-lhe os olhos.

– Milorde! Milorde! Ele está sangrando, ajude-me a colocá-lo na carruagem. Vamos levá-lo ao hotel, lá chamaremos o médico.

Zonzo, sentiu mais do que viu os agentes de proteção o cercarem.

– Estou bem – balbuciou James. Corram, peguem-nos...

– Calma, milorde, temos que ajudá-lo, o senhor foi ferido. Eles se foram, uma carruagem estava à espera do outro lado da rua. Foi tudo muito rápido – disse o agente. Infelizmente o grupo de jovens nos atrapalhou, mal conseguimos vê-los.

– Mas assim mesmo deem uma busca, não se preocupem comigo.

– Mas sua cabeça, o ferimento...

– Já disse, estou bem. Não sofri nada que meu *valete* não possa consertar. E se for necessário, mandarei chamar o médico.

Com a ajuda dos agentes, James conseguiu levantar-se e pressionar o corte com um lenço. – Vocês conseguiram ver quem me atacou? Era lorde Hamilton? Não consegui identificá-los, estava escuro, e só consegui ver de relance o que me atacou. Ele usava uma capa, talvez de cocheiro.

– Não foi possível ver com clareza, mas ... um dos homens era muito mais alto do que Hamilton, e o outro parecia mais corpulento... Como estavam de costas não podemos afirmar senhor, mas nenhum parecia ser lorde Hamilton.

– E a carruagem que tomaram, tinha alguma identificação, alguma coisa em especial?

– Parecia um carro de aluguel – disse um dos agentes, – um desses que ficam nas portas dos teatros esperando o término dos espetáculos. Vamos dar uma busca, talvez consigamos informações com o pessoal do teatro ou com algum cocheiro. Tem certeza de que está bem, senhor?

– Sim – disse James. – Nada que alguns pontos não resolvam – continuou, dispensando os agentes com um gesto. – E você, me leve até o Claridge's – ordenou ao cocheiro, – siga pela viela, quero entrar pela porta dos fundos, pela entrada dos criados. Não posso passar pelo saguão principal nessas condições, com a camisa manchada de sangue.

As ruas já estavam ficando vazias àquela hora da noite e, em poucos minutos, eles estavam na entrada do beco, nos fundos do hotel.

– Vamos, ajude-me a ir até lá, e não comente nada disso com ninguém – disse James, entregando uma libra esterlina ao cocheiro, que arregalou os olhos ao ver a moeda.

– Fique tranquilo, milorde, não falarei nada – respondeu o homem, ao passo em que amparava James, desviando-o dos monturos de lixo. Uma enorme ratazana os encarou com os olhinhos brilhantes, mas o cocheiro chutou algumas caixas na direção dela e o barulho a fez correr.

Duas camareiras, provavelmente aproveitando alguns minutos de folga, conversavam encostadas na porta. Se ficaram assustadas ou surpresas com a chegada do homem ferido, evidentemente um nobre, nada disseram. Fizeram uma reverência e se aproximaram da parede, liberando a passagem, sem lhe dirigir a palavra.

– Preciso de auxílio – disse ele, apoiado na bengala de castão dourado que lhe salvara a vida aquela noite. – Tenho que chegar até minha suíte no segundo andar pelas escadas de serviço. Você – chamou apontando para a mais velha das duas criadas –, por favor, indique-me o caminho. E você – continuou ele, dirigindo-se à outra, – chame o gerente e diga-lhe que me encontre lá.

Em alguns minutos a criada já o colocara em frente à porta de sua suíte.

– Deseja mais alguma coisa, milorde?

– Não, isso é tudo – disse ele, dando-lhe uma moeda e abrindo a porta.

James estacou tomado pela surpresa: a saleta estava em completa desordem. Almofadas e estofados rasgados a facadas derramavam seu conteúdo de penas pelo chão. Móveis revirados, gavetas abertas e papéis espalhados. Seu *valete* não estava à vista.

– Alfred! – chamou em voz alta, dirigindo-se aos outros aposentos da suíte. O encontrou amarrado e vendado dentro do quarto de vestir, também totalmente revirado. Armários abertos, baús com conteúdo espalhado, roupas e chapéus jogados ao chão... Alguém tivera muito trabalho para revistar seus aposentos.

– Desculpe-me, milorde, não consegui evitar – disse o lacaio, ainda assustado, assim que James retirou sua mordaça.

– Você não tem culpa, Alfred. Está muito machucado?

Diante da negativa muda, ordenou: – Conte-me exatamente o que aconteceu.

– Bateram à porta logo após milorde sair para a ópera, eu achei que pudesse ter esquecido algo e abri sem muito cuidado, lamento – disse o *valete*, com ar compungido, – era um homem bem-vestido, estava de cartola e tinha um cachecol cobrindo parte do rosto. Imediatamente ele me apontou a pistola e mandou que viesse até o quarto e me ajoelhasse de costas para ele. Em seguida deu-me uma pancada na cabeça, eu fiquei atordoado, ele aproveitou para amarrar minhas mãos e me vendar. Ele procurava algo, eu o ouvi revirando tudo, mas não pude fazer nada. Só posso lhe dizer que, pela maneira de falar e pelos trajes, era um aristocrata.

– Mas o que significa isso? Milorde, o senhor está bem? – um homenzinho extremamente nervoso estava parado à porta que havia sido deixada apenas encostada, e olhava estupefato a confusão em que o aposento estava.

– Senhor William – disse James, olhando a plaqueta de identificação pregada na lapela do paletó. – É o gerente, certo? Por favor, feche a porta, não queremos chamar atenção. Não foi nada sério, mas preciso que chame um médico para me fazer um curativo. Além disso, quero falar com o chefe da segurança do hotel. Sofri um atentado na rua hoje, achei que seriam apenas dois gatunos procurando uma carteira recheada. Mas, vendo o que fizeram em meu quarto...

– Vou imediatamente chamar o médico e falar com o segurança...

– Não – interrompeu James, – eu quero falar com ele. E preciso também que um mensageiro leve uma carta até a casa de lorde Grant imediatamente. Vou escrever a mensagem enquanto o senhor providencia o médico. Acho que ainda há papel na secretária. – resmungou James, tentando encontrar uma folha de seu papel de carta pessoal no meio da bagunça que os invasores tinham feito.

– Sim, milorde. Assim será.

– Senhor William, naturalmente não preciso dizer que esse assunto não deve ser comentado.

– Naturalmente que não há necessidade de lembrar-me disso, milorde – disse o zeloso funcionário, empertigando-se todo como se a simples sugestão de qualquer indiscrição já fosse um ultraje.

Rapidamente James escreveu:

"Lorde Grant, nosso alvo mordeu a isca. Revistaram meu quarto essa noite, enquanto eu estava na ópera. Como não encontraram nada, foram ao meu encontro. Infelizmente não pude detê-los. Eram dois homens, mas não consegui identificar Hamilton. O homem que falou comigo não era ele, mas tinha um tom de voz conhecido e se expressava como aristocrata, mesmo tentando disfarçar. Estamos lidando com mais de um."

Assinou e selou a mensagem entregando-a ao gerente do hotel para que ele a enviasse. Só então, se dirigiu ao quarto de vestir para lavar-se, trocar as roupas sujas de sangue e aguardar o médico. *Se Hamilton esteve aqui, vou descobrir*, pensou. *E também vou descobrir quem é o dono da voz que ouvi essa noite. Definitivamente há algo nessa história que não percebemos, ainda...*

Capítulo 12

As flores de Amélia

– Por que demora tanto? – perguntou Edward, aflito, andando para cima e para baixo na sala de jantar de Rose Hall.

– É assim mesmo, meu amigo. Acho que ao contrário do que Melissa temia, seu filho estava muito bem acomodado, e parece que não tem a menor pressa de vir conhecer o mundo aqui fora – disse Amélia, gracejando, na tentativa de tranquilizá-lo. – Você aceita mais uma xícara de chá?

– Já se passaram doze horas – disse ele, recusando a oferta com um gesto de mão. –Se algo acontecer a ela...

– Acalme-se, ela está bem. Se houvesse algum problema Dr. Ross teria vindo nos chamar. Os bebês são assim mesmo, só nascem quando entendem que chegou a hora. Só nos resta esperar. Calma! – insistiu Amélia, ao notar a expressão angustiada do amigo quando mais um grito agudo e forte de Melissa lhes chegou aos ouvidos.

Embora soubesse que nascimentos pudessem ser muito demorados, ela também estava apreensiva. A bolsa d'água se rompera, as contrações começaram no início da noite anterior, duas semanas antes da data prevista. Melissa havia ficado de repouso absoluto nos últimos dias, mas não fora o suficiente. O bebê parecia ter pressa. Agora ela vinha se esforçando para trazê-lo ao mundo, mas ele parecera ter mudado de ideia. Na última vez que Amélia estivera com ela, a amiga lhe parecera muito cansada. O dia nascera, mas o esperado herdeiro ainda não fizera o mesmo.

Amélia e Edward haviam passado a noite em vigília, sem conseguir dormir por um minuto sequer. No início do trabalho de parto, Amélia havia ficado ao lado de Melissa, segurando-lhe a mão, sussurrando palavras de encorajamento. Durante a madrugada ela lhe pedira que fosse fazer companhia e acalmar Edward na sala de estar.

O sol já despontara no horizonte quando George providenciou uma refeição leve e Amélia conseguir persuadir Edward a se alimentar um pouco. Estavam à mesa quando Dr. Ross desceu à sala de jantar por alguns instantes e os tranquilizou.

– Nascimentos são sempre imprevisíveis. Alguns bebês chegam rapidamente, outros preferem um pouco de suspense – disse o médico, numa tentativa de gracejo para aliviar um pouco a tensão. – Mas lady Snowden está indo muito bem, só temos que aguardar. Ele não vai poder manter o suspense por muito tempo mais – e com um sorriso retornou ao quarto de sua paciente depois de beber duas xícaras de chá e devorar um pratinho de brioches com creme.

Isso acontecera há mais de uma hora, e eles não tiveram mais notícias. Edward iria acabar por gastar o tapete da sala de tanto andar de um lado para o outro.

– Sente-se um pouco, Edward – pediu Amélia. – Estou ficando

cansada só de vê-lo.

Ele parou, mas antes que pudesse dizer qualquer coisa em resposta, um vagido ecoou forte!

Edward torceu as mãos e conteve o impulso de correr escada acima. Não adiantaria ir até lá. Naná, que ficara a noite toda à cabeceira de Melissa, o impediria de entrar com certeza.

– Nasceu? – perguntou para Amélia que não tinha como saber, já que estava ao seu lado na sala. – Nasceu? – o lorde insistiu.

– Acho que sim, meu amigo, vamos aguardar. Dr. Ross virá logo que possível nos dar a notícia, mas escute – disse ela, chamando a atenção dele quando mais um vagido ecoou forte. Não havia dúvida, era o choro de um bebê.

– George, traga champanhe! – disse um feliz Edward, acendendo um charuto.

– Não sabemos ainda se é um menino – riu Amélia, – você não acha que devemos esperar para comemorar! E champanhe a esse hora não é demais?

– Sinceramente estou feliz, independente de ser um garoto. Ainda que seja uma menina, vou amá-la muito e comemorar. E nada, nada mesmo será demais para comemorar seu nascimento. Vamos lá George, champanhe!

– Sim, milorde – atendeu George, mantendo a postura habitual, mas com uma sombra de sorriso nos lábios.

– Claro que vamos amar esse bebê, seja ele um menino ou uma menina. Mas eu não esqueci nossa aposta, se for uma menina eu serei a madrinha – disse feliz uma sorridente Amélia!

A chegada de Dr. Ross fez ambos se calarem em expectativa. O médico entrou na sala com um amplo e tranquilizador sorriso.

– Lord Sowden, seu filho nasceu, parabéns!

– Um menino! Um herdeiro! Ganhei a aposta! – bradou o pai

orgulhoso. – E minha esposa, está bem? Posso vê-la?

– Lady Melissa está muito bem, apenas cansada. Nada que um pouco mais de repouso não resolva. Daqui a pouco o senhor poderá vê-la, milorde. Quanto à aposta... hum... – resmungou sorrindo o velho médico, – o senhor ganhou e não ganhou...

– Como assim? O que o senhor quer dizer? – perguntou Amélia, apreensiva. – Está tudo bem?

– Está tudo bem, como já disse. Só que são gêmeos: uma menina e um menino. Portanto, milorde ganhou, mas também perdeu.

– Gêmeos? Gêmeos? – repetia um eufórico papai.

– Sim, milorde, isso explica o cansaço de milady, o inchaço de seus pés, o fato de o parto ter adiantado... Estava tudo bem, só que eram dois bebês, e como milady tem uma compleição delicada... Mas ambos são saudáveis, perfeitos. Parabéns, milorde, agora devo voltar para minha paciente. Daqui a alguns minutos o senhor poderá subir, pois milady deseja vê-lo.

– Gêmeos! – Amélia ria feliz. – Que presente, meu amigo! Melissa deve estar radiante, ela conseguiu ter a menininha que tanto desejava e ainda lhe dar um herdeiro. Isso merece um enorme brinde – disse ela, erguendo a taça.

– Obrigado! – agradeceu Edward, sem conseguir conter a felicidade. – Sei que deveria ser mais comedido e não me entregar a emoções com tanto ímpeto, mas...

– Eu sei, por vezes eu também temi pela vida de Melissa. Está tudo bem agora, não há nada errado em ficar feliz e celebrar a vida. Vocês são abençoados, amam-se de verdade e estão formando uma linda família. Vá vê-los, vou buscar algumas rosas para presentear a mamãe – disse Amélia, encontrando uma desculpa para que Edward pudesse conhecer os filhos e ficar com a esposa a sós num momento tão especial. – Diga a Melissa que lhe envio um beijo carinhoso, irei vê-la mais tarde, agora é melhor deixá-la descansar.

Ela estava feliz pela amiga. Como gostaria de poder viver um momento assim, ver nos olhos de James o mesmo amor e a mesma ternura que vislumbrara nos olhos de Edward. Um suspiro profundo escapou de seus lábios.

Pare de sonhar, você já conseguiu mais do achava ser possível. Por que tem que desejar sempre mais? Por que sente que só será feliz quando puder lhe confessar seu amor? Mais do que isso, só será feliz quando enxergar nos olhos dele o mesmo sentimento? Por que ouvi-lo confessar?

– Isso ele não vai fazer. Já é querer demais, depois daquele casamento e...

– Deseja alguma coisa, milady? Não entendi o que pediu – disse George atenciosamente, ao ouvi-la falar algo em voz alta.

– Não! – apressou-se em esclarecer. – Não pedi nada. Na verdade, George, acho que retomei um velho hábito infantil, estou falando sozinha – e sorrindo da expressão confusa do pobre mordomo, Amélia saiu da sala deixando-o sem entender o que acontecera.

Os narcisos estavam lindos, em plena floração, assim como as prímulas, mas Amélia sabia que as flores preferidas de Melissa eram as rosas.

Vou levar uma bela braçada e colocar num vaso, ela vai gostar de tê-las por perto quando acordar, pensou. E naturalmente não preciso me preocupar com os bebês, as amas não os deixarão dormir naquele quarto, mesmo que Melissa, contrariando todos os costumes, decida amamentá-los. E ela vai, afinal nunca ligou muito para convenções, basta lembrar a forma como conseguiu conquistar Edward.

Rindo consigo mesma ao se lembrar das peripécias da amiga na juventude, Amélia afastou-se para um canto isolado do jardim, em direção aos canteiros de rosas, onde esperava encontrar botões ainda não colhidos. Estava tão distraída, a falta de sono lhe roubara a agilidade e a atenção habitual, que não percebeu o vulto se aproximando sorrateiramente até ser muito tarde. Quis gritar pedindo socorro ao sentir lhe agarrarem o braço, mas alguém lhe tapou a boca e o nariz com um pano embebido em algo com cheiro muito forte. Por alguns segundos ela se debateu tentando libertar-se, mas logo a escuridão a envolveu e ela desfaleceu.

– Eram dois homens, mas tenho certeza de que nenhum era Hamilton – disse James aos homens reunidos no gabinete de lorde Grant. Estava cansado, praticamente não dormira naquela noite e o corte na cintura, embora superficial, incomodava cada vez que ele se movimentava.

– Tem certeza de que está bem, Cunnington? – perguntou Grant, ao notar a palidez de James.

– Absoluta, não se preocupe, o ferimento foi superficial. Continuando, senhores, embora tenha tentado imitar um sotaque da classe operária e disfarçado a voz, o que falou comigo era um cavalheiro, não tenho dúvidas. E corresponde à descrição que Alfred fez do homem que esteve em meu quarto: bem-vestido e com uma echarpe de seda cobrindo parte do rosto.

– Isso explica como conseguiu passar pelos agentes no *lobby* do hotel e ir até sua suíte. Todos estavam atentos a lorde Hamilton, mas num local daqueles não há como fiscalizar o trânsito de cavalheiros. Devem ter pensado que se tratava de um hóspede dirigindo-se ao andar superior.

– Jogamos a isca e falhamos – disse um dos homens presentes. –

O que faremos? Não vão acreditar que, depois de tudo, você não irá comunicar seus superiores sobre suas descobertas.

– Talvez ainda haja uma forma de atraí-los – disse James, pensativo. – Vejam senhores, eu fui ao clube de madame Junot para jogar a isca para Hamilton, mas ele não estava lá. Na verdade, ele não é visto em Londres há dias. É possível que outra pessoa tenha se incomodado com minhas insinuações naquela noite, um cúmplice.

– Você acredita que nosso homem estava presente naquela noite? – interrompeu lorde Grant.

– Ainda que Hamilton esteja por trás disso, e eu continuo acreditando que está, agora sabemos que ele tem cúmplices e que pelo menos um deles também é um cavalheiro. Esse homem deve ter ouvido minhas insinuações, e todo o tempo eu mencionei minha busca por uma pessoa. Eu disse que "o" procuro há anos, no singular.

– Sim, mas como isso pode ajudar? – indagou lorde Grant.

– Ora, não se trata apenas de um traidor, são pelo menos dois! Na verdade, nós não sabemos mesmo o tamanho dessa trama, e acredito que eles desconfiem disso. O fato de eu ter me referido a um traidor pode ter chamado atenção do nosso espião. Por isso ele não tentou simplesmente me matar, ele exigiu o dossiê. Eles precisam descobrir o que realmente sabemos.

– Meu Deus! Essa operação pode ser muito maior do que imaginávamos – disse um dos presentes.

– Talvez. Os fatos ainda estão nebulosos. Sabemos que alguém com acesso a documentos oficiais e secretos tem roubado as informações, e tudo leva a crer que seja Hamilton. Mas existe pelo menos mais um envolvido, embora não saibamos qual seja o seu papel nessa história. Nossa honra não nos permitiu pensar que mais de um cavalheiro inglês pudesse estar traindo a Coroa. Napoleão é um tirano, mas também é carismático e consegue manter um séquito de seguidores que acreditam em sua capacidade de dominar a Europa. Infelizmente falta de honra e caráter também podem contaminar membros da nobreza inglesa, ambiciosos e venais. Devem ter traído a pátria acreditando que irão usufruir de vantagens no futuro. No final tudo se resume a dinheiro e a poder.

– O que faremos? – Lorde Grant perguntou, pensativo.

– Voltarei ao clube de madame Junot hoje à noite. Vou tentar me lembrar de quem estava por perto naquela noite e me aproximar, tentar conseguir alguma informação. Agora sei que há mais envolvidos, não fixarei minha atenção apenas em Hamilton. Quem sabe consigo chamar novamente a atenção sobre meu suposto dossiê e atrair a atenção do cúmplice.

– Enquanto isso – disse lorde Grant, – aqui no gabinete tentaremos descobrir quem são aqueles com quem Hamilton mantém relações mais frequentes, alguém que também esteja em dificuldades ou tenha demonstrado um interesse especial sobre o andamento da guerra. Sei que é pouco, mas é o que podemos fazer.

– Eles cometerão um erro, sempre cometem. E nós os pegaremos – concluiu James.

O lacaio recebeu a cartola e a capa e se afastou para que ele entrasse no grande salão. Naquela noite o movimento parecia ainda maior do que na outra em que estivera ali. James observou os presentes disfarçadamente enquanto retirava uma taça de champanhe da bandeja apresentada pelo criado! Ele não tinha intenção de consumir seu conteúdo, mas o ato de levar o copo aos lábios lhe permitiria correr o olhar de forma disfarçada pelo salão.

– Lorde Cunnington, que prazer encontrá-lo bem! Soube que ontem na saída da ópera o lorde foi atacado por ladrões. Que horror! Venha nos contar o que aconteceu...

Voltando-se, James deparou com o marquês de Brandt que, sem cerimônia, e visivelmente embriagado, o puxou pelo braço em direção a um grupo de poltronas as quais outros jovens estavam acomodados. Embora não tivesse o mínimo interesse no grupo, não poderia se esquivar sem ser indelicado. Conversaria um pouco e daria um jeito de se livrar deles. Eram jovens ricos e de estirpe, sem qualquer preocupação na vida a não ser se divertirem e perpetuarem o nome da família. Não tinha paciência para o tipo de conversa que costumavam manter – a maioria centrada nas fofocas da alta sociedade londrina – e nem tempo a perder.

– Conte-nos tudo, soubemos que foi ferido – disse um deles, assim que James se acomodou.

– Não foi nada, apenas dois gatunos. Queriam minha carteira, mas eu me livrei deles.

– Fiquei sabendo que usaram um punhal, e que o derrubaram.

– Não foi nada importante, já disse. E como souberam disso?

– Ora, isso aconteceu na saída da ópera! Lady Ravenge e suas filhas estavam passando por ali. Parece que o cocheiro delas conversou com o cocheiro...

Aproveitando que Brandt começou uma longa história sobre como haviam descoberto o ataque a ele, James se pôs a observar o salão. Quem seria o cúmplice de Hamilton?

Já passava da meia-noite, ele estava cansado, o ferimento doía. Hamilton não estava ali e ele não conseguia ver nenhum de seus companheiros habituais no local. Certamente não iria conseguir nenhuma informação naquela noite, e os rapazes, já bem alterados pelas inúmeras taças de champanhe, insistiam para que ele relatasse suas aventuras na França. Era melhor ir embora, descansar e refazer as forças. Teria que aguardar para que eles dessem um novo passo.

– Senhores, eu estou cansado. Um prazer conversar com vocês, mas vou me retirar.

– Você sempre se esquiva quando queremos que nos conte suas aventuras. É um herói muito modesto, Cunnington – disse Brandt, com um tom um tanto irônico.

– Não sou um herói, apenas um patriota – retrucou irritado.

– Não se aborreça meu amigo, não quis ser ofensivo. Ao contrário, era um elogio.

– Agradeço, mas realmente preciso me retirar, boa noite! E dirigiu-se à porta aguardando que o lacaio lhe entregasse sua capa e cartola. Para sua surpresa, o criado lhe entregou também um envelope.

– Quem deixou isso?

– Não sei, milorde. Estava junto à bengala e tinha o seu nome, por isso achei que lhe pertencesse – respondeu o assustado criado.

Dispensando-o com um gesto, James se afastou e rompeu o lacre. Seu coração falhou uma batida ao ler a mensagem.

"Queremos o dossiê. Não aqui em Londres onde sabemos que está sendo protegido e vigiado. Arranje uma desculpa, vá para Hampton House, avisaremos onde e quando será a entrega. Lady Cunnington é uma linda jovem. Belas inglesas são muito apreciadas nos prostíbulos de Paris. Por isso vá sozinho e não comente nada com ninguém, caso contrário levaremos sua esposa para um passeio no Continente, e você nunca mais a verá."

James entrou em sua suíte como um furacão, surpreendendo o pobre Alfred que o aguardava sonolento.

– Mande preparar a carruagem e diga para o cocheiro me aguardar na porta dos fundos do hotel.

– Mais alguma coisa, milorde?

– Material para um curativo, preciso que você troque essas bandagens. Partiremos em seguida. Seja rápido, precisamos chegar a Hampton House o quanto antes.

A mensagem dizia que entrariam em contato, e ele tinha certeza de que o localizariam. Só não permitiria que chegassem até Amélia. Aqueles sujeitos eram capazes de tudo. Capturá-los era a missão mais importante de sua carreira, talvez de sua vida, e ele não tinha o menor problema em colocar-se como alvo ou arriscar a sua vida. Já fizera isso muitas vezes, em situações bem piores, pensou, lembrando-se do plano que o havia enviado para França como suposto traidor. Mas não podia deixar que o preço a ser pago para o sucesso da missão fosse a segurança de Amélia.

Se algo acontecesse a ela ele jamais se perdoaria. Amélia era sua esposa, uma esposa imposta, um casamento celebrado em condições absurdas, contra sua vontade, mas ainda assim, sua esposa. Tinha obrigação de protegê-la.

Cerrou o maxilar, a imagem de Amélia exposta e vulnerável a tipos como Hamilton tomou sua mente. Uma raiva surda o dominou.

Fez o trajeto em tempo recorde, parando apenas uma vez para trocar os cavalos por outros mais descansados. Ao chegar, a informação de Ralph de que Amélia havia ido para Rose Hall há alguns dias o deixou mais tranquilo.

– Lady Melissa mandou buscá-la, Naná a acompanhou e a carruagem estava com escolta, milorde. E já nos avisaram que Lady

Amélia chegou bem.

James respirou aliviado. Em Rose Hall ela estava um pouco mais protegida. Além de Edward ter conhecimento dos riscos, lá ela não seria tão afoita. Em Hampton House Amélia ficava totalmente à vontade, cavalgando de forma descuidada pelos campos, na maioria das vezes sozinha. E Hamilton conhecia o local, seria fácil para ele surpreendê-la ali.

– Ralph, providencie uma refeição leve, um banho quente e bandagens. E mande o cavalariço selar meu cavalo. Seguirei para Rose Hall em seguida.

Ainda que ela estivesse mais segura na companhia dos amigos, ele precisava vê-la. Viajara a noite toda, estava exausto, faminto e tinha certeza de que o ferimento se abrira com o esforço da viagem, mas precisava avisá-la, e a Edward, sobre as ameaças diretas. Só depois de ter certeza de que ela estava bem e em segurança, conseguiria se concentrar numa estratégia. Iria vê-la de forma bem discreta, sozinho. Hamilton e seus cúmplices não deviam saber que ela estava em Rose Hall, mas poderiam estar vigiando e não queria alertá-los.

Pouco tempo depois estava a caminho.

– Bom dia, milorde!

– Bom dia, George – respondeu James. Após entregar as rédeas de sua montaria ao lacaio que o recebera no pátio, ele se dirigiu rapidamente à porta que o mordomo mantinha aberta. Entrou rapidamente, e só depois de ver a porta bem fechada, retirou a capa que o protegia de olhos indiscretos.

– Minha esposa, por favor, vá chamá-la. E também a lorde Snowden – disse ele, ao pé da enorme escadaria que levava ao andar superior.

– Senhor, vou acompanhá-lo à biblioteca. Milorde pode aguardar ali enquanto verifico onde está lady Amélia. Quanto a lorde Snowden, temo que esteja descansando, essa foi uma noite muito agitada – disse o velho mordomo com um raro sorriso alterando sua sempre impassível fisionomia.

– Como? Agitada como? – perguntou James, prevendo algum problema relacionado aos traidores.

– Ahn... Lady Melissa, Sir. Houve um nascimento há pouco, na verdade dois – informou o mordomo, levemente constrangido por partilhar uma informação sobre a intimidade da família.

– Dois? – indagou James, assustado, sem entender a que o mordomo se referia.

– Lady Amélia lhe contará em detalhes. Acredito que ela tenha ido para seu quarto descansar também. Passou a noite fazendo companhia para lorde Snowden.

– George, avise a lorde Snowden que preciso vê-lo com urgência, diga-lhe que é importante. Faça isso antes de chamar lady Amélia. Vou aguardar na biblioteca – ordenou.

– Sim, milorde – disse o mordomo após hesitar por um momento. Algo na fisionomia de James lhe dizia que era melhor obedecer.

James lamentava importunar o amigo naquele momento, mas o assunto era grave e exigia providências. Falaria com Amélia depois de discutir um plano de proteção com Edward. Deixá-la-ia descansar por mais alguns minutos, pois ela devia estar exausta depois de uma noite em claro. Dois nascimentos? O comentário de George voltou à sua mente, quem teria tido outro bebê?

Serviu-se de uma dose de conhaque da garrafa que estava sobre o aparador da biblioteca. Não tinha o hábito de beber tão cedo, aquela seria uma exceção. O líquido âmbar desceu queimando por sua garganta e o fez sentir-se revigorado e desperto. Será que deveria tirar Amélia do país enquanto Hamilton não fosse preso?

– Então, meu amigo, o que aconteceu que o fez vir tão rápido? Hamilton? – perguntou Edward, entrando na biblioteca em trajes totalmente informais. – Perdoe-me por estar em trajes tão domésticos, mas imaginei que a urgência do seu pedido justificaria recebê-lo sem estar adequadamente vestido. Você foi ferido? – perguntou o lorde, ao perceber o hematoma na testa de James.

– Nada sério – respondeu James. – Lamento incomodá-lo, mas a situação é importante e urgente. Parabéns pelo nascimento, antes de tudo. Um menino?

Antes que Edward pudesse esboçar uma resposta e contar que eram dois bebês, James continuou obviamente preocupado com o que lhe trouxera até ali.

– Os traidores morderam a isca, mas não conseguimos prendê-los... – e rapidamente ele descreveu o ataque sofrido e a invasão aos seus aposentos.

– Então não se trata de um traidor isolado, Hamilton não está trabalhando sozinho. Há mais alguém envolvido – concluiu Edward.

– Sim, não sabemos qual seu papel ou sua motivação nessa trama. Pode ser alguém ligado ao governo ou não, mas é possível afirmar que se trata de um cavalheiro. Esse segundo homem invadiu meus aposentos no hotel, o que pode ter confundido os agentes colocados lá por Grant. Eles procuravam especificamente por Hamilton. Conversei com o gerente da noite e com os agentes disfarçados, mas não consegui nenhuma informação. Nenhum homem suspeito foi visto no *lobby*, nos corredores ou mesmo no restaurante. Isso reforça minha teoria de que o segundo traidor também é um aristocrata. Sua presença no local não despertaria qualquer suspeita. Revistaram meus aposentos e como não encontraram o dossiê, me abordaram na rua. Dessa vez eram dois, e nenhum deles era Hamilton, com certeza.

– O que faremos?

– O que me preocupa é a segurança de Amélia. Com ela bem protegida, eles não têm com o que me ameaçar, o campo ficará livre para os agentes de Grant persegui-los. A ordem para que eu viesse para Hampton House, somada às informações anteriores, confirma que Hamilton está envolvido. Ninguém mais saberia sobre a casa de Amélia. Quando o encontrarmos e prendermos ele revelará o esquema de subtração das informações e nos levará ao cúmplice. Mas para que tenhamos sucesso, Amélia terá que estar em segurança.

– Tem certeza de que é mesmo Hamilton? Você mesmo disse que não o reconheceu como um dos que o atacaram. É verdade que ele conhece Hampton House, mas a residência de Amélia não é exatamente um segredo.

– Pensei muito a respeito, Edward, e quanto mais penso mais me convenço de que ele, se não é o centro, é um elemento importante no esquema. Há anos eu tento descobrir e prender esse traidor, embora até há pouco tempo não soubesse que se tratasse de Hamilton. Ele me denunciou aos homens de Napoleão, por isso fui obrigado a encerrar a missão e voltar à Inglaterra. Portanto, sabe que sou o que melhor conhece os fatos e quem ele mais deve temer.

– Mas onde exatamente Amélia entra nessa história? Por que ele iria até ela? –perguntou Edward.

– Porque ele esteve na recepção em sua casa, quando participamos o casamento à sociedade e ouviu toda a história romântica, como nos casamos e como logo após tivemos que nos separar. Ele deve acreditar que sou apaixonado por ela e que faria qualquer coisa para protegê-la. Por isso vai tentar negociar comigo, a segurança dela em troca do dossiê. Ou usá-la como escudo na fuga, quando descobrir que não existe dossiê e que todos já sabem que ele é um traidor.

– E você não é apaixonado? A história romântica não é verdadeira? – Edward o interrompeu, surpreso.

Por um momento o tempo parou e James pensou na pergunta de Edward. A história que contaram a todos não era verdadeira, aliás, a verdadeira não tinha nada de romântica. Ou tinha? Por uma fração de segundo ele se viu novamente nos porões de Fleet, quando arrancou o capuz da mulher que o estava obrigando a se casar... O rosto de Amélia, seus cabelos refletindo o brilho das velas, o verde de seus imensos olhos, o queixo erguido em desafio... E a verdade o dominou e o surpreendeu. Sim, a resposta à pergunta de Edward era sim. *Sim, mil vezes sim!* Ele era apaixonado por ela! Mais do que isso, ele a amava, não poderia mais se imaginar num mundo no qual ela não fizesse parte. Sim, a história era romântica e verdadeira.

A revelação o deixou aturdido.

– Sim, eu a amo – disse ele, em voz alta mais para si mesmo do que para Edward. – Eu a amo. Certamente que é verdade, eu faria qualquer coisa por minha esposa – reconheceu, surpreso.

– E você acredita que Hamilton prejudicaria a própria tutelada, a filha de seu companheiro de armas, de seu amigo? – perguntou Edward, ainda não muito convencido dessa hipótese.

– Você não imagina do que aquele crápula é capaz.

– Milordes! – o sempre impassível George estava parado à porta, dessa vez com uma expressão um pouco preocupada. – Lady Amélia não está em seu quarto e Beth sua camareira ainda não a viu essa manhã. Ela ainda não havia ido até o quarto de lady Amélia, imaginando que ela preferisse descansar depois da noite movimentada. Ficou surpresa ao ver que a cama não foi nem usada, que milady, ao que parece, não esteve lá após a notícia do nascimento. Também não esteve no quarto de lady Melissa e nem no quarto dos bebês, pois já verifiquei. Ela, sequer, conheceu os gêmeos!

– Procurem-na pela casa e pelos jardins, agora! – ordenou Edward. – George, coloque todos os criados na busca, veja qual deles a viu e onde. Estivemos juntos até Dr. Ross me trazer a notícia do nascimento, eu subi para ver Melissa e ela me disse que iria colher algumas rosas para presenteá-la, e iria em seguida ao quarto de Melissa. Verifiquem o jardim, falem com os jardineiros.

James não esperou pelos criados, saiu em disparada em direção ao jardim. *Será possível que eles tivessem chegado ali antes do que ele?* Não demorou muito para que ele visse a braçada de rosas jogada sobre a grama. E no chão, com uma das pontas segura por uma pedra, havia um envelope fechado, endereçado a ele. Rapidamente rasgou o lacre e leu o bilhete anônimo:

"Hoje à noite, às 9 horas, me encontre sob o velho salgueiro, onde o riacho que corre por Rose Hall forma o lago. Traga o dossiê, venha sozinho, e não tente nenhuma tolice. Se obedecer, depois que estivermos em segurança, você terá de volta a sua mulher. Se falar a alguém, jamais tornará a vê-la".

James amassou o papel, chegara tarde. Hamilton devia estar vigiando-a, por isso ninguém o vira em Londres. Ele fora um tolo, colocara Amélia em perigo. Inconformado, voltou para casa. Tinha que tentar encontrá-la. O que aqueles bastardos fariam se descobrissem que não havia um dossiê, que tudo não passara de uma armadilha para confirmar as desconfianças de todos no gabinete?

– George está conversando com os criados para ver quem a viu essa manhã. Eu fui até a estrebaria, achei que talvez ela tivesse saído para cavalgar. Mas os cavalariços não a viram e todos os animais estão nas baias – disse Edward, dirigindo-se a James. – O que é isso? –

perguntou ao ver que o amigo apertava alguma coisa na mão direita.

– Temos que encontrá-la – disse James, estendendo a Edward a bola de papel em que havia se transformado o bilhete.

– Oh James, sinto muito! Falhei com você, eu havia prometido protegê-la. Não pensei que eles se atrevessem ou que ousassem invadir a minha casa – disse Edward, muito constrangido.

– Não é sua culpa, eu deveria ter pensado na possibilidade de Hamilton usá-la para chegar até mim. Eu é que não fui capaz de protegê-la. Ele é um covarde sem escrúpulos, mas eu não imaginei que chegasse ao ponto de usar a vida da filha de um amigo como moeda de troca. Infelizmente já vi muitos homens encurralados para saber que alguns se tornam verdadeiros animais, capazes de qualquer coisa para sobreviver ou manter a liberdade. Ele usou-a para me atrair e obter o dossiê, mas isso não basta. Para garantir sua impunidade terá que me matar, e depois disso ela não terá mais nenhuma utilidade para ele.

Edward concordou com a cabeça, o que ambos pensaram, mas nenhum ousou dizer em voz alta, é que Amélia já cumprira o objetivo de atrair James para a armadilha. Será que ela ainda estaria viva?

Amélia voltou a si sentindo-se enjoada. Ela estava deitada no chão duro, numa posição desconfortável. Seu corpo estava enrijecido, os braços dormentes por estarem presos por uma corda. Com esforço, e apoiando as costas na parede atrás de si, conseguiu sentar-se.

Lembrava-se de estar colhendo as rosas para levar para Melissa quando alguém lhe tapara a boca e o nariz com um pano embebido num líquido forte, provavelmente éter. A garganta ardera quando tentara respirar e ela perdera os sentidos. Não se lembrava de mais nada por mais que tentasse.

Sua mente estava confusa, devia ser efeito do anestésico. Tinha sede, a boca estava seca. Que lugar era aquele, o que estava fazendo ali? Respirou profundamente, precisava se acalmar, e então tentaria descobrir o que estava acontecendo. Fechou os olhos e continuou respirando, profunda e de forma ritmada, até as batidas de seu coração diminuírem de intensidade e a mente se acalmar.

Estava numa cabana, talvez o local de abrigo de um guarda-caça. Podia sentir o piso de pedra e a parede de barro às suas costas. Quando seus olhos se acostumaram com a pouca luz, olhou ao seu redor e viu uma lareira com uma panela de ferro suspensa sobre o braseiro apagado. Apenas um catre, uma mesa tosca e duas cadeiras mambembes compunham o mobiliário. Num canto, jogados, algumas armadilhas para animais silvestres e um machado para lenha. O telhado de choupo era baixo, mal dava para um homem ficar em pé. Além da porta de madeira, tinha também uma janela de ripas, fechada com uma tramela. A parca claridade provinha das frestas das paredes e dos vãos da janela e da porta. *Ainda havia sol*, pensou. *Quanto tempo teria ficado desacordada?*

Isso não importava, precisava tentar sair dali. Quem quer que a tivesse prendido não tinha boas intenções. Ela tentou soltar as mãos, só que os nós estavam apertados. As cordas que amarravam seus pés pareciam estar mais frouxas. Começou a pressionar a costas contra a parede, buscando apoio para ficar de pé quando ouviu vozes se aproximando. Imediatamente jogou-se ao chão, procurando a mesma posição de quando despertara e fingiu estar desacordada. Segundos depois a porta foi aberta, e dois homens entraram conversando. Amélia estremeceu de pavor quando reconheceu a voz de um deles: era Hamilton.

– Ela ainda está desmaiada? Acho que você exagerou na dose

de éter – disse o outro.

– Melhor assim, essa garota já me deu muito trabalho. Enquanto estiver dormindo não vai incomodar, não estou disposto a correr riscos.

– Eu também não tenho paciência para lidar com uma mulher histérica ou em prantos.

– Não se iluda, Amélia não é uma jovenzinha frágil, não vai ficar histérica ou em prantos como você diz. Ramon terá que ficar de olho nela, é capaz de tentar escapar.

– Então, está tudo certo, Hamilton?

– Sim, eu deixei um bilhete para que Cunnington nos encontre hoje à noite levando o dossiê. Ramon o seguiu desde Londres até Hampton House e me avisou que ele havia retornado. Confesso que quando soube de sua volta, sem que eu ainda tivesse tido a chance de sequestrá-la, achei que tudo estava perdido. Edward tem sido cuidadoso, trouxe-a de Hampton House bem escoltada. Mas foi perfeito! Fui a Rose Hall às primeiras horas da manhã pensando em subornar um criado, pois queria informações para tentar uma forma de chegar até ela, e não imaginei que iria encontrá-la no jardim àquela hora. E sozinha!

– Foi muita sorte mesmo, já estava na hora de ela sorrir para nós. Eu revirei aquele quarto e não consegui encontrar o maldito dossiê. Mas como você tem certeza de que Cunnington irá? Ele pode nem ter recebido sua mensagem.

– Se ainda não recebeu isso acontecerá em breve. Ainda hoje, com certeza. Não sei a que horas, mas ele irá até Rose Hall para encontrá-la. Até lá possivelmente já terão dado pela falta dela. Se ainda não tiverem notado sua ausência, com a chegada dele notarão. Deixei o bilhete no jardim. Ele vai ao nosso encontro hoje à noite. Eu a levarei amarrada e amordaçada, ele ficará atento a ela e não notará você escondido. Assim que eu pegar o dossiê, você acaba com ele.

– Tem certeza de que ele irá sozinho? E de que não falou nada?

– Ele não colocaria a vida dela em perigo. Dá para notar que está apaixonado – respondeu Hamilton. Eu não acreditaria se não tivesse visto os dois juntos com meus próprios olhos. Sempre imaginei que Amélia havia me dado um golpe, simulando um casamento. Mas parece que a história deles foi verdadeira. É uma pena, mas esse casamento não vai durar muito – disse ele com ironia.

– E ela, o que faremos com ela?

– Não se preocupe, cuidarei dela pessoalmente. Temos velhas contas a acertar, mas se ela tentar fugir, mate-a também. Não podemos correr riscos. Agora precisamos tratar do plano, assim que tudo estiver acabado voltaremos a Londres. Se estivermos certos, Cunnington acredita que há apenas um informante. Quando tivermos o dossiê em mãos teremos certeza de quem ele desconfia. Seja quem de nós for, devemos ambos ficar um tempo afastado das atividades, não vale a pena arriscar. Afinal, não é possível ter certeza, ele pode ter comentado suas suspeitas com alguém. Por outro lado, se estivermos enganados e as suspeitas dele forem sobre outra pessoa, usaremos as informações do dossiê para incriminar seja lá quem for. Talvez consigamos sair dessa enrascada como heróis. Mais do que isso, daqui a algum tempo poderemos retomar nossa atividade, apenas de forma um pouco mais discreta.

– Precisamos do dossiê para ter certeza e, é claro, precisamos eliminar Cunnington – disse o homem, cuja voz Amélia não reconhecera.

– Naturalmente, é melhor voltarmos à estalagem e descansar um pouco, a noite será longa. Ramon ficará vigiando, ela deve acordar em breve.

– Aquilo é uma espelunca, o vinho é ordinário e a comida ruim!

– Não reclame, ali não encontraremos nenhum conhecido e eu garanti que o dono fique de boca bem fechada sobre a presença de dois cavalheiros, além disso...

Amélia esperou alguns minutos após a saída dos dois homens antes de abrir os olhos. Ela não havia entendido de que dossiê falavam, mas percebeu que a haviam raptado para forçar James a entregá-lo. Ele tentaria libertá-la, acreditava, mas jamais entregaria qualquer documento ou informação se isso fosse contra os interesses da Coroa. Provavelmente tentaria dominar Hamilton, mas vê-la amarrada e amordaçada poderia distraí-lo, ele não perceberia a emboscada.

Já atrapalhei sua missão e coloquei sua vida em risco uma vez, quando o obriguei a se casar comigo. Não posso permitir que isso aconteça novamente, *não vou fazer isso com ele*, pensou. Tenho que avisá-lo.

Devagar conseguiu apoiar o copo na parede e sentar-se. Os olhos, já acostumados com a penumbra, percorreram todo o pequeno espaço: ela vira o machado. Com cuidado, ela foi se arrastando pelo chão até o local onde a ferramenta estava apoiada, e pressionou as cordas que envolviam os pulsos contra a lâmina. Lentamente, e com muito cuidado para não derrubá-lo, foi tentando romper as fibras.

– Pensem, por favor, pensem – pedia James a Naná e a George. – Onde Hamilton pode tê-la escondido? Um lugar entre Hampton House e Rose Hall!

O grupo de busca procurava há horas, mas não havia encontrado nenhum sinal de Amélia.

– Perdoe-me, senhor – disse George, – mas o que o faz ter certeza de que ela está por aqui, de que ele não a levou para outro lugar mais distante?

– Não tenho certeza de nada, mas acredito que ele a manteve por perto para o caso de alguma coisa dar errado. Ela seria um trunfo, talvez ele a leve ao encontro dessa noite para pressionar-me a entregar o dossiê, que, aliás, não existe. Precisamos libertá-la antes disso, não sei o que ele ou o cúmplice farão quando descobrirem que essa história foi um truque para fazê-los se revelar.

– Minha menina! – choramingava Naná. – Aquele monstro, o que ele fará com ela?

– Naná, se você quer ajudar Amélia, precisa pensar onde ele pode estar mantendo-a presa. Ele não é da região, deve ser algum local que ele conheceu anteriormente, quando passou a temporada aqui com o pai de Amélia. O que eles costumavam fazer naquela época, Naná?

– Ah, milorde, lorde William estava muito abatido quando o visconde veio fazer-lhe companhia. Lembro-me que nos primeiros dias eles se limitaram a conversar e beber todas as noites.

– Mas e depois dos primeiros dias? Sei que Hamilton conseguiu convencê-lo a ir para Londres. Nesse meio tempo eles devem ter feito algumas coisas, o quê? Saíam para cavalgar, talvez, ou para caçar...

– Algumas vezes depois da primeira semana o visconde convenceu lorde William a sair para cavalgar. Em algumas manhãs levavam armas para atirar em lebres ou faisões. Lembro-me que uma vez abateram um coelho de pelo branco. Amélia ficou furiosa e chorou muito quando viu o bichinho morto com o pelo sujo de sangue. A caça nunca foi um esporte que a agradasse, ela sempre toma o partido dos animais.

– E havia algum lugar que Hamilton pudesse ter conhecido nessas andanças, alguma cabana ou talvez uma gruta?

– Estou me lembrando de uma situação. Logo após o episódio do coelho, o visconde quis ir novamente caçar. Lorde William não queria magoar Amélia, então, naquela manhã, antes de sair, ele me pediu para chamá-la e explicou que sairia para caçar porque seria indelicado desagradar o amigo. Amélia não discutiu com o pai, simplesmente pediu para acompanhá-los. Ele ficou surpreso e, em princípio, negou, mas ela o convenceu, não sei com que argumento. Quando chegaram ao campo onde iriam procurar perdizes, ela inesperadamente armou uma confusão e tentou espantar as aves com gritos e muito barulho. Lorde William ficou muito bravo com ela, mas eles não desistiram. Lembro-me dela me contar que não quis participar, preferiu ficar aguardando na cabana do guarda-caça.

– E onde fica essa cabana? – perguntou James, enquanto imaginava uma Amélia bem jovem, mas já bastante decidida, desafiar o pai e irromper em gritos para evitar a morte dos animais.

– Ralph sabe onde é, pode levá-lo até lá – disse Naná. – Mas o local está abandonado há anos, talvez nem exista mais. Depois que o pai morreu, Amélia nunca mais permitiu caçadas, não havia razão para manter uma cabana para um guarda-caça.

– Seria o lugar perfeito para ele escondê-la, pois ninguém se lembraria de uma cabana abandonada – disse Edward.

James pensou por alguns instantes: *se eles estivessem errados, e aquele não fosse o lugar onde Hamilton estava mantendo Amélia, ele perderia um tempo precioso*. Por outro lado, essa era a única chance de encontrá-la.

O sol se escondera e a escuridão se instalara dominando todo o pequeno espaço, a não ser pelas pequenas porções do brilho da lua que se infiltravam pelos vãos das paredes e porta esburacadas.

Amélia estava exausta, os músculos das costas estavam rígidos e doloridos, os pulsos feridos sangravam. Embora estivesse tentando há bastante tempo sem descanso, a corda ainda não se rompera. A lâmina do machado estava quase cega e a falta de apoio não ajudava. *Não vou desistir,* pensou decidida. *Se conseguir me soltar, vou tentar pegar um dos cavalos. Tenho que avisar a James sobre a emboscada.*

Afoita para se livrar das amarras, acabou derrubando o pesado machado sobre as armadilhas enferrujadas, o barulho ecoou alto no silêncio. Ansiosa aguardou imóvel por alguns minutos, mas o homem chamado Ramon não veio verificar o que estava acontecendo. Tateando, ela buscou o instrumento, mas desanimada percebeu que, com as mãos amarradas às costas não conseguiria levantá-lo. Na posição em que caíra era inútil, a lâmina estava rente ao chão, não tinha mais como usá-lo para tentar cortar as cordas.

– *Elas parecem estar bem rotas,* Amélia, falou baixinho consigo mesma. Força, você consegue arrebentá-las.

– Ora, ora, ora... Então a mocinha acordou? O que está fazendo? – com um empurrão a porta fora repentinamente aberta.

Assustada, Amélia reconheceu a voz que vinha da silhueta iluminada pela luz da lua.

– Solte-me, Hamilton, solte-me! Por que está me mantendo aqui? O que você quer?

– Calma, Amélia! Obedeça-me e tudo ficará bem.

– Eu não entendo...

– Você deveria ter aceitado meu pedido de casamento. Sua recusa me obrigou a tomar algumas atitudes um tanto ambíguas. E agora seu marido está em meu encalço, mas não vai conseguir me prender.

– Não sei a que você se refere como atitudes ambíguas, mas James não o deixará sair ileso. Ele vai encontrá-lo – gritou Amélia.

– Isso nós vamos ver. Ramon, leve-a para fora. Vamos fazê-la montar o alazão. Ela vai conosco, será minha garantia.

– Terei que desamarrar suas pernas, milorde – disse o capanga, colocando um candeeiro sobre a mesa. Ela não vai conseguir se equilibrar no cavalo com as mãos amarradas às costas, a não ser que monte atravessada na sela.

– Faça isso, então. Solte as pernas e coloque-a atravessada na sela. Mas só as pernas, você irá puxar o animal pelas rédeas. Não a quero de mãos soltas, sei bem do que é capaz. Vamos, Amélia, seja boazinha! Se não resistir não vai se machucar – disse ele quando ela começou a se contorcer para evitar ser arrastada para fora.

– Por que você está fazendo isso? Você não tem mais como conseguir meu dinheiro.

– Cale-se, não me faça perder a paciência – disse ele, agarrando-a pelo braço e forçando-a a se levantar.

– Solte-a!

A ordem foi dita em voz baixa, num tom profundo e áspero. Amélia jamais esqueceria aquele tom de voz. Era quase possível sentir o gelo que envolvia as palavras. James estava parado à porta, imóvel. O candeeiro iluminava seu rosto de baixo para cima, dando-lhe um aspecto diabólico. Segurava uma pistola apontada para Hamilton.

– Solte-a, já disse, e afaste-se dela se não quiser que eu o mate agora.

Instintivamente, Hamilton retrocedeu um passo e ergueu as mãos.

Ralph, amarre primeiro esse brutamontes – disse James,

apontando para Ramon. Em seguida faça o mesmo com o diabo Hamilton. Você está bem, Amélia? Vou soltá-la – disse ele, aproximando-se.

– James, ele não está só, há um outro...

Um gemido fez James voltar-se. Tarde demais, atrás de Ralph, protegido por sua sombra, um homem mantinha o cano de uma pistola encostado à cabeça do velho mordomo.

– Onde você estava? Ele podia ter me matado – gritou um assustado Hamilton.

– Jogue a arma no chão Cunnington, se não quiser que eu atire e espalhe os miolos dele para todos os lados. Hamilton, pegue a arma e solte Ramon.

– Essa voz... conheço essa voz – disse James tentando dar um rosto a ela.

– O dossiê, me entregue o dossiê – continuou o homem nas sombras.

– Não posso – respondeu James.

– Como não? – guinchou Hamilton. – Você não o trouxe, eu avisei que deveria...

– Não há dossiê nenhum, foi apenas um truque, um chamariz, queríamos desmascará-los. E funcionou...

– Seu maldito! – gritou o homem armado, empurrando Ralph e apontando a arma para James. Com o gesto seu rosto foi iluminado pelo candeeiro.

– Você! – exclamou James, paralisado pela surpresa.

Tudo aconteceu em segundos, muito embora para Amélia o tempo parecesse suspenso, como se o mundo houvesse sido congelado naquele instante. Ela percebeu o gesto e colocou-se à frente de James, o impacto da bala a fez suspender a respiração. Não houve dor propriamente, apenas ardor e depois uma sensação de dormência.

As vozes ficaram distantes, curiosamente agora parecia haver muitas vozes, ela escorregou para o chão sem chegar a tocá-lo. Seus olhos desfocados encontraram os de James, ele a estava amparando. Ela via seus lábios se movendo, mas não conseguia entender o que diziam, mas era bom, o calor dos braços dele era muito bom e uma linda flor cor de sangue brotou em seu vestido!

Capítulo 13

Uma carta

Por que Beth teria aberto as cortinas, foi o primeiro pensamento que lhe ocorreu. A claridade a despertara, que pena. Não queria acordar, o sonho estava tão bom! Nele, James a carregava no colo e sussurrava que a amava. Ah, quem dera fosse verdade... Lentamente abriu os olhos, a mente ainda se debatendo no breve instante entre o sono e a consciência.

Ele estava sentado numa poltrona ao lado da cama. A cabeça apoiada nas mãos, olhava com ar pensativo a paisagem que se descortinava pela janela. O que James fazia em seu quarto? Quis levantar-se, mas nem mesmo conseguiu se mover. O corpo dolorido não obedecia à mente. O que acontecera com ela?

– James? Por favor, James? – pediu ajuda, a voz trêmula e baixa.

– Amélia! Graças a Deus! – disse ele, segurando-lhe a mão. Não fale querida, poupe suas forças, por favor! Calma, não tente se levantar, você está muito fraca – disse ele, enquanto tocava a sineta ao lado da cama para chamar a criada. Vou avisar ao Dr. Ross que você acordou, ele está lá embaixo. Agora descanse, meu amor; não fale, você tem que preservar suas energias.

Docilmente Amélia concordou, ela realmente se sentia cansada, embora houvesse dormido tão bem. Talvez se voltasse a dormir o sonho recomeçasse. Nem notou quando mergulhou novamente num sono profundo e induzido pelo láudano.

Quando acordou pela segunda vez a noite já chegara. O quarto estava na penumbra, iluminado por poucas velas. James continuava na poltrona, parecia cochilar.

– James – chamou ela, baixinho.

Ele imediatamente levantou a cabeça.

– Olá, querida – disse ele, colocando a mão sobre sua testa febril.

– Tenho sede.

Com delicadeza ele pegou o copo de cristal na mesa ao lado da cama e o levou aos lábios dela, ajudando-a a beber. Ele parece um louco, pensou Amélia, a aparência desgrenhada, cabelos revoltos como se estivesse a passar as mãos por eles sem parar, os olhos fundos circundados por marcas arroxeadas...

– O que aconteceu?

– Você foi ferida, querida; perdeu muito sangue e ainda tem febre. Descanse, meu amor; apenas descanse e se recupere. Por favor, se recupere...

Amélia pensou ter ouvido ele pedir alguma coisa, chamá-la de meu amor, mas a mente confusa mergulhou outra vez nas brumas do sono antes que pudesse organizar os pensamentos.

O raio de sol incidiu sobre seu rosto, fazendo-a despertar, dessa vez completamente. Suspirando, Amélia tentou sentar-se no leito, mas ficou completamente tonta com o movimento, o ombro ainda doía muito. Com as pontas dos dedos ela tocou o local dolorido e notou que estava envolto em grossas bandagens.

Fez um esforço para recordar o que acontecera. Lentamente as lembranças começaram a voltar, ainda confusas, mas suficientes para que ela recordasse ter sido sequestrada, a presença de Hamilton, as tentativas de soltar-se, a chegada de James, o tiro...

– Milady, a senhora acordou, que maravilha! – Beth bateu palmas de alegria.

– Querida menina, graças a Deus! Não se levante – disse Naná, aproximando-se e beijando a testa de Amélia com carinho. Dr. Ross recomendou que quando acordasse deveria ficar por mais algum tempo deitada. Você está muito fraca, certamente ficará tonta se tentar levantar-se de imediato. Vamos Beth, mande alguém ir à vila avisar o doutor que Lady Amélia despertou.

– Estou indo senhora, estou indo.

– Naná, há quanto tempo estou dormindo?

– Há cinco dias, minha menina. Você levou um tiro, a bala não atingiu órgãos vitais, embora tenha passado perto do coração. Atingiu seu ombro, o osso da clavícula quebrou e rompeu a pele. Você perdeu muito sangue. Mas o doutor disse que vai se recuperar já que a febre cedeu e a ferida começou a cicatrizar. Só precisa de boa alimentação e bastante descanso. E isso você vai ter, minha menina, eu garanto que vai.

– James? Ele está bem? Eu sonhei que ele estava aí, sentado nessa poltrona e...

– Não foi um sonho, querida. Lorde Cunnington não saiu do seu lado enquanto a febre não cedeu. Passou quatro noites sentado nessa poltrona. Há algumas horas eu lhe pedi que fosse descansar um pouco, fazer uma refeição decente. Disse-lhe que não teria condições de cuidar de dois doentes ao mesmo tempo. Ele só concordou quando garanti que tomaria o lugar dele à sua cabeceira.

Amélia olhou confusa para Naná: James havia se preocupado com ela a esse ponto? Então, recordou que se colocara entre ele e Hamilton, e que a bala que a acertara era destinada a James. Ele certamente se sentia responsável por isso, seu senso de honra o fez ficar ao lado dela. Sorriu tristemente, por um momento havia pensado que talvez.... não, não iria ter ilusões. Ele ficara ao seu lado porque ela lhe salvara a vida.

– Naná, você sabe o que aconteceu? Por que Hamilton me sequestrou? Por que tentou matar James? – Amélia não conseguia entender o que havia acontecido.

– Porque é um traidor e eu estava prestes a desmascará-lo – disse James, entrando no quarto sem mesmo bater à porta. – Mas esta história pode esperar, você não deve se cansar. Estou feliz que tenha acordado, a febre, enfim, cedeu. O importante é cuidar de sua recuperação, quando se sentir melhor lhe explicarei tudo.

– Ah, James, mas eu preciso saber, e preciso saber agora. Não vou aguentar a ansiedade. Não se preocupe, estou bem descansada, afinal, dormi por cinco dias, estou ótima! – disse Amélia, numa tentativa de fazer graça.

Um leve sorriso brincou nos lábios de James e levou um pouco de brilho ao seu olhar cansado. Ele parecia mais magro, notou Amélia, e muito abatido.

– Está bem, Amélia, vou lhe contar tudo enquanto Naná providencia uma tigela de sopa. Você precisa se alimentar. Por favor, Naná, cuide disso. E traga o médico até aqui assim que ele chegar.

– Naturalmente, milorde.

– Eu devo começar lhe agradecendo, você salvou a minha vida. E ainda ajudou na captura dos dois espiões mais procurados do reino. Com calma James relatou tudo. Sua desconfiança em relação a Hamilton depois que ela lhe dissera que o visconde estava falido a ponto de tentar obrigá-la a se casar com ele, o plano que montaram com o falso dossiê, o atentado que sofrera em Londres, o bilhete deixado por Hamilton...

– Assim, eu precisava encontrá-la antes que eles descobrissem que o dossiê não existia, que era somente um chamariz para desmascará-los. Pedi que Edward fosse ao encontro, caso eu não voltasse a tempo, e sai à sua procura. Era um tiro no escuro, ainda bem que o palpite de Naná foi certeiro. Você realmente estava na antiga cabana do guarda-caça.

– Eu me lembro que você e Ralph chegaram e renderam Hamilton e seu capanga, mas, de repente, outro homem apareceu, o que atirou...

– Brandt, ele estava do lado de fora, eu não o vi quando cheguei. Ele se armou e entrou em seguida e...

– O jovem marquês de Brandt? – perguntou Amélia, atônita. – Era ele o cúmplice de Hamilton?

– Foi uma surpresa, o jovem dândi, o maior fofoqueiro da sociedade, na verdade era cúmplice de Hamilton. Parece que ele mantém hábitos, digamos, vergonhosos e que o pai ao descobrir ameaçou deserdá-lo. Mais do que isso, na tentativa de impedi-lo cortou sua mesada. No fundo tudo se resumia a dinheiro. Hamilton e Brandt traíram seu país por ganância, precisavam de dinheiro para manter a vida desregrada que levavam.

– Quem diria, parecia um desmiolado e, no entanto, foi capaz de atirar a sangue frio.

– Confesso que por um segundo fiquei sem ação quando o vi.

Falhei, e ele feriu você. O que nos salvou foi que Edward decidiu não seguir o que havíamos combinado e foi à nossa procura na cabana de caça. Se ele tivesse esperado o encontro marcado para a noite, nós estaríamos mortos e os traidores teriam escapado. Mas agora chega, já falamos demais. Dr. Ross deve estar chegando, vai se certificar de que você está mesmo bem, sem febre e em processo de recuperação – disse James, levantando-se.

– Você tem que ir? Fique mais um pouco – pediu ela.

– Há algumas providências que devo tomar antes de partir.

– Partir? Para onde? Quando?

– Preciso voltar a Londres, agora que você está melhor tenho que concluir esse trabalho. Lord Grant foi generoso permitindo que eu ficasse até que você estivesse bem – *fora de perigo*, pensou consigo mesmo. – Mas agora eu devo ir. Hamilton e Brandt serão julgados e eu sou peça importante nesse processo.

Com delicadeza, ele tomou-lhe a mão e depositou um leve beijo. – Você foi... maravilhosa, corajosa, nobre... Obrigada novamente, jamais conseguirei retribuir.

Seus olhos se encontraram e por um momento Amélia teve certeza de que ele iria beijá-la. Então, inexplicavelmente, ele se afastou e deixou o quarto sem mais uma única palavra.

O tempo passa lentamente quando se tem de ficar em repouso. Agora entendo a aflição de Melissa no final da gravidez, pensou Amélia, deitada em uma espreguiçadeira no jardim com um livro nas mãos. Nem a leitura de seus poemas preferidos conseguia prender sua atenção. Ela ansiava por movimento, uma boa cavalgada ou pelo menos algum trabalho de jardinagem.

James havia partido há três semanas, nesse período ela fora mimada e cuidada por Naná, por Ralph e também por Dr. Ross, que vinha vê-la todos os dias. O ferimento cicatrizara, o osso parecia ter soldado na forma correta, e ela já conseguia movimentar o braço sem sentir dor. Aos poucos, a cor voltara a seu rosto, ela recuperara o peso perdido e já estava se sentindo cheia de energia.

– Chega de repouso, preciso visitar minha afilhada – falou consigo mesma. Melissa lhe escrevera vários bilhetes, lhe mandara chocolates e garantira que esperaria seu completo restabelecimento para que pudessem programar, juntas, o batizado dos gêmeos. Além disso, James deve estar voltando, quero estar pronta para recebê-lo. Talvez agora ele possa me perdoar pelo que lhe fiz; talvez fosse capaz começar de novo, eu sei que ele sente algo por mim, eu vi em seus olhos – pensou, esperançosa. – E eu certamente o amo.

– Lady Cunnington, chegou agora pelo correio de Londres.

Amélia pegou a carta que Ralph lhe estendia numa salva de prata e ficou feliz ao reconhecer o selo de James. Sorrindo, agradeceu o velho mordomo e ansiosa rompeu o lacre. Entretanto, à medida em que lia o que estava escrito, o sorriso ia lhe deixando o rosto, e grossas lágrimas escorreriam pela sua face. O sol começou a descer no horizonte, mas Amélia anestesiada não sentiu o frio da noite chegando. Seu coração estava gelado, nada poderia ser pior do que aquilo.

– Você não pode ficar assim, vamos levante-se. Você não sai desse quarto há dias! –Naná abriu as cortinas para que a luz do sol inundasse o quarto. – Vou ajudá-la, o que quer vestir?

– Tanto faz, Naná. Por que eu deveria me importar?

– Você deve ficar bonita, você deve estar pronta, eu sei que ele vai voltar. Eu vi como ele ficou quando você estava à beira da morte. Ele não saiu de seu lado, nem para comer e nem para dormir.

– Foi por gratidão, Naná. Apenas gratidão. Você leu a carta que ele me enviou, ele disse que iria deixar-me livre, que não iria mais impor sua presença e me forçar a manter esse casamento. Disse que aceitará a minha decisão sobre o que fazer, qualquer que seja ela. Até abriu mão de ter um herdeiro.

– Ele a ama, tenho certeza. Por isso quer deixá-la livre, por isso está abrindo mão de tudo. É amor!

– Não Naná, é gratidão. Eu salvei a vida dele, ele está se sentido em dívida comigo; por isso decidiu abrir mão de nosso acordo. É o senso de honra falando mais alto, não é amor.

– Amélia, olhe para mim, querida. Você lhe disse o que sente, ele sabe que você o ama?

– Eu pulei na frente daquela bala, eu me coloquei à frente, por que faria isso se não o amasse?

– Talvez ele pense que o fez por gratidão. Afinal, ele não a expôs, ele a protegeu, foi em seu socorro... Ele deve estar pensando o mesmo, que você o protegeu por gratidão.

Um leve sentimento de esperança aflorou no coração de Amélia.

– Será possível? Será que ambos estamos nos enganando, com medo de admitir um para o outro que estamos apaixonados? Sabe Naná, eu achei que estivesse sonhando, mas acredito que o ouvi dizer que me amava naquelas noites logo após o acidente. Achei que fosse efeito da febre, mas... será possível?

– O que mais ele disse na carta que lhe escreveu?

– Que estava se candidatando a uma nova missão no exterior. Que ficaria afastado por meses, e que nesse tempo eu deveria decidir o que fazer. Poderíamos manter o casamento de aparência ou nos divorciar, o que eu achasse melhor. Ele não pretende impor sua presença ou forçar qualquer relacionamento se continuarmos casados. Se eu optar pelo divórcio, ele assumirá toda a culpa pelo fim do casamento, e jamais revelará a forma como nos casamos.

– Amélia, você percebeu o que ele fez? Em nenhum momento ele lhe disse que quer terminar o casamento, apenas a deixou livre para escolher e se comprometeu a aceitar a sua decisão.

– Sim, ele me deixou livre para escolher o que quero, mas me deu apenas duas opções. A decisão é minha, mas entre o divórcio e o casamento de aparência. O que eu poderia escolher? – angustiada Amélia andava pelo quarto, atravessando-o a largas passadas como se o movimento pudesse ajudá-la a encontrar uma solução. – A escolha é minha, dizia baixinho para si mesma, é minha. Mas o que vou escolher? O que quero escolher? É isso! O que eu quero escolher!

– Naná, prepare minha mala agora. Vou para Londres, preciso encontrá-lo antes que ele parta.

– O que você vai fazer?

– Vou sequestrar um marido, e dessa vez minha intenção não é ficar viúva no dia seguinte ao casamento – disse a jovem, com um ar travesso piscando o olho para a velha ama.

Capítulo 14

Outro sequestro? Não!

— Tem certeza de que deseja fazer isso, meu amigo? – perguntou um incrédulo Edward quando James lhe confidenciou que desejava se engajar em uma nova missão no exterior. Você e Amélia passaram por uma situação difícil recentemente, eu imaginei que agora que você assumiu o condado de Hartford deixaria a vida de agente da Coroa. Afinal, por conta dessas missões você e Amélia já ficaram separados por tempo demais...

Era um final de tarde e ambos tomavam um drinque no clube. Edward tinha vindo à cidade para organizar seus negócios, passar orientações a seu procurador e entregar seu pedido de afastamento do gabinete. Ele e Melissa haviam decidido permanecer por mais tempo em Rose Hall e ele pretendia passar cada minuto de seu tempo ao lado da família. O que acontecera com Amélia fora terrível e o fizera repensar algumas prioridades. Por isso estava confuso com a notícia de que James escolhera deixá-la para se envolver em outra missão.

James girou a bebida no copo e tomou um pequeno gole antes de responder, parecia estar pesando as palavras. Ele precisava explicar a Edward suas razões para partir, não poderia simplesmente se afastar depois de tudo o que ele e Melissa haviam feito, da forma como o haviam recebido no seio da família. No entanto, teria que fazê-lo usando meias verdades. A realidade sobre seu casamento jamais poderia vir à tona, nem mesmo Edward poderia ter conhecimento do que realmente acontecera àquela noite na prisão de Fleet. Aquilo precisava continuar a ser um segredo bem guardado, seu e de Amélia, tão somente.

– Meu amigo, não há nada que eu deseje mais do que passar mais tempo com minha esposa – confessou, por fim. – Formar uma família como a sua, filhos lindos e saudáveis, um lar... é tudo o que almejo. Por isso eu abriria tranquilamente mão de minha vida de cavaleiro errante – continuou James, com um sorriso melancólico no canto da boca. Mas eu não posso impor a ela a minha presença, não mais...

– Como assim, James? – perguntou Edward, uma rusga de preocupação entre as sobrancelhas. – O que você quer dizer com impor sua presença?

– Tudo o que aconteceu me fez pensar e repensar nossa realidade. Na verdade, desde que nos conhecemos, quero dizer, Amélia jamais teve qualquer opção... ela foi levada por um turbilhão de acontecimentos! O casamento em... Bath – pigarreou – realizado rapidamente porque eu deveria partir, a notícia de minha morte e depois meu retorno da forma como aconteceu... tudo foi muito confuso, uma situação fora do comum. Nós mal chegamos a conviver, você sabe. Quando tivemos a chance de recomeçar, aconteceu o sequestro e ela foi ferida...

– Não se culpe por isso, James. Você fez o possível para evitar que aquilo acontecesse.

– Mas aconteceu! Mais uma vez Amélia se viu envolvida numa situação em que não teve oportunidade de escolha e, dessa vez, saiu ferida. Eu sinto que preciso dar a ela tempo! Sinto que ela deve ter a chance de decidir como será sua vida daqui para frente com calma, sem qualquer pressão. Eu poderia manter esse casamento, Edward; seria meu direito e ela aceitaria minha decisão, mas eu não suportaria que ela ficasse ao meu lado infeliz, movida apenas pelo senso de honra e dever.

– Mas por que você pensa assim? Vocês se casaram apaixonados, eu me lembro do que me contaram....

– Talvez, meu amigo, talvez ela estivesse apaixonada – disse James, interrompendo Edward de uma forma um tanto reticente. Era difícil explicar sua decisão ao amigo sem revelar a verdade que Amélia e ele haviam escondido com tanto cuidado. – A realidade é que quando nós casamos em Bath, Amélia era muito jovem, e estava pressionada pelo tutor, como descobrimos recentemente. Em seguida eu parti, fiquei longe por dois anos... um tempo longo demais para um amor incipiente sobreviver – disse ele, melancólico. – Se é que ela realmente chegou a me amar um dia...

Edward não ousou interrompê-lo, a questão era por demais íntima e ele percebeu que o melhor a fazer seria manter a discrição e simplesmente ouvir o que o amigo estivesse disposto a falar. Seu silêncio encorajou James a prosseguir.

– Eu preciso dar tempo a Amélia, preciso deixá-la... livre para descobrir se o que sente é realmente amor, descobrir se quer manter esse casamento, se quer ter filhos comigo. Depois de tudo... depois que ela quase morreu por mim...

Edward aquiesceu com a cabeça, ele compreendia o que James estava tentando dizer. Ele amava Melissa apaixonadamente e não suportaria conviver com ela sem ser correspondido, seria devastador se a esposa apenas tolerasse sua presença. Quando se ama da forma como ele a amava, era imprescindível que o sentimento fosse recíproco. Qualquer outra situação seria insuportável! Possivelmente, James sentia o mesmo em relação a Amélia.

– Meu amigo, mais uma vez preciso de você – disse James. Essa é a razão desse nosso encontro, preciso que você cuide dela por mim. Eu vou deixá-la por... algum tempo, até que ela saiba o que realmente quer. E tenho que considerar que ela talvez prefira que eu... me mantenha distante. Eu lhe enviei uma carta comunicando a minha decisão, não pretendo voltar a Hampton House. Eu sei que Ralph e Naná são absolutamente fiéis a Amélia; sei que a amam e farão o que for necessário para mantê-la segura e protegida, mas depois de tudo o que aconteceu ficarei mais tranquilo se souber que ela poderá contar também com seus cuidados.

– Fique tranquilo, James – interrompeu Edward, entendendo onde o amigo pretendia chegar. – Melissa e eu cuidaremos dela até que você volte, o que acontecerá em pouco tempo, eu tenho certeza. Vocês se amam, em breve formarão uma família como a nossa – disse Edward com um sorriso encorajador. – Nossos filhos crescerão juntos e serão amigos, assim como ela e Melissa, tenho certeza disso.

James sentiu seu coração despedaçar-se! Tudo o que mais queria era conseguir isso, permanecer em Hampton House ao lado de Amélia, vê-la ter seus filhos, amá-los e cuidá-los... Como desejava que o amigo estivesse certo, infelizmente ele não tinha ilusões, sabia que o sentimento que Amélia nutria por ele não era amor, jamais fora...

Tratava-se apenas de gratidão! Seu gesto de colocar-se à frente da bala destinada a ele não fora o ato de uma mulher apaixonada, mas sim de uma mulher desesperada para proteger a única pessoa que poderia mantê-la livre de seu algoz! Se ele morresse, ela ficaria à mercê de Hamilton e ele sabia o quanto essa ideia a aterrorizava. Isso não diminuía em nada a bravura e a coragem de Amélia, ou o tamanho de sua dívida para com ela.

– Saber disso me tranquiliza – disse ele, por fim. Eu a amo e a confio a você mais uma vez, por favor cuide dela, Edward.

– Eu o farei até a sua volta, meu amigo. Que seja breve!

– Agora devo ir – disse James levantando-se. Tenho uma reunião com Grant para decidir qual será a próxima missão. Quando voltar a Rose Hall, cumprimente lady Snowden por mim. Sentirei muita falta de nossas reuniões, tenha certeza de que nossa amizade, o carinho com que Melissa me recebeu e o convívio com sua família foi um dos pontos altos de minha vida – disse James, solenemente, com um tom de despedida na voz.

– Você sempre será bem-vindo – disse Edward, levantando-se e olhando-o nos olhos. Nós o consideramos da família, saiba disso meu amigo.

James fez um leve e final cumprimento de cabeça e afastou-se com um aperto no peito. Talvez essa fosse a última vez em que veria o amigo...

A noite já caíra, mas o calor da tarde de verão ainda se desprendia das pedras do calçamento. James caminhava cabisbaixo, perdido em seus pensamentos. Insistira com lorde Grand para enviá-lo em uma nova missão, mas o velho lorde se recusara, ele ainda era necessário como testemunha no processo contra os dois traidores.

Ele não sabia o que fazer, precisava envolver-se em alguma coisa para poder afastar da mente e do coração a imagem de Amélia. Era insuportável descobrir o quanto a amava e saber que não poderia mais tê-la.

Ele fora cruel e injusto com ela, a julgara da pior maneira possível, a tratara como uma prostituta, não acreditara no que ela lhe contara quando se conheceram. Ela deveria odiá-lo, mas salvara sua vida. Jamais conhecera uma mulher mais íntegra e corajosa! Ele lhe devia sua liberdade, era o mínimo que podia fazer. E jamais, jamais revelaria as condições de seu casamento, se ela optasse pelo divórcio.

Distraído não notou uma carruagem fechada que se aproximou lentamente, e nem ofereceu muita resistência ao homem encapuzado e mascarado que desceu e o ameaçou:

– Entre na carruagem, milorde, por favor, não pretendo lhe fazer mal, mas vou obrigá-lo se for preciso. Há alguém que deseja falar com o senhor.

Mais curioso do que intimidado, James decidiu obedecer. Quem poderia querer falar com ele? E de forma tão misteriosa? Talvez uma nova denúncia contra Brandt ou Hamilton, alguém que desejava ficar anônimo.

A carruagem tinha as cortinas fechadas, mas James notou que não havia nada que o impedisse de descer. Mais tranquilo, relaxou, se alguém quisesse lhe fazer mal não o deixaria tão à vontade. Além disso, o porte e a voz do homem que o abordara não lhe eram estranhos. Curioso, James se recostou no banco e imaginou o que encontraria ao final do trajeto.

Algum tempo depois o veículo parou e o mesmo homem abriu

a porta pedindo-lhe que descesse.

– Ralph, é você? – perguntou James, pensando ter reconhecido a voz do mascarado, mas não obteve resposta. Surpreso viu que estavam em Trafalgar Square, em frente a St Martin-in-the-Fields.

– Venha, senhor, siga-me, por favor – disse o homem, conduzindo-o para uma entrada lateral da velha igreja.

Caminharam por dois ou três minutos por corredores abobadados até chegarem aos degraus que levavam à cripta. O local estava iluminado por velas, um pequeno altar estava arrumado com uma toalha de renda branca, enfeitado por vasos de cristal repletos de rosas. Havia um leve perfume no ar e se ouvia a música suave de um órgão tocado nas proximidades. Um clérigo de cabelos brancos, e doces olhos azuis, o aguardava com um suave sorriso nos lábios e uma Bíblia nas mãos.

– Boa noite, milorde, por favor, aguarde apenas um instante.

Sem entender nada, James concordou com a cabeça, curioso para descobrir o que estava acontecendo. Nesse instante, Amélia entrou acompanhada por Ralph e por Naná, visivelmente emocionada.

– Amélia, o que isso significa...

– James, por favor, me ouça. Preciso falar de uma vez, senão jamais conseguirei. Por favor, me escute. Há alguns anos você foi arrastado a uma cripta, mais sombria e escura do que esta, e forçado a aceitar um casamento contra a sua vontade. Na época eu não imaginei o mal que isso poderia causar a você, e confesso que, embora minhas razões para forçá-lo fossem legítimas e verdadeiras, ainda assim eram tremendamente egoístas. Se eu pudesse voltar no tempo, se soubesse o que a imposição causaria a você, jamais teria feito. Mas não posso. O que eu posso é lhe dar uma chance de fazer a escolha que você não pôde ter naquela noite. Você escreveu me liberando de nosso casamento – continuou Amélia, – deixando claro que não queria mais me impor sua presença e nem me obrigar a honrar o acordo que fizemos. Você agiu movido por um forte sentimento de honra e gratidão por eu ter salvado a sua vida, tenho certeza. Deixou-me a opção entre um casamento de conveniência ou um divórcio, no qual você assumiria toda a culpa pelo fracasso da união. Mais do que isso você se comprometeu a acolher minha decisão. O que você não considerou é que eu poderia desejar uma terceira opção. Você não considerou que eu pudesse desejar esse casamento mais do que qualquer outra coisa no mundo. E é isso que desejo, é isso o que eu escolho, James. Eu escolho o nosso casamento, eu escolho você – disse Amélia, olhando-o nos olhos.

Não, espere! – disse ela, quando James deu um passo em sua direção. – Há mais uma coisa. Eu escolho nosso casamento, mas embora você tenha dito que aceitaria minha decisão, eu quero devolver a você o direito de escolha. Eu amo você, amo você com toda a minha alma e com todo o meu corpo. Vou amá-lo enquanto viver, tenho certeza, por isso o que eu mais quero é renovar nossos votos. Mas se você não me amar, se não for isso o que você deseja, se prefere qualquer outra opção, vou aceitar sua decisão. Dessa vez a escolha final é sua, totalmente sua.

Foi como se o tempo parasse e depois retrocedesse. James viu-se novamente na cripta da prisão, na noite em que o casamento acontecera, no instante em que puxara o capuz soltando aqueles cachos vermelhos e vibrantes. Instintivamente, ele levou as mãos aos cabelos de Amélia, e tocou os fios sedosos quase como reverência, fixou o olhar em seus olhos, dois imensos lagos verdes boiando no rosto pálido de ansiedade, nos lábios entreabertos, na respiração levemente ofegante...

– Eu a amo, Amélia! Eu a amo tanto que preferi deixá-la livre, não poderia obrigá-la a ficar ao meu lado contra a sua vontade.

Você me enfeitiçou, jamais saiu do meu pensamento e dos meus sonhos desde o momento mágico em que arranquei seu capuz, soltei seus cabelos e vi seu rosto pela primeira vez. Você é uma feiticeira, minha feiticeira – disse ele, baixinho, envolvendo-a num abraço e beijando-a com paixão.

O coração de Amélia galopava em seu peito, a música suave, o perfume das rosas, os lábios de James sobre o seus, o calor de suas mãos... Era um sonho, só poderia ser um sonho.

O pigarrear do velho pároco os trouxe de volta à realidade.

– Então meus filhos, vamos celebrar novamente os votos sagrados?

– Sim, reverendo, vamos renovar nossos votos. E devo dizer à minha esposa que, se eu pudesse voltar no tempo, àquela noite em especial, eu faria tudo de novo – respondeu o conde de Hartford, segurando a mão de Amélia entre as suas.

Epílogo

— Melissa, agora entendo o que você dizia quando se referia a estar cansada de descansar – disse Amélia, rindo, enquanto acariciava a barriga levemente proeminente.

– Ah, minha amiga! Faltam poucos meses, logo você estará como eu, correndo e brincando com esse garotinho, exausta de tanta atividade. Vai sentir saudades dessa fase em que fica "cansada" de descansar – respondeu Melissa, atenta aos gêmeos que com pequenos bastões nas mãos gorduchas tentavam acertar a bola de madeira e fazê-la passar pelo arco do jogo de críquete. – Edward – chamou Melissa – eles são muito pequenos para isso.

– Nunca é cedo para aprender e praticar, minha querida – disse lorde Snowden, correndo em direção a Wiliam que tropeçara nos próprios pés e caíra sentado na grama.

– Vamos, Elizabeth – incitou James, chamando a afilhada. – Estamos vencendo! Vamos, temos que acertar a bola...

– Olhe para eles, parecem crianças e estão tão felizes quanto. Quero ver a reação de Edward quando lhe contar que vou ter que entrar em um novo período de descanso – disse Melissa, piscando um olho para Amélia.

– Você está? Outra vez?

– Aham... e espero que dessa vez seja apenas um... Ah, pensando bem, um ou dois, tanto faz, quero apenas que sejam saudáveis. Mas, se for apenas um, vou querer outra menina – disse ela, sorrindo em tom de brincadeira.

– Parabéns, querida! Acho que vou ter que correr muito se quiser alcançá-la.

Amélia recostou a cabeça e fechou os olhos por um momento aspirando o perfume das flores e sentindo o calor do sol em seu rosto. O bebê se movimentou pela primeira vez, e ela sorriu. Ah, tanto amor inesperado! Isso sim é felicidade.

DEZ ANOS DEPOIS...

Jardim de Hampton House.

– Milady – o criado se aproximou respeitosamente e estendeu uma salva de prata para Amélia com a correspondência. Ela deixou o bordado com que se ocupava e pegou as duas cartas sorrindo ao ver que uma delas era de Melissa. Nem o tempo nem a distância haviam diminuído a amizade e o carinho entre as duas famílias.

– Querido, uma das cartas é de Melissa. Provavelmente ela está me perguntando quando iremos a Londres. Eu tenho adiado a viagem há algum tempo – disse Amélia, separando o envelope para ler seu conteúdo mais tarde. – No entanto, a temporada se iniciaria daqui a duas semanas e ela gostaria que aceitássemos alguns convites.

James limitou-se a sorrir sem sequer levantar os olhos dos documentos que examinava. Estava conferindo as contas de Hartford, um trabalho maçante que ele preferia não ter que fazer. Entretanto, sabia que a preferência por morar em Convent Hall o obrigava a deixar a administração da outra propriedade nas mãos do Sr. Peterson e, em razão disso, ficar mais atento aos livros e registros.

– Se decidirmos ir não precisaremos levar as crianças – insistiu Amélia. – Você sabe como elas se aborrecem em Londres. Tenho certeza de que ficarão muito bem com Naná e com a senhorita Mildred. Na verdade, estou surpresa com a facilidade com que essa jovem preceptora cativou Beatrice e Henry. Acho que o amor que compartilham pelos cavalos facilitou essa aproximação.

– Sim, também acho que eles ficarão melhor aqui – disse James. – Naná cuidará deles talvez até melhor do que nós – completou com um sorriso de reconhecimento. Quanto a nós, pode marcar as datas com Melissa, isto é, se desejar realmente ir. Você gostaria de abrir a casa em Londres ou prefere que eu reserve aposentos no Claridge's? – perguntou ele, dessa vez olhando para a esposa.

– No Claridge's, naturalmente. Nem posso imaginar as providências que seriam necessárias para tornar a casa habitável! Vamos ficar apenas por alguns dias, deixaremos para ter todo esse trabalho quando chegar o momento da apresentação de Beatrice à sociedade.

– Providenciarei a reserva – disse James.

– Obrigada – respondeu Amélia com um sorriso. Ela sabia que James aceitava os convites para agradá-la, já que com o tempo as obrigações sociais como conde de Hartford passaram a ser um encargo e não exatamente um prazer.

Alguns dias depois

Estava uma manhã muito agradável, uma brisa fresca suavizava a temperatura de verão. Amélia e James, sentados na sombra do caramanchão no jardim, aproveitavam a beleza do dia, ela ocupada com um bordado e ele analisando alguns documentos que seu procurador em Londres havia enviado há alguns dias.

Amélia por um momento levantou os olhos dos envelopes que tinha nas mãos e os pousou em James com carinho. Um suspiro escapou de seu peito, ele ainda era um belo homem e ela o amava mais do que nunca!

– Suspirando minha querida? Algo a preocupa?

– Ao contrário, eu estava pensando em como é possível ser tão feliz! Oh, o reverendo e a esposa estão nos convidando para jantar com eles amanhã – disse ela, continuando a abrir a correspondência.

James limitou-se a resmungar alguma coisa. Ele também se sentia feliz, muito embora a vida como membro da nobreza por vezes o entediasse. Os compromissos e as responsabilidades que assumira junto com o título diferiam muito de suas atribuições anteriores, quando durante a guerra ajudara a Coroa exercendo atividades muito mais excitantes e perigosas. Para o aventureiro que James fora por anos, acomodar-se como um cavalheiro rural se tornara um grande desafio, vencido com a ajuda do amor que sentia por Amélia e pelas crianças. No entanto, em certos momentos uma fisgada na alma o fazia ansiar pelo perigo e pela emoção. Nessas ocasiões seu olhar divagava perdido no tempo.

Amélia conhecia demais o marido e, ao ver sua expressão, apressou-se a responder:

– Creio que dessa vez poderemos declinar do convite – arrematou, notando o ar de alívio que se estampou no rosto dele. – Vou pensar em alguma justificativa e enviar um bilhete agradecendo.

– Obrigado, minha querida – disse James, deixando os papéis de lado e segurando uma das mãos da esposa com carinho. – Fico tão feliz por você me compreender, sinceramente por esses dias não estou muito disposto a discutir os sermões do reverendo, embora normalmente a companhia dele seja até agradável.

– Você sente falta, não é querido?

Ele sabia a que ela se referia. Os dez anos de cumplicidade e convivência afastavam qualquer possibilidade de esconder ou disfarçar seus verdadeiros sentimentos.

– Não é que eu sinta falta do perigo ou dos riscos. Sou muito grato pela paz que desfrutamos aqui, ainda me lembro do terror que senti quando achei que fosse perdê-la por causa do maldito Hamilton. Não, eu não sinto falta de nada daquilo, o meu mundo está centrado em você e nas crianças. Mas você sabe que eu nunca fui um homem de sociedade, com atribuições e responsabilidades que um título acarreta. Por vezes tenho vontade de deixar a capa de conde de Hartford de lado e por algum tempo ser apenas James Cunnington. Por isso a resposta é sim, por mais que eu a ame sinto falta da liberdade que o título afasta e de um pouco de aventura – disse ele em voz baixa.

Amélia levantou-se, acomodou-se no colo do marido e beijou-o delicadamente nos lábios. James sorriu e lhe acariciou a face, ela continuava tão linda quanto na noite em que a conhecera, mas agora sua expressão transpirava paz e tranquilidade. Com carinho, quase com reverência, ele aprofundou o beijo, levantou-se e carregou-a no colo, os documentos e cartas esquecidos.

– Meu marido, a essa hora? – perguntou ela com um ar divertido e um tantinho escandalizado no rosto.

James nem mesmo respondeu, apenas levou-a para o quarto.

Os criados sequer ousaram comunicar quando o almoço foi servido.

Amélia deixou o leito, vestiu um robe de seda e aproximou-se da janela. O sol começava a se esconder nas colinas, seu brilho esmaecido tingindo de dourado as campinas. Era um final de tarde belíssimo, uma grande paz a envolveu.

Ela amava aquela casa e aquele lugar! Sua família também era feliz ali! Mas ela entendia a insatisfação que por vezes acometia James. Para um homem como ele, a vida para ser completa precisava de alguma emoção, uma paz tão intensa trazia consigo um tanto de monotonia. Essa percepção a deixou com o coração apertado.

Voltando-se, ela o observou por longos minutos. James não nascera para viver acomodado. Ao contrário de outros, a vida não o agraciara com posses e propriedades como um direito de nascença. Durante anos ele fora um simples militar, que necessitava lutar e vencer suas batalhas com estratégia e coragem. Ele precisava da emoção da conquista! E ela temia que um dia essa necessidade pudesse superar seu amor.

A menos que....

Um sorriso malicioso dançou em seus lábios, ela não podia trazer a emoção da espionagem e da vida errante de volta para James, mas talvez pudesse lhe proporcionar outro tipo de emoção! Entusiasmada, começou a programar uma pequena aventura...

Londres continua a mesma, já Amélia...

Londres parecia uma taça de vinho efervescente! Borbulhava!

O trânsito de carruagens parecia ter aumentado e as pessoas pareciam ter saído todas para um passeio pelas ruas apinhadas de gente.

James e Amélia desceram no Claridge's e foram imediatamente cercados por funcionários atenciosos. O gerente veio pessoalmente recebê-los à porta, afinal o conde de Hartford era um de seus clientes mais ilustres.

– Reservei a suíte habitual, milorde. Por favor, verifiquem se tudo está de acordo com o que desejam.

Amélia já conhecia bem o local, ela e James costumavam se hospedar ali sempre que vinham a Londres. Há anos eles falavam sobre a possibilidade de reabrir a mansão do conde de Hartford nas proximidades de Picadilly, mas a ideia jamais se concretizava. Como a temporada em Londres, para eles, se resumia há poucas semanas no ano, hospedar-se no Claridge's era mais conveniente.

A fama de herói de James, assim como a linda história de amor e perigo que protagonizaram, ainda surtiam efeitos. Embora tivessem fixado residência no campo eram convidados para todos os eventos importantes de cada temporada; contudo, aceitavam poucos convites. Mas isso não diminuía o interesse que a sociedade tinha por eles, ao contrário, o belo casal era um dos mais aguardados a cada ano.

A suíte que iriam ocupar era grande, toda decorada em tons de verde-claro e branco, alegre e clara. Possuía além da enorme sala, dois quartos de dormir, sendo que o de Amélia tinha um *boudoir* em anexo e um quarto de banho com uma grande banheira de porcelana branca. Era bastante confortável e atendia bem o casal, não muito afeito a luxos excessivos.

Buquês de flores espalhados por delicados vasos de cristal alegravam o ambiente. Uma grande cesta de frutas e uma garrafa de champanhe gelando em um balde de prata davam as boas-vindas ao casal.

Assim que os criados saíram, James serviu o líquido dourado numa delicada taça de cristal e a estendeu para Amélia, que aceitou agradecida. Dando um longo gole, ela colocou as pernas sobre o sofá numa pose bem relaxada e suspirou.

– Você gostaria de descansar um pouco, meu amor? – perguntou-lhe James solícito. – Poderemos sair mais tarde para jantar, apenas nós dois. Afinal, nosso primeiro compromisso social será só amanhã, não é mesmo?

– Sim, meu querido, amanhã fomos convidados para o sarau da viscondessa de Brewster. Melissa e Edward também irão. Mas hoje estou bastante cansada, prefiro jantar aqui no quarto e descansar. Amanhã de manhã farei uma visitinha para Melissa, quero ver como está nossa afilhada. E você quais são seus planos?

– Vou encontrar-me com Edward no clube mais tarde, então. Ele já me enviou um bilhete dizendo que está me aguardando. Temos alguns assuntos para colocar em dia, preciso me atualizar um pouco sobre as novidades do Parlamento. Se você não se incomodar jantarei no clube, há alguns amigos que não vejo há bastante tempo.

– Então faça isso, meu querido. Eu vou escrever a Melissa avisando que chegamos e perguntar se ela pode me receber amanhã. Depois vou pedir um chá e descansar. Acredito que Alfred e a criada já terminaram de desmanchar as nossas malas.

James beijou Amélia levemente nos lábios, pegou a capa e a cartola e saiu. Imediatamente ela sentou-se à pequena escrivaninha. Começaria a colocar seu plano em prática! Por um segundo manteve a pena suspensa no ar, James entenderia suas intenções ou o que pretendia fazer iria, ao contrário, afastá-lo dela? Ficaria chocado com sua ousadia ou...

– Só descobrirei quando acontecer – disse a si mesma decidida, e armando-se de coragem começou a escrever. Melissa a ajudaria, Amélia esperava que o tempo não tivesse desbotado a irreverência da amiga.

James serviu-se de mais uma taça de champanhe enquanto aguardava Amélia terminar de vestir-se para o baile da duquesa de Windsor, um dos pontos altos da temporada. Estavam em Londres há dez dias e, dessa vez, ela parecia estar se divertindo muito, curiosamente nem sempre com ele.

Talvez por Melissa estar mais disponível neste ano, as duas vinham saindo todas as tardes para visitar modistas e chapeleiras. A cada estação Amélia renovava o guarda-roupa, mas geralmente essas atividades não lhe tomavam mais do que dois ou três dias. Dessa vez a atividade estava lhe tomando praticamente todas as tardes, e por algumas vezes até atrasando-a para o jantar. Naquela tarde mesmo ela chegara afogueada, e quando ele lhe perguntara se havia gasto o soldo de um ano – referindo-se ao seu tempo no exército – com luvas e peliças, ela simplesmente sorrira. Depois alegara uma leve dor de cabeça, comera muito pouco e se recolhera para descansar antes do baile.

– O que será que essa temporada está fazendo com Amélia? – perguntou-se James em voz alta. Minha querida mulherzinha está...

– Estou o que, meu querido? – perguntou ela adentrando-se a sala da suíte.

O sétimo conde de Hartford virou-se e... ficou sem palavras!

Amélia usava um vestido de seda verde-esmeralda com um decote profundo que deixava à mostra uma porção significativa de seus seios, mais fartos após a maternidade, mas ainda firmes e belos. A cintura continuava extremamente fina, os braços delicados e delgados, o porte de rainha. Os cabelos, presos no alto da cabeça e enfeitados com grampos de diamantes, mantinham o tom avermelhado e contrastavam com a pele branca, quase translúcida. De alguma forma Amélia havia conseguido que seus olhos se destacassem ainda mais e eles tinham um brilho novo.

Se James já não amasse a esposa, teria se apaixonado loucamente naquele momento. Ela continuava belíssima e naquela noite estava... ele procurou a descrição mais adequada e a palavra que lhe ocorreu foi... sedutora! A idade só a favorecera, o olhar agora tinha a malícia de uma mulher autoconfiante, que se conhecia e sabia ser bela e desejada. A roupa que escolhera estava no limite da decência, mas ela a usava com altivez. *Ela seria a sensação da noite*, pensou James, um suspiro escapou de seu peito e uma fisgada de desejo o atingiu.

Amélia sentiu seu coração palpitar ao ver a reação de James.

– E, então, senhor meu marido, o que estava balbuciando sobre mim?

Recompondo-se da surpresa, James respondeu.

– Que essa temporada está lhe fazendo muito bem! Está belíssima senhora condessa, diferente, porém muito bela.

– Senhor meu marido, pequenas mudanças podem ser interessantes, alterar alguns hábitos, viver pequenas aventuras, ousar um pouco... mas não se preocupe! Ainda que *sua senhora* tenha decidido ter essas... experiências, continua a mesma.

– O que você quer dizer com ter decidido ter essas experiências? – perguntou James franzindo o sobrolho diante da afirmação inesperada.

– Apenas que decidi escandalizar um pouquinho a modista e experimentei mudar completamente meu guarda-roupa. Você não notou que ousei na cor e no decote? – perguntou Amélia com inocência.

– Ah sim, claro que notei! – exclamou James sorrindo. – E acho que por sua ousadia vou ter que ficar ao seu lado a noite inteira impedindo que galanteadores se aproximem demais. Você será certamente a sensação da festa.

Amélia não respondeu, limitou-se a estender a mão para que ele lhe desse o braço.

O salão da duquesa de Windsor estava iluminado, imensos

candelabros de bronze pendiam do teto com dezenas de velas acesas. Criados impecáveis de libré e perucas brancas circulavam com bandejas de prata, servindo champanhe, ponche ou refrescos. Na sala ao lado do salão de baile, onde uma pequena orquestra tocava num tablado especialmente montado o baile, uma ceia fria era servida aos convidados.

O ar estava impregnado pelo perfume das flores e das mulheres, todas ricamente vestidas e usando joias e adereços caros.

Era uma bela festa, uma das mais esperadas da temporada. A cada ano diversas debutantes acabavam por conhecer ou manter o primeiro contato com aquele que viria a ser seu marido. Já os jovens cavalheiros, em idade casadoura, compareciam ao baile ansiosos por observar as belas jovens e escolher àquela com quem dividiriam título, nome e fortuna! E a vida de casados, naturalmente.

Ainda assim, em meio a todos os que ali se encontravam, a chegada dos condes de Hartford causou um certo rebuliço ao ser anunciada. Fosse em razão da história de amor que os precedia, fosse pela beleza que o casal ostentava.

Amélia não tinha mais o frescor das jovens debutantes, mas sua beleza madura era deslumbrante e os olhares se voltaram para eles assim que entraram.

– Queridos, que bom que chegaram! Melissa e Edward se aproximaram. – A festa vai começar a ficar divertida agora – disse Melissa, dando uma piscadela para Amélia que enrubesceu um tantinho e a olhou como se a advertindo.

– Não achei que estivéssemos atrasados – disse James em tom de desculpa e surpreso com o comentário e a reação da esposa.

– Vocês foram absolutamente pontuais, meu caro – respondeu Edward, – mas você conhece Melissa. Aposto que agora as duas vão sair e nos deixar sozinhos, parece que este ano nossas mulheres têm mais assunto do que habitualmente.

– Sim – disse James – tenho notado isso.

– Ora – disse Melissa – são muitas fofocas e muitas novidades. Afinal, há meses Amélia e eu não nos víamos!

– Pelo jeito todas essas tardes no parque não foram suficientes para colocar essa conversa em dia – comentou Edward. – Meu amigo, continuou em tom de brincadeira dirigindo-se a James, – melhor irmos até a sala de jogos, talvez tomar um conhaque e participar de algum jogo de cartas. Por algumas horas elas não terão tempo para nós.

– Faça isso, meu querido – disse Amélia. – Eu realmente tenho algo a conversar com Melissa, mas voltem antes da meia-noite, não abro mão de dançar uma valsa com você – dizendo isso ela olhou carinhosamente para o marido.

James sentiu-se retrair levemente. O comentário de Edward lhe despertara uma leve pontada de desconforto. Tardes no parque? Mas Amélia lhe assegurara que passara as tardes na modista ou na chapeleira renovando o guarda-roupa. Abanando a cabeça como que para afastar um pensamento indesejado, deixou que Edward o arrastasse até a sala de jogos.

Algum tempo depois, levemente inquieto, James decidiu procurar por Amélia. Edward se envolvera numa partida de piquê, mas jogos de cartas nunca o haviam atraído e, além disso, James sentiu uma repentina vontade de dançar com ela.

O salão de baile estava lotado, ele suspirou e começou a circular para tentar encontrá-la, mas foi quase que de imediato cercado por lorde Tucker e pelo visconde de Guignard, que o envolveram numa conversa a respeito dos cavalos favoritos para as próximas provas em Ascot.

O assunto por si só era enfadonho, além disso, ele estava começando a ficar impaciente por não conseguir avistar Amélia ou sair à sua procura. Por fim a avistou do outro lado do salão em meio a um grupo de senhoras e cavalheiros. Por um instante ela virou-se em sua direção e seus olhos se encontraram, os dela com uma expressão que ele não soube identificar. Ela lhe deu um sorriso e voltou sua atenção ao jovem ao seu lado.

Pedindo licença, James se dirigiu até onde ela se encontrava. Mas, para sua surpresa, antes que ele a alcançasse Amélia deu o braço ao jovem com quem vinha conversando e o acompanhou à pista de dança. Não restou outra alternativa a James senão observá-la à distância.

Havia algo inusitado em Amélia, uma vibração desconhecida, um entusiasmo diferente! Ele não conseguia identificar a razão daquela mudança sutil, mas sabia que a temporada em Londres não era motivo. James ficou atento às suas reações, com os olhos brilhando ela escutava atentamente o que o jovem, obviamente deslumbrado, lhe dizia. Imediatamente uma aguilhoada de ciúme lhe beliscou o coração.

– Tolice – disse a si mesmo, – estou imaginando coisas! Amélia me ama, é fiel e feliz, por que se interessaria por outro homem ou outra vida? Ela está apenas aproveitando a diversão – concluiu sem muita convicção.

Aceitando a taça de champanhe que o criado lhe ofereceu, James emborcou seu conteúdo quase que em um só gole.

– Ora, meu amigo, vejo que ainda só tem olhos para sua esposa! Foi por isso que voltou ao salão tão rapidamente? – perguntou Edward aproximando-se. – Fico feliz em saber que, assim como o meu, o seu casamento se mantém feliz ao longo dos anos. Vamos brindar às nossas lindas esposas! – disse Edward, erguendo a própria taça, – somos afortunados por tê-las!

– Você conhece o jovem com quem Amélia está dançando? –

perguntou James sem sequer responder ao brinde do amigo.

– Aham! Parece-me ser lorde Collins, mas não sei precisar – respondeu Edward, um sorrisinho elevando o canto da boca. – Não consigo vê-lo muito bem daqui.

– Com licença, meu amigo, você tem razão. Não é possível ver com clareza a pista de dança desse ponto do salão, devo me aproximar. Amélia pode estar entediada ou procurando por mim, vou resgatá-la!

Na falta de um criado ao seu redor, James entregou a própria taça para o amigo que, espantado, o viu atravessar o salão a passos firmes dirigindo-se diretamente a Amélia e seu acompanhante.

Por sorte, a música terminou antes que ele os alcançasse. Um incidente, por menor que fosse, certamente seria objeto de todas as colunas de fofocas no dia seguinte.

– Senhor – disse James ao jovem que nesse momento fazia uma pequena reverência agradecendo a Amélia por ter lhe concedido aquela dança.

– Conde de Hartford – respondeu o jovem inclinando a cabeça, – agradeço por ter permitido que sua esposa dançasse comigo.

James olhou para Amélia, o sobrolho erguido em interrogação. *Permitido aquela dança? Mas sequer fora consultado!*

– James, meu querido. Este é lorde Collins. Eu lhe disse que você não se importaria se ele fizesse a gentileza de me conduzir nessa quadrilha, afinal, sei que não é sua dança preferida, mas eu não resisto a ela – disse Amélia, sorrindo.

– Na verdade, milady foi gentil em aceitar o meu convite e ainda me inspirou! Sou eu que devo agradecer, milady – e com mais um rápido menear de cabeça o jovem deixou-os.

– O que ele quis dizer com *você o inspirou*? – perguntou James analisando o jovem alto e loiro que se afastava.

– Meu querido – disse Amélia enlaçando o braço no do marido e o conduzindo para fora da pista. – Leve-me ao terraço. Preciso de um pouco de ar, está muito quente aqui.

Era evidente que Amélia havia mudado a direção da conversa e se furtado a responder. Ele não podia confrontá-la ali, no meio do salão, sem criar um embaraço, por isso limitou-se a conduzi-la ao terraço, porém, assim que chegaram virou-a para si. Sua expressão indagadora dispensou palavras.

– Não foi nada, meu querido. O jovem está perdidamente apaixonado por lady Thifanny Brandon e teme não ser correspondido. Melissa é muito amiga da mãe do rapaz e disse a ele que eu poderia lhe dar bons conselhos sobre como conquistar a jovem. Segundo ela, se ele conseguisse que eu lhe concedesse uma dança, a jovem ficaria bem impressionada – disse Amélia, rindo.

James manteve-se em silêncio, os olhos negros cravados no rosto de Amélia, impassível!

– Achei que você não se importaria por eu ajudar um garoto apaixonado – disse ela subitamente séria. – Eu estava errada?

– Não, eu não me importo que você decida ajudar casais apaixonados, afinal, nós sabemos bem o que essa emoção faz, ela arruína nossa lógica e nosso bom senso, não é mesmo? – perguntou James de uma forma enigmática.

– Ora, meu marido – disse Amélia lhe dando a mão e puxando-o para o jardim. – Acredito que ela faça isso mesmo e não apenas com os jovens. Venha, vamos dar um passeio ao luar – disse ela, conduzindo-o a um recanto afastado. – Vejo que você está entediado. Talvez possamos nos distrair um pouco no jardim.

– O que você quer dizer com distrair-se no jardim? – perguntou James.

Protegida pelas sombras da noite e pelos arbustos, Amélia

virou-se para ele e, sem qualquer aviso prévio, enlaçou sua nuca e alcançou-lhe a boca. Insinuantemente contornou-a com a ponta da língua.

Surpreso pela conduta ousada e inesperada da esposa, James viu seu corpo reagir quase de imediato. Envolveu-a pela cintura com os braços e prendeu-a firmemente a si, aprofundando o beijo.

Amélia gemeu e sutilmente encostou seu corpo ao dele, retribuindo seu calor.

– Oh Amélia, não me provoque assim – gemeu James, – ou não vou aguentar até chegarmos em casa.

– E precisamos? – perguntou ela com um sorrido malicioso.

– Ora, o que você quer dizer?!

Não chegava a ser uma pergunta, era muito mais uma exclamação. Chocado com a conduta da esposa, mas incapaz de resistir, James puxou-a pela mão à parte mais escura do jardim e apoiou suas costas no tronco de um carvalho, a casca áspera arranhando a pele sensível de Amélia. Mas ela não se importou com o desconforto, enroscou os dedos em seus cabelos e puxou-o para si.

James a abraçou, as mãos percorrendo seu corpo com deleite. Enfiou o nariz entre seus cachos perfumados, aspirando profundamente, nem o perfume da noite era tão bom! Ela era parte dele, seu cheiro e seu gosto profundamente enraizados em sua memória. Com cuidado, afastou o tecido delicado que se interpunha entre ele e as delícias que Amélia lhe prometia; a língua percorrendo cada pedaço de pele que surgia numa exploração erótica e torturante.

A situação era demasiada excitante, o risco de serem apanhados tornava tudo muito mais... emocionante. Amélia retribuía os carinhos, a respiração arfante, a pele se arrepiando a cada toque. Incapaz de se conter, James levantou-lhe as saias, as mãos percorrendo a pele da coxa macia, tocando-a como se a quisesse marcar.

– Meu Deus! – gemeu ele ao notar que ela não usava roupas íntimas, apenas as meias que iam até o meio das coxas e o espartilho. Por baixo daquele vestido ela estava nua! A ousadia o enlouqueceu de ciúmes e desejo!

O que estava acontecendo com ela? Aquele não era o comportamento de uma mulher casada. Ele deveria manter a cabeça fria, mas simplesmente não conseguia se afastar. Linda, sedutora e totalmente sua! James se consumiu no próprio desejo! Com uma das mãos segurou-a pelos quadris enquanto deslizava a outra por sua pele, explorando seus recantos. Amélia arfava pelo seu toque e pela expectativa de prazer.

– Por favor – pediu ela, – agora!

Foi o suficiente! O local onde estavam, o risco de serem descobertos, o escândalo que ocorreria se fossem vistos... tudo deixou de existir. James levantou-a, ela envolveu sua cintura com as pernas e o mundo simplesmente parou!

– Vamos embora, Amélia – pediu James, enquanto ambos recompunham suas vestes e retornavam ao salão.

– Mas por que, meu marido? Você me disse que não conseguiria aguentar até que chegássemos ao hotel... e eu não o fiz esperar – disse ela maliciosamente. – Agora podemos aproveitar mais um pouquinho do baile, a festa ainda está longe do fim – disse com um arzinho suplicante.

James olhou-a ainda desnorteado pelo comportamento inesperado! Estava lindíssima! As faces afogueadas, os lábios levemente inchados, os olhos brilhantes... e nua por debaixo daquele lindo vestido!

– Maldição, todos perceberão que você acabou de fazer amor, cada homem que olhar para você vai saber e vai desejá-la....

– James, não seja tolo, estamos absolutamente compostos, somos casados, fomos dar uma volta no jardim, não há nada de indecoroso nisso, meu amor... Quanto às minhas roupas, apenas você conhece esse detalhe – disse ela, rindo à medida que o levava pelo braço de volta ao salão iluminado.

– Ora, aí estão vocês! – Melissa e Edward se encaminharam para ambos sorrindo, e Amélia se envolveu numa conversa com eles como se nada tivesse acontecido.

James estarrecido a olhava circulando pelo salão! E ele só conseguia imaginar que cada um daqueles homens cobiçava sua bela esposa...

A picada do ciúme aguilhoou o seu coração!

O que o ciúme pode fazer...

– Bom dia, meu querido!

James abaixou o jornal e olhou para a esposa surpreso por ela já estar de pé. Ela estava com ótima aparência, certamente a noite de sono lhe havia feito bem. Há três noites ela vinha se queixando de dores de cabeça. Talvez o excesso de compromissos a estivesse deixando exaurida, afinal, estavam acostumados à quietude do campo.

– Como está sua dor de cabeça, querida?

– Já estou melhor, James, uma boa noite de sono ajudou bastante.

– Se quiser podemos cancelar os últimos compromissos e retornar mais cedo para Hampton House – sugeriu.

– Não! – o protesto de Amélia foi enfático.

James fixou os olhos nela, o rosto absolutamente imóvel e aguardou uma explicação.

– Quer dizer – continuou Amélia, – eu não gostaria de cancelar compromissos. Há alguns eventos que eu ainda desejo ir: o sarau na casa de Melissa, por exemplo. Eles ficariam muito magoados se não comparecêssemos. E minhas dores de cabeça... bem, tenho exagerado no champanhe, você sabe que não tenho esse hábito. Hoje à noite vou evitar beber, assim estarei bem quando nos recolhermos.

– Como quiser, Amélia – disse James, observando-a profundamente. – Pensei em irmos até Ascot hoje, ou talvez pudéssemos cavalgar um pouco – sugeriu ele mudando de assunto. – Edward deixou dois animais à nossa disposição, você gostaria?

– Eu adoraria, querido, mas prometi a Melissa que faria um lanche no parque com as crianças. Ela está ocupada com a organização do sarau, então me comprometi a levar Elizabeth, William e Gregory até o Regent's Park e passar algumas horas com eles. Nossa afilhada está uma mocinha e eu não tenho sido uma madrinha suficientemente presente. Vá cavalgar, meu marido, um pouco de exercício lhe fará bem.

James não respondeu, apenas manteve seus olhos atentamente nela. Ele conhecia Amélia demais, não havia nada errado no compromisso daquela manhã, mas ele sentia que ela lhe escondia alguma coisa.

– Talvez eu vá ao parque com vocês – disse ele mais para analisar sua reação do que propriamente pela intenção de acompanhá-la.

– Ao parque com as crianças?! – perguntou Amélia surpresa e com um certo tom de alarme na voz. – Temo que seja um programa muito aborrecido para você, querido. As amas irão me acompanhar e Melissa deve se encontrar conosco mais tarde. Um programa apenas de mulherzinhas e crianças – justificou-se com um sorriso.

– Você tem razão, eu me aborreceria. Devo mesmo ir cavalgar, então. Nos veremos mais tarde.

– Naturalmente, estou ansiosa pelo sarau dessa noite – disse ela, com um sorriso enigmático. Se me der licença, devo me trocar agora, em breve o coche que Melissa combinou de enviar estará aqui.

James continuava segurando o jornal aberto na frente dos olhos, mas não enxergava nada do que ali estava escrito. Ele só conseguia pensar na expressão de pânico que a esposa fizera quando ele mencionara a possibilidade de encerrarem a temporada mais cedo do que o programado.

O que estava acontecendo com Amélia? Há três dias ela alegava dores de cabeça para se recolher mais cedo. Desde aquela noite do baile eles não haviam estado juntos! *A noite do baile...* lembrou-se de como ela o levara para o jardim. Aquilo fora... delicioso, mas mesmo assim inesperado. Amélia era uma mulher suave, doce... mas naquela noite havia se comportado como... como... uma mulher diabólica seduzindo um amante?

Não fazia sentido!

Uma suspeita absurda invadiu sua mente. O ciúme o inundou como uma onda avassaladora. *Um amante? Amélia teria arranjado um amante? Isso explicaria as roupas ousadas e sedutoras, as longas tardes na modista, as idas ao parque não reveladas, os atrasos...*

Lembrou-se de Amélia dançando com lorde Collins. *Haveria algo entre eles? Ela o teria arrastado para o jardim para evitar que ele percebesse alguma coisa? Aquela cena de sedução teria sido armada apenas para distraí-lo a fim de que não encontrasse seu amante?*

– Não – disse ele a si mesmo, – Amélia não faria isso! Jamais me trairia!

Decidido, levantou-se. Iria mesmo até os estábulos de Edward.

Uma boa cavalgada lhe faria bem, limparia a mente e afastaria aqueles pensamentos terríveis... Ele iria cavalgar, e, talvez... só talvez... fosse até o Regent's Park.

Duas horas depois, de um ponto mais alto do parque, ele a observava, o alazão devidamente amarrado a um galho próximo. A visão não era perfeita, mas era possível acompanhar parte da cena.

Ela parecia uma garota e não a mãe de duas crianças já crescidas. O vestido florido em tons de azul era elegante, mas despojado. O chapeuzinho de palha, enfeitado com fitas, a protegia do sol e escondia os cachos avermelhados. Sentada na grama, com as costas apoiadas em um salgueiro, ela acompanhava William e Gregory jogarem uma partida de críquete, enquanto Elizabeth ao seu lado lia um livro.

Uma toalha havia sido estendida sobre a relva, havia uma cesta de palha provavelmente recheada de guloseimas, pratos, copos e uma garrafa, talvez de limonada. Era uma cena bucólica e James se sentiu um tolo por desconfiar da esposa. Já estava prestes a montar novamente quando notou um movimento. Amélia levantou-se, dois cavalheiros se aproximaram e a cumprimentaram, mesmo à distância ele reconheceu lorde Collins.

James notou que o jovem falou alguma coisa e Amélia riu jogando a cabeça um pouco para trás num movimento espontâneo e alegre. Foi demais! *Há quanto tempo ele não a via rindo assim para ele?*

Com um esforço sobre-humano ele se controlou. Sua vontade era desafiar o garoto atrevido para um duelo; chegou a dar alguns passos com essa determinação, porém, o bom senso prevaleceu, iria se expor ao ridículo se o fizesse. Duelos eram ilegais, além disso, uma atitude dessa enxovalharia o nome de Amélia. Uma pontada conhecida, mas há muito afastada, atravessou o seu coração... por instantes ele retornou no tempo, aos anos em que sofrera diante da possibilidade de seu nome estar sendo arrastado na lama, quando se sabia casado mas não imaginava com quem. Sacudindo a cabeça numa negativa enérgica, James respondeu às próprias dúvidas.

– Não, isso não é possível! Ela não faria isso! Amélia jamais me trairia!

Montando o alazão ele se afastou. Não iria perturbá-la, tampouco ofendê-la com suas desconfianças. Só não sabia como controlar o coração enlouquecido, que à semelhança de um animal descontrolado martelava seu peito exigindo que a levasse para longe, para um local onde homem algum, além dele próprio, pudesse ser agraciado com seus sorrisos ou pela visão de sua beleza.

Os últimos acordes da música invadiram o ambiente e os convidados irromperam em aplausos entusiasmados. A senhorita Flotinghale era uma exímia pianista e tocava Bach com emoção, as notas fluíam de seus dedos com suavidade, produzindo sons que atingiam a alma. Solteira, mas já não muito jovem, Flora Flotinghale era a professora de música de Elizabeth. Melissa, portanto, a convidara para abrilhantar o sarau que oferecia naquela noite. Era uma forma de entreter seus convidados e, ao mesmo tempo, proporcionar à jovem uma oportunidade de demonstrar a outros pais a sua competência. Isso a ajudaria a conseguir novos alunos – o que seria do interesse de Flora Flotinghale –, pois a moça dependia das aulas para assegurar a própria sobrevivência.

James observara a esposa por todo o tempo da apresentação e percebera sua emoção. Bach era um de seus compositores favoritos e ela ficara visivelmente emocionada com a sensibilidade que a musicista demonstrara.

– Pena que não possamos levá-la para Hampton House, eu adoraria que ela desse aulas a Beatrice. E não foi somente a técnica que me encantou, ela toca com paixão – disse Amélia quando, enfim, deixaram seus lugares em direção ao bufê servido na sala de jantar.

– Se quiser posso lhe fazer uma oferta, talvez ela goste do campo! – sugeriu James notando a expressão que Amélia escolhera para referir-se à forma como a professora tocara.

– Não, meu querido! Isso não seria justo com Melissa ou com Elizabeth. Aliás, acho que se tentássemos elas iniciariam uma *guerra* conosco – disse ela, rindo. – Mas quando assisto uma apresentação dessas pergunto-me se não estamos privando nossos filhos de uma educação mais esmerada, mantendo-os em Hampton House.

James olhou-a sobressaltado! Era a primeira vez que Amélia mencionava desagrado, por menor que fosse, com a vida que haviam escolhido viver. A incômoda sensação o invadiu novamente. *Estaria Amélia de alguma forma insatisfeita*? Ainda que a professora de piano fosse realmente competente, ambos sabiam que Beatrice preferia mil vezes equitação à música. A filha era extremamente feliz entre seus cavalos e a vida ao ar livre. Talvez com o tempo ansiasse por uma vida em sociedade, mas por ora trazê-la para a vida na cidade somente a aborreceria. Além disso, há poucos dias haviam comentado como a senhorita Mildred, a nova preceptora, parecia adequada. *Estaria Amélia pensando em Beatrice ou simplesmente esboçando o próprio descontentamento, ainda que sem mesmo o perceber?* Aturdido, James parou imerso em seus pensamentos.

– O que foi, meu querido? – perguntou Amélia.

– Hum... nada, desculpe-me. Por um momento fiquei refletindo sobre suas palavras. Você acha mesmo...

– Ah, meu querido! Essa não é a hora nem o lugar para discutirmos a educação das crianças. Desculpe-me por mencionar o assunto, apenas me deixei levar pela música, você sabe de meu apreço por Bach. Fiquei emocionada! Contudo não devemos deixar que preocupações dessa natureza interfiram nesses dias em que estamos a sós. As crianças certamente ocuparão totalmente nossos pensamentos quando retornarmos para casa. Mas por ora... somos apenas nós! Venha, estou com um pouco de fome – disse ela, direcionando-o ao bufê.

Então era isso, talvez Amélia estivesse sentindo-se em segundo plano! Seu amor pelos filhos era imensurável, mas talvez ela necessitasse de um pouco de tempo apenas para pensar em si, ou neles dois! Isso explicava o seu comportamento irreverente.

– Que bela ceia! – disse Amélia mudando completamente de assunto. – Você está com fome? – perguntou ela, pousando nele seus enormes olhos verdes ao passo que aceitava que o criado lhe servisse tenras fatias de peru.

James ia responder quando percebeu que a atenção de Amélia foi captada por um grupo de jovens se aproximando, entre eles lorde Collins. O jovem lorde a cumprimentou com um leve movimento de cabeça e os olhos do rapaz tinham uma expressão indecifrável. Para James pareciam transmitir uma mensagem muda. Amélia respondeu com graça, mas voltou sua atenção imediatamente para ele, praticamente ignorando o rapaz.

– Então, meu querido, você vai aceitar alguma coisa? Ou prefere que eu mesma o sirva, talvez uma iguaria diferente? – perguntou Amélia com seu sorriso mais angelical.

James olhou-a sem entender a pergunta, afinal, havia vários

criados servindo os convidados. Estava prestes a fazer um comentário a respeito quando percebeu que ela entreabria os lábios – e por um milésimo de segundo – passava a ponta da língua por eles, ao mesmo tempo em que um brilho malicioso lhe assomava os olhos. *A pergunta tinha um duplo sentido?* Precisou de um esforço para manter a fleuma e não permitir que a surpresa ficasse estampada em seus olhos, *no fim das contas poderia estar errado em sua conclusão. Mas, e se não estivesse...*

Deus, o que estava acontecendo com sua mulher? O que vinha provocando nela reações tão inesperadas? Era como se uma nova Amélia por vezes emergisse, carregada de sensualidade, provocação e sedução numa aparição fugaz! *Maldição!*, pensou ele enquanto a esquadrinhava com os olhos. *O que a estava motivando?*

– Queridos, aí estão vocês! – disse Melissa aproximando-se. – Amélia, ainda não a agradeci por ter feito companhia às crianças hoje no parque. Elizabeth voltou encantada com a atenção que você lhe dispensou. Garantiu-me que você é a melhor madrinha do mundo e me fez prometer que a deixarei passar alguns dias com você quando formos para Rose Hall. Garantiu-me que foi convidada – disse Melissa rindo.

– Como se ela precisasse de convite – replicou Amélia! – E claro que ela deve ir, Beatrice vai adorar! Você sabe como elas são amigas, apesar da diferença de dois anos. Se parecem conosco quando tínhamos a mesma idade!

– Ah, minha querida! Ninguém se parece conosco, nem naquela idade, nem nunca – disse Melissa rindo. – Somos imbatíveis no quesito amizade – e dizendo isso piscou o olho com ar divertido. – Mas elas são amigas também, à maneira delas, e isso é maravilhoso – disse enlaçando o braço de Amélia e levando-a para longe. – Há alguém que deseja falar com você – e virando-se para James completou – em breve você a terá de volta.

Inquieto, James viu as duas se afastarem em direção ao terraço. *O que aquilo significava? Melissa estaria ajudando Amélia a acobertar seu amante?* Aturdido percebeu que por mais que sua mente rejeitasse a ideia, seu coração estava convencido de que havia um amante. Desesperado percebeu que poderia estar perdendo-a! *O que ele havia feito?*

O amante

– Milady está em seu quarto? – James perguntou à camareira assim que chegou à suíte no Claridge's.

– Sim, milorde – respondeu a jovem afastando-se para que ele passasse, – ela está...

Ele não aguardou o fim da frase, dirigiu-se ao quarto de Amélia e entrou sem nem mesmo bater à porta. Havia passado a tarde no clube, atento a qualquer insinuação sobre uma possível indiscrição por parte dela, mas nenhum murmúrio chegou aos seus ouvidos. Sutilmente, procurou informações sobre lorde Collins e descobriu que o rapaz estava desesperado de amor e, ao que parece, sem ser correspondido. Mesmo que seu interlocutor o informasse que a jovem que vinha desprezando as atenções do pobre Collins fosse lady Thifanny Brandon, o aguilhão do ciúme perfurava seu coração. *E se a verdade não fosse essa, e se o jovem apenas mencionasse o nome daquela jovem para desviar a atenção do verdadeiro objeto de sua paixão? E se essa mulher fosse Amélia? A sua Amélia?*

Desesperado voltara para o hotel disposto a confrontá-la. Ele não aguentava mais a dúvida, se pelo menos ela tivesse tido um único comportamento que comprovasse uma traição... mas não! O que ele tinha eram meras suspeitas! Ainda assim não suportava mais a dúvida.

Ela não estava no quarto, porém, um leve ruído de água vinha de seu *boudoir*. Pé ante pé James se aproximou, encostado à porta, às costas de Amélia, de onde podia ver sem ser visto. Ele a observou.

Ela estava no banho, um suave vapor perfumado se elevava da água. Por entre a espuma ele vislumbrou seus seios, os mamilos rosados enrugados pela imersão. Ela estava com os cabelos presos no alto, pequenos cachos úmidos e vermelhos grudados na nuca que ela apoiava na borda da banheira. O pescoço longo e alvo, os olhos fechados, um leve sorriso nos lábios.

Perfeita!

O desejo de James foi de sacudi-la e exigir que ela lhe contasse em quem pensava num momento tão íntimo, quem era o merecedor daquele sorriso! Deu um passo em sua direção, mas o que viu o paralisou e ele se limitou a olhar para ela.

Lentamente os dedos de Amélia envoltos em espuma iniciavam um passeio pelo próprio corpo, percorrendo seus vales e escalando suas montanhas. A expressão do rosto pouco a pouco se alterando, pequenos gemidos escapando de sua garganta. As ilhas de espuma se agitavam na água no mesmo ritmo de seus quadris, ela mordia os lábios até que seus olhos se arregalaram desfocados e sua boca abriu-se no formato de um "o", um longo e mudo grito escapou de sua garganta.

James teve ímpetos de arrancar a própria roupa e tomá-la ali, com fúria e paixão, mas sabia que aquele momento pertencia somente a ela. Lentamente se afastou, as próprias emoções em turbilhão, e o coração pesado de dúvida. *Com quem Amélia dividira aquele momento? Quem era o homem cuja simples lembrança conseguira provocar-lhe tanto prazer?*

Ele descobriria, naquela noite ele descobriria... e mataria o desgraçado!

A festa da condessa de Longbourn praticamente encerrava a temporada e por isso estava animadíssima. Ele e Amélia haviam chegado há pouco, e como sempre Melissa a havia arrebatado e levado para longe dele, como se juntas houvessem montado um complô para deixá-lo à parte.

E ele sequer podia reclamar, já que esse era um comportamento normal. Estranho seria se um casal, com mais de dez anos de vida em comum, permanecesse lado a lado por uma noite inteira. Cabia a ele participar das rodas de conversa masculina ou ir ao salão de jogos. No entanto, nenhuma das alternativas viáveis para um cavalheiro bem casado o apeteciam, tudo o que queria era observar sua mulher.

Como sempre sua beleza reluzia! O vestido era de seda em um tom escuro de azul. Embora a cor fosse discreta o decote revelava mais do que seria decente. Estendendo-se de um ombro a outro, mal encobria a curva de seus seios e nas costas deixava aparente uma generosa porção de pele branca e macia. Os cabelos, arranjados para cima numa profusão de cachos brilhantes, deixavam a nuca a descoberto. Ela usava um belíssimo colar de safiras e brilhantes, presente de James em seu trigésimo aniversário.

Como sempre, a chegada de ambos provocara um burburinho pela beleza e elegância.

Ele logo havia sido cercado por cavalheiros interessados em ouvir sua opinião sobre um projeto em trâmite na Câmara dos Lordes, e a discussão se prolongava há quase quarenta minutos. Por fim, incapaz de continuar ouvindo, James pedira licença e saíra para procurar Amélia.

Parece que nessa temporada nada mais fiz além de caçá-la pelas festas, Amélia, pensou James, aborrecido. Tirando uma taça da bandeja de um criado, emborcou o líquido gelado quase que em um só gole e seguiu em direção ao salão de baile onde acreditava encontrá-la. Parado à porta perscrutou o salão com atenção, mas não a viu. Novamente uma sensação de inquietação o envolveu, *onde e com quem Amélia estaria?*

Nesse momento ele a viu do outro lado do salão em frente à porta do jardim. Por um segundo Amélia parou, olhou furtivamente ao seu redor, e desapareceu.

Como um animal enfurecido James atravessou o salão e saiu pela mesma porta em direção ao terraço. Ela não estava mais ali. Inquieto, ele se perguntou para aonde ela poderia ter ido, quando avistou uma nesga de um vestido da mesma cor daquele usado por Amélia desaparecer por entre os arbustos do jardim. Rapidamente seguiu naquela direção. Por sorte a festa estava em seu auge e o terraço vazio, assim ninguém notou o comportamento alterado do conde de Hartford.

Controlando-se, James caminhou em silêncio e com cuidado pelas alamedas do jardim, preparando-se para surpreender Amélia e seu amante. O coração acelerado de dor e ansiedade martelava num ritmo louco em seu peito. Inesperadamente alguém se aproximou pelas costas e, encostando a ponta do que parecia ser um punhal, sussurrou numa voz abafada:

– Não se vire e não fale, apenas acene com a cabeça para concordar. Você quer saber o que está acontecendo?

Aquela voz não lhe era estranha, era óbvio que seu interlocutor disfarçava, mas ela lembrava a de Edward. No entanto, um certo instinto de sobrevivência o fez concordar apenas acenando com a cabeça, afinal, ele não tinha certeza quanto à voz, apenas quanto à ponta afiada apoiada em suas costas.

– Há uma carruagem escura parada em frente ao portão na extremidade do jardim. Vá até ela, mas antes de embarcar coloque essa venda nos olhos. Você não deve ver para onde está indo, mas ao final da viagem saberá mais sobre sua mulher. Em nenhuma hipótese retire a venda ou reaja ao que acontecer, se o fizer sua mulher sofrerá.

Ao ouvir isso, James fez menção de voltar-se, mas o homem simplesmente pressionou o punhal ainda mais em suas costas.

– O que seria da vida sem um pouco de emoção, não é mesmo? Não faça nada, repito, apenas vá até onde a carruagem o levar e não tire a venda. Se você reagir, sua mulher sofrerá. Renda-se e aceite o que está acontecendo, isso se quiser vê-la incólume novamente. A carruagem o levará ao seu destino – insistiu o agressor.

Dizendo isso, colocou algo no bolso de James e o empurrou na direção que ele deveria seguir.

Uma carruagem negra e toda fechada realmente aguardava no final do caminho, mas não havia ninguém nas imediações, nem mesmo um cocheiro. A vontade de James era invadi-la, mas temendo causar algum mal a Amélia, decidiu obedecer as instruções.

Com o coração sobressaltado, imaginou se alguém teria retornado de seu passado para causar-lhe mal ou roubar-lhe a mulher. Teria Amélia sido levada contra a vontade? Ou, ao contrário, teria deixado a festa espontaneamente para encontrar-se com um amante? Colocando a venda, ele tateou à procura do trinco, abriu a porta e entrou.

A escuridão era total, segundos depois a carruagem começou a mover. Sentando-se, já que sua altura não lhe permitia ficar de pé no espaço restrito, ficou imóvel buscando identificar por movimento ou ruído a presença de outra pessoa.

Uma respiração suave, um certo calor, um desconhecido e levíssimo perfume feminino pairava no ar. *Uma mulher?!* James ficou confuso, jamais imaginaria que seu captor fosse uma mulher.

Talvez uma mulher traída buscando vingança? *Teria Amélia se envolvido com um homem casado?* Seu instinto foi retirar a venda, mas a advertência de que Amélia sofreria as consequências de seu ato o impediu de reagir.

Nos primeiros cinco minutos James tentou escutar algum som ou detalhe que o ajudasse a identificar o local para onde iam, mas a ansiedade não lhe permitia concentrar-se. Seu instinto de defesa gritava que ele deveria manter a calma e procurar identificar o agressor, mas os anos haviam passado e seus reflexos já não eram mais os mesmos.

Lentamente ele foi percebendo que toda a aventura e emoção pelas quais ansiava não passavam de ilusão! Lembrou-se do dia em que Amélia lhe perguntara sobre isso e da resposta que ele lhe dera. James suspirou, aventura nenhuma no mundo substituiria o amor e a paz que encontrava nos braços de Amélia; nenhuma emoção poderia ser maior do que aquele sentimento. E agora ele corria o risco de perdê-la. Tolo, mil vezes tolo!

– Eu não vou perdê-la! Juro que não! – gritou em voz alta para a pessoa que sabia estar ao seu lado. – Não sei o que irei encontrar, não sei se Amélia foi sequestrada por alguém de meu passado ou se partiu por vontade própria ao encontro de um amante. O que quer que tenha acontecido não vou desistir dela! Jamais! E eu juro pelo que há de mais sagrado que se ela for de alguma maneira molestada, se um fio de seu cabelo for tocado contra o desejo dela, eu matarei o responsável após fazê-lo sofrer os tormentos do inferno!

Inesperadamente um toque suave, a ponta de um dedo sobre seus lábios o fez calar-se. Surpreendido, James tentou virar o rosto.

– Shhh! – o som foi quase imperceptível e James imediatamente lembrou-se da ameaça. Se reagisse, Amélia poderia ser machucada.

Com dificuldade forçou-se a ficar imóvel e aguardar. Com surpresa notou que uma mulher começou a deslizar o dedo pelo seu rosto, num toque delicado e sutil. Lentamente ela contornou seus lábios, o maxilar cerrado e desceu pelo pescoço.

Num movimento hábil ela soltou o laço da gravata e abriu o botão do colarinho. James sentiu-se invadido, mas permaneceu imóvel. Tinha medo de que uma reação de sua parte causasse um dano a Amélia. A mulher não satisfeita abriu os botões de seu colete, e lentamente prosseguiu abrindo um a um os da camisa, os dedos afastando o tecido e alisando os músculos, a língua numa exploração erótica e torturante.

Num movimento rápido ele a agarrou e impediu-a de continuar, o leve gemido denunciou que usara força demais. O som o fez lembrar-se da possibilidade de Amélia ser machucada e ele se conteve. Não reagiria, não poderia fazê-lo! Aceitaria o insulto! Soltando o pulso delicado, deixou-a prosseguir.

A imagem de Amélia dominou sua mente, com esforço manteve as mãos paradas ao lado do corpo. *Ainda que ela o estivesse traindo ele não faria isso, não a trairia!* Sua vontade era arrancar a venda, mas forçou-se a manter seu corpo inerte. Tentou imaginar-se em casa, cavalgando pelos campos...

A maldita mulher, porém, ajoelhou-se à sua frente entre seus joelhos e James, desamparado, percebeu o que ela faria. Esforçou-se para desviar os pensamentos das sensações, e numa tentativa desesperada procurou lembrar-se da noite de seu casamento na prisão. Talvez se retrocedesse àquele momento de dor e desespero ele conseguisse manter seu corpo sem reação. Mas foi impossível, a imagem de Amélia no momento em que lhe arrancara o capuz sobrepujava as imagens da dor e da tortura.

E quando a mulher o libertou do tecido que o aprisionava,

e sua boca doce tocou-o, provando e provocando, o que lhe veio à mente foram os cabelos vermelhos de Amélia, seu corpo sensual, sua boca gostosa e macia e seu próprio corpo correspondeu com ardor.

Um lampejo de reconhecimento... uma suspeita! Seria possível...

Não, disse a si mesmo, *ela não seria capaz! Ou seria??*

Num movimento rápido ele levou as mãos ao próprio rosto para arrancar a venda, mas ela o impediu.

– Não! – embora sussurrada, aquela voz era música para ele, mas a ordem não admitia contestação. *E se estivesse errado?*

Só havia uma maneira de descobrir, de ter absoluta certeza. Puxando-a pela nuca James cobriu a boca dela com a sua, descobrindo e reconhecendo o sabor. Ele não precisava enxergar para saber que era ela. Ainda que ela usasse um perfume diferente, ainda que se comportasse de um modo inesperado e não convencional, seu sabor era único.

– Minha amada!

– Meu amante – respondeu ela com ardor!

E ali ele entendeu a força do amor de Amélia... Ele havia reclamado por emoção, aventura, conquista, ela lhe dera isso da única forma que poderia. Sempre havia sido tudo por ele, os olhares, as sugestões maliciosas, o comportamento irreverente. Nunca houvera outro, sempre fora ele o objeto de sua sedução. Até mesmo aquela tarde na banheira, fora por ele... Encantado ele cobriu seu rosto com beijos!

Mas ela ultrapassara os limites, o desafiara a ser um amante, e cabia a ele atender a seus desejos. Ele também poderia surpreendê-la.

– Um amante, minha querida, não será tão gentil como um marido!

Ele a puxou e a fez sentar-se em seu colo, rosto a rosto, olhos nos olhos, boca contra boca. Ele não precisava vê-la para saber como amá-la! Enrolando as mãos em seus cabelos, segurou-lhe a cabeça e beijou-a com fúria. Não havia delicadeza em seu toque, ele a tomava com paixão, com certa brutalidade, como se desejasse castigá-la e ela correspondia no mesmo tom. Afoita, Amélia prendeu-lhe os lábios entre os dentes enquanto remexia os quadris pressionando-o! Tomando um seio nas mãos ele o apertou, com mais força do que carinho, como se desejasse estabelecer seu domínio. Amélia gemeu, mas não recuou, ao contrário, enfiou os dedos em seus cabelos mantendo-o junto a si.

Era ela e, ao mesmo tempo, não era! Sua Amélia era doce e suave, mas aquela era sua amante! Um vulcão, uma mulher diabólica que o sequestrara e o seduzira contra a sua vontade... ele estava encantado com essa mulher atrevida!

Num gesto brusco e com força, rasgou suas calças íntimas e introduziu dois dedos em sua intimidade, tocando-a de maneira rude, sentindo-a molhada e pronta para ele. Amélia arquejou, ele não podia vê-la, mas os olhos vendados não o impediam de imaginar sua expressão ou de sentir sua respiração quente no pescoço. De certa forma a venda em seus olhos tornava tudo ainda mais excitante!

– Você gosta assim, não é? Eu sinto que você gosta! Com força!

Amélia apenas gemeu e esperou, suas entranhas se revolvendo em expectativa. Afastando-a alguns centímetros de seus quadris, deixou-a pairando sobre si mesmo por alguns segundos torturantes antes de fazê-la baixar o corpo de uma vez e preenchê-la com todo o seu amor e sua virilidade. Incapaz de conter-se, ela cravou os dentes em seu ombro, causando uma mistura de dor e prazer.

Remexendo os quadris para acomodar-se totalmente a ele, Amélia aceitou a invasão com prazer na medida em que sons incoerentes escapavam de sua garganta. E quando juntos atingiram os paroxismos da paixão, quando se tornaram um só em corpo e alma, ele soube que amaria essa nova Amélia diabólica e atrevida, com a mesma intensidade com que amava sua doce esposa. Eram duas em uma só! E ele não conseguiria viver sem elas!

Outra manhã de sol...

Assim que o mordomo lhe entregou a correspondência, Amélia notou a carta de Melissa. Ela e James sentados no jardim desfrutavam de mais uma manhã tranquila em Hampton House. Após a última temporada em Londres alguns meses antes, a ansiedade dele por aventuras parecia ter evaporado. Sorrindo, ela lembrou-se de como Melissa e Edward a haviam ajudado a simular uma aventura extraconjugal para provocá-lo.

– Carta de Melissa, já estamos às vésperas de uma nova temporada – informou Amélia após ler seu conteúdo. – Devo confirmar nossa presença? – perguntou ela com os enormes olhos fixos em James.

– Naturalmente que sim, minha querida – respondeu ele piscando um dos olhos com malícia. – Devo providenciar as reservas no Claridge's?

– Talvez seja a hora de reabrirmos a nossa casa, James. Sei que dará um pouco de trabalho, porém, tenho grandes planos para essa temporada – respondeu Amélia. – Acho que chegou o momento dos condes de Hartford também oferecerem uma recepção, talvez um baile de máscaras? Naturalmente precisarei renovar o guarda-roupa – disse ela, umedecendo os lábios numa expressão provocante!

– Mal posso esperar por isso – disse James, aprisionando seus olhos enquanto depositava um beijo em seu pulso. Hum, por que ansiar por aventura quando toda a emoção de que precisava estava bem ali, ao seu lado? Feliz, puxou-a pela mão e ergueu-a no colo dirigindo-se para o interior da casa.

Mais uma vez os criados não ousariam chamá-los para o almoço.

Fim

Leia também Um Amor Apaixonado, de Silvia Spadoni

O terceiro livro da série Amores

Prudence não é prudente. Ao contrário do que seu nome indica, ela anseia por aventura. Dona de um espírito livre e apaixonado, ela é a menos tradicional filha de um duque inglês. Desde menina sentia uma vontade imensurável de conhecer os mistérios do Oriente e sua amizade com o príncipe Bahman Al Kaled, iniciada ainda na infância de forma inusitada, a fez desenvolver verdadeira obsessão pela Arábia. Quando surge a oportunidade perfeita para realizar seu sonho de viajar até lá, ela se vê obrigada a ficar sob a tutela e proteção de um príncipe arrogante, insuportável e irresistível!

Ao contrário do irmão mais velho, o príncipe Táriq odeia o povo inglês, mas o destino coloca sob sua responsabilidade justamente uma nobre inglesa, que acredita ser a síntese da mulher fútil e manipuladora que ele tanto despreza. Mas seu país precisa de uma aliança política e cabe a ele evitar que a ousada filha do duque de Barrington seja sequestrada em sua viagem a caminho do palácio Madinat al-Zahr. Tudo teria se resolvido em poucos dias se uma terrível tempestade de areia não tivesse atravessado o caminho deles. Após dias e noites sozinhos no deserto, a reputação de lady Sinclair fica irremediavelmente comprometida e ele terá de encarar seu pior pesadelo: um casamento, pelo bem de seu país e pela honra da jovem.

Será que de um casamento forçado pode nascer um amor apaixonado?

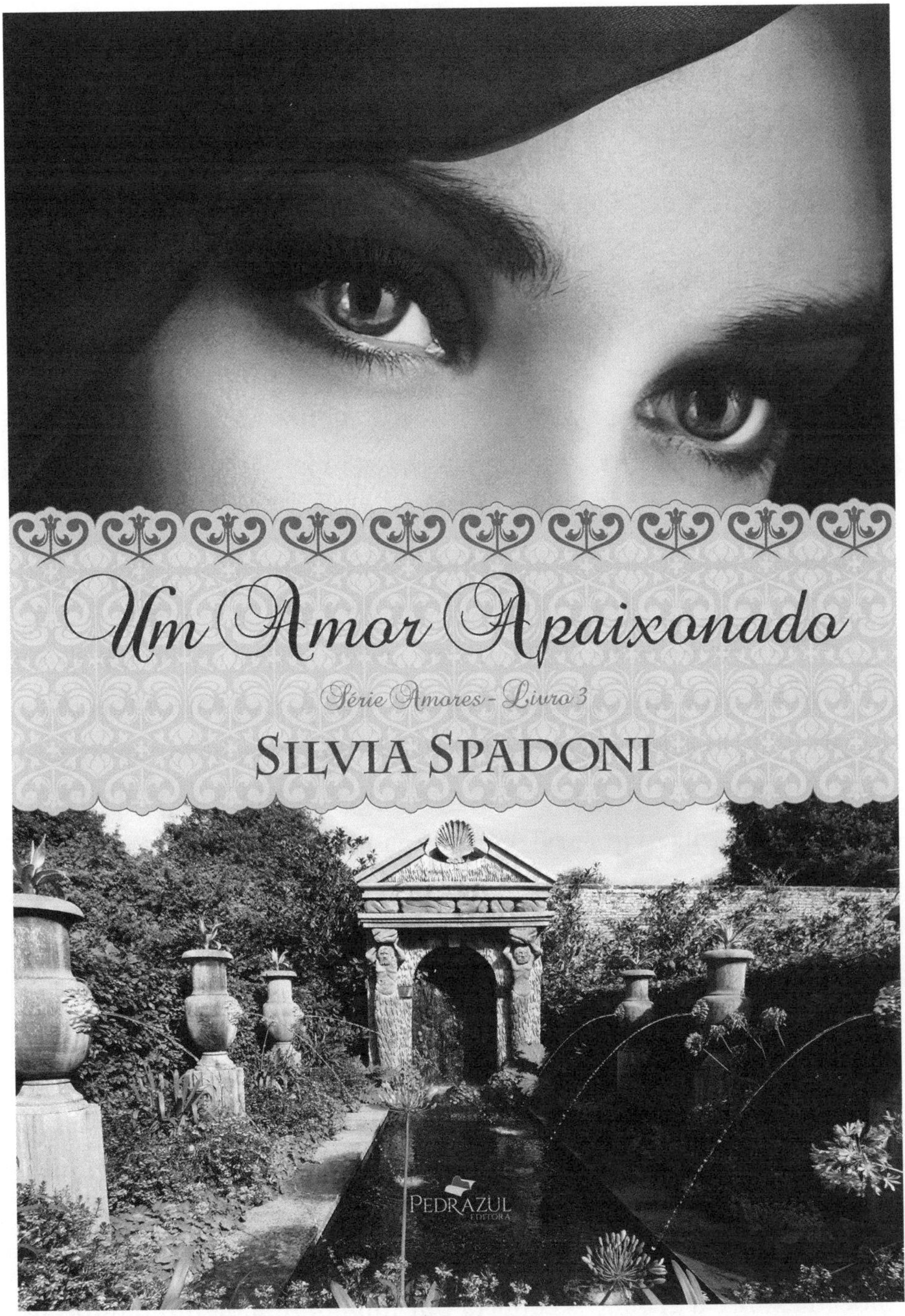
Um Amor Apaixonado
Série Amores - Livro 3
SILVIA SPADONI
PEDRAZUL
EDITORA

Capítulo I

Freemont House,
Costwolds, Inglaterra
1812.

Prudence apoiou o pé com cuidado e alcançou um galho mais alto. O enorme carvalho já era seu conhecido e ela sabia exatamente onde pisar para chegar ao topo. A vista lá de cima era maravilhosa, nem o bosque de faias que circundava a grande mansão rural, conseguia impedir a visão dos prados e campinas mais ao sul. O sol poente tingia o horizonte de dourado, em alguns momentos ele desapareceria dando espaço no céu ao brilho das estrelas. Embora a visão fosse linda, o interesse da jovenzinha era outro, bem diferente da maravilhosa paisagem.

— Tudo bem que não tenho idade para participar — falou consigo mesma, — mas ninguém vai conseguir me impedir de apreciar — continuou esticando o pescoço para enxergar o pátio e o jardim à sua direita.

O local estava todo iluminado por tochas. Sobre uma mesa colocada sobre a grama — coberta por uma toalha de linho impecavelmente branca — criados de libré e luvas imaculadas dispunham travessas de prata com delicadas iguarias. Outros circulavam com bandejas oferecendo refrescos para as senhoras e bebidas mais fortes que agradassem aos cavalheiros. O quarteto de cordas já se colocara no pequeno tablado montado especialmente para eles, a música suave fazia fundo a conversas animadas e risadas alegres. Não seria exatamente um baile, apenas uma *garden party*, o primeiro evento de uma série deles visando à apresentação de lady Priscila Sinclair, filha de Sua Graça o duque de Barrington, à sociedade.

A temporada em Londres teria início em duas semanas e a maioria das famílias da nobreza – assim como eles – ainda se encontrava no campo, desfrutando as propriedades e o término do período de caça. A festa, ainda que restrita, seria um acontecimento e muitos haviam confirmado. Além disso, Phillip, o irmão mais velho das duas jovens, trouxera alguns amigos de Eton, pelo menos dois ou três totalmente deslumbrados pela beleza de Priscila, e ansiosos por desenvolver mais do que amizade. A noite seria divertida e Prudence não se conformava por ter sido impedida de participar.

Seu interesse não escondia nenhum tipo de inveja, apenas curiosidade com o brilho e a efervescência que a noite prometia. Mas por mais que tivesse pedido e suplicado, não tivera autorização dos pais para estar presente. Aos 12 anos era muito jovem para festas noturnas, dissera a mãe, mesmo para uma reunião no jardim. Mas isso não era exatamente um impedimento, não para ela!

— Mamãe não me permitiu ir à festa, mas não disse nada sobre estar aqui no jardim, olhando de longe — disse com um sorriso maroto no rosto.

Um burburinho chamou a sua atenção, Priscila havia chegado e, como sempre, lindíssima. O cabelo dourado num penteado elaborado, o talhe esbelto valorizando o vestido de musseline azul, no tom exato de seus olhos. Prudence suspirou e instintivamente passou a mão nos cabelos castanhos, amarrados com uma fita simples na nuca: naquela idade ainda preferia o conforto à beleza.

Com cuidado, esticou o corpo para alcançar outro galho. Se conseguisse subir até a forquilha acima da sua cabeça, poderia se acomodar nela e desfrutar a noite com uma visão perfeita da festa. Não chegou a perceber a centopeia, apenas sentiu o ardor de seu veneno e instintivamente recuou. O movimento brusco a desequilibrou, ela tentou agarrar o galho, mas a mão ardia e ela não conseguiu se firmar. Tudo pareceu acontecer lentamente, ela se desprendeu, seu corpo se inclinou e ela caiu no vazio.

O susto a fez engolir o grito que ficou travado na garganta.

Bahman Al Kaled fez uma mesura perfeita ao cumprimentar a bela moça à sua frente.

— Sinto-me honrado em poder participar de sua festa, lady Priscila.

— Os amigos de meu irmão são sempre bem-vindos, Alteza — respondeu a jovem com uma graciosa reverência. E eu espero que se divirta essa noite. Tenho certeza de que lady Rovenna ficará feliz em reservar uma dança, não é mesmo? — disse a jovem olhando para a amiga ao seu lado.

— Dar-me-ia o prazer da quadrilha, senhorita? — perguntou educadamente Bahman, dirigindo-se à lady Rovenna.

— Naturalmente, Alteza — disse a jovem com um sorriso pálido.

— Aguardarei ansiosamente — e com um movimento de cabeça Bahman se afastou. Não sem perceber que por trás da gentileza de lady Rovenna havia mais a vontade de agradar à amiga do que propriamente o desejo de desfrutar de sua companhia.

Bahman sabia que sua presença gerava uma certa resistência e muita curiosidade, afinal, mesmo envergando trajes ingleses e com hábitos adequadamente civilizados, seu nome e sua origem sugeriam lugares exóticos e costumes diferentes. Naquela noite dispensara seu guardião, Nassif, um curdo de quase dois metros de altura, extremamente fiel e responsável por sua segurança desde que o jovem era um garotinho. Mesmo sem a escolta, sua aparência e seu sotaque o distinguiam dos demais jovens.

Fora quase um choque descobrir que, ainda que seu título fosse importante, sua fortuna imensurável, sua cultura ainda mais rica e seus ancestrais mais poderosos, a aristocracia inglesa não o aceitava como igual. Para eles, ele era pouco mais do que um bárbaro. *A ironia*, pensou ele com um sorriso nos lábios, é que sua família teria a mesma reação em relação aos ingleses. Percebeu que Phillip se aproximava e uma onda de afeto inundou o seu coração. O amigo era uma exceção, entre eles não havia lisonja, falsidade ou preconceito.

— Meu amigo, está se divertindo? Você está sorrindo! — Phillip passou o braço pelos ombros de Bahman num gesto fraternal e lhe entregou uma taça de champanhe. — Aposto que alguma dessas belas jovens já lhe concedeu um ou dois olhares especiais.

— Não, meu amigo. O grande destruidor de corações aqui é você — respondeu Bahman, aceitando a taça e dando um longo gole na bebida dourada.

O contraste na aparência dos dois rapazes era marcante. Phillip era alto e esguio, tinha a tez clara, olhos azuis quase translúcidos e cabelos loiros, uma beleza um tanto juvenil. O árabe tinha a pele morena de seus ancestrais, os cabelos escuros e levemente ondulados, nariz aquilino e olhos negros encimados por sobrancelhas escuras, mas com um brilho alegre e amigável. Embora mais baixo do que o amigo, Bahman tinha ombros largos e músculos mais definidos. Usava barba curta, o que o fazia parecer mais velho do que seus reais 20 anos.

Os jovens tinham se conhecido em Eton logo no primeiro dia de aula. A simpatia fora mútua e instantânea. A diferença de origem, em vez de afastá-los, despertou em ambos uma curiosidade saudável. Além disso, eram herdeiros de grandes nomes e fortunas, cresceram aprendendo a enxergar a real intenção por trás de elogios falsos e segundas intenções. Lealdade era uma característica extremamente apreciada por ambos. Lord Phillip Sinclair, filho e herdeiro de Sua Graça o duque de Barrington, e sua Alteza Real, o príncipe Bahman Al Kaled, filho mais velho e herdeiro do Califa Kassim Al Kaled, não poderiam ser mais diferentes... ou mais iguais! Tornaram-se grandes amigos.

— Soube que meu pai organizou um jogo de cartas no salão. Vamos arriscar a sorte, perguntou Phillip olhando um tanto entediado à sua volta.

— Você sabe que jogos de cartas não me agradam, Phillip, eu sempre perco dinheiro e paciência, e não sei exatamente qual deles em maior quantidade. Vou dar uma volta pelo jardim. A noite está agradável e eu preciso acalmar meu espírito para enfrentar a quadrilha na companhia de lady Rovenna — disse ele rindo.

— Não acredito que minha irmã fez isso! — exclamou Phillip rindo também. Quando não conseguiu me obrigar a dançar com aquela garota chata e petulante deu um jeito de convencer você. Lamento meu amigo, vou correr para o jogo de cartas. Nunca se sabe o que Priscila pode aprontar — e dirigiu-se ao salão de jogos.

Bahman se afastou em direção às arvores, a noite estava mesmo linda e ele queria caminhar um pouco, afastar-se do burburinho por alguns minutos. A lua crescente no céu o fazia lembrar-se de sua terra e a saudade apertava em seu peito. Instintivamente olhou por entre as folhas para tentar enxergas as estrelas, mas o céu inglês não tinha um décimo da beleza do céu do deserto e o aperto em seu peito apenas aumentou.

Entretido em suas lembranças, Bahman se assustou com o farfalhar abrupto das folhas, um grunhido assustado, acompanhando de um gemido que ecoou na noite, e algo despencou do céu exatamente sobre ele fazendo-o ir ao chão.

— Você está bem, garota? Consegue me ouvir? — o jovem debruçava-se sobre ela sem tocá-la, mas olhando atentamente para seu rosto.

— Eu caí — respondeu Prudence, com um tom de desalento na voz, sentando-se no chão. — Eu nunca tinha caído — disse ela, não inconformada com a queda em si, mas pelo fato de ter sido incapaz de permanecer no alto da árvore.

— Bem, sempre pode haver uma primeira vez — respondeu o jovem. — Tem certeza de que está bem? — insistiu Bahman quando ela fez menção de se levantar. — Você pode ter quebrado alguma coisa, foi um tombo e tanto.

— Estou bem, obrigada — disse Prudence, aceitando a mão que ele oferecia para ajudá-la a levantar-se. — Vou ficar dolorida! Sei disso porque uma vez Star se assustou ao saltar uma sebe, derrubou-me e senti dores por uma semana, mesmo não tendo quebrado nenhum osso — ela explicou. — Dessa vez também não quebrei nada e sacudiu braços e pernas para se certificar. Acho que caí em alguma coisa — disse ela olhando ao redor como que procurando sobre o que havia despencado.

— Exatamente — explicou Bahman. — Sua sorte é que eu passava por aqui exatamente no momento em que caiu... em cima de mim! Se eu não tivesse aparado sua queda, com certeza você teria se machucado mais seriamente. O que uma garota como você fazia em cima da árvore a essa hora e no escuro? — perguntou ele com um misto de curiosidade e fúria.

— Lamento ter caído sobre você, foi um acidente bobo. Acho que encostei-me em algum inseto, talvez uma taturana, ardeu, eu puxei a mão e me desequilibrei. Mas tive sorte... — disse ela olhando para ele — despencar sobre você evitou que eu me machucasse — disse petulante. Como se mudasse de ideia voltou-se para ele: — E você, está ferido? — a possibilidade fez com que a preocupação aparecesse em sua voz infantil.

— Não, você não me machucou. Mas também não me respondeu o que fazia em cima da árvore... senhorita...

— Prudence, isto é, quase lady Sinclair — disse a garota fazendo uma leve reverência e corando ao se lembrar de se portar como uma futura lady e não estar empoleirada em uma árvore como um macaco oriental. Como ele não falou nada e ficou olhando-a surpreso, ela acrescentou: — Eu estava simplesmente apreciando a festa de minha irmã. Não me deixaram participar, mas não disseram nada sobre apreciar de longe. E quem é você? — perguntou Prudence, ao notar o sotaque estranho na maneira dele de falar e prestando realmente atenção pela primeira vez no jovem à sua frente.

— Ah, você é a irmã mais jovem de Phillip, então? Acho que não faz jus ao seu nome, Prudence — disse o irônico Bahman.

— Sim, sou Prudence e costumo ser cuidadosa — e insistiu — e você é...

— Bahman Al Kaled, ao seu dispor, milady — disse ele fazendo uma leve reverência. — Sou convidado de seu irmão, estudamos juntos em Eton, mas acho que sabe disso, não é?

— Você é o príncipe? — perguntou Prudence, um pouquinho assustada com a possibilidade de ter desagradado o convidado ilustre.

Bahman apenas confirmou com a cabeça.

— Obrigada, foi gentil da sua parte não reclamar... demais. O que é bastante inesperado em se tratando de um amigo de Phillip. Seus amigos são muito afetados — disse a menina com sinceridade, surpreendendo-o.

— Nem todos — disse Bahman encantando-se com a garota atrevida que dizia tudo o que lhe vinha à cabeça, uma atitude muito diferente das jovens inglesas, sempre formais e inescrutáveis.

— Já que está aqui, me conte tudo — disse Prudence, de forma autoritária apontando um banco nas proximidades.

— Tudo o quê? — perguntou confuso o príncipe.

— Sim, sobre o Oriente! Já li sobre isso, mas confesso que algumas coisas são impossíveis de serem compreendidas apenas quando se lê histórias. Você vive num palácio ou numa tenda? Li que as mulheres não podem mostrar o rosto, é verdade? Também li que montam em camelos porque esses animais conseguem atravessar o deserto sem beber água! Nunca vi um camelo de perto...

— Calma, é muita curiosidade junta —Bahman a interrompeu rindo alto.

— Eu sou curiosa... o mundo é muito grande para ser todo exatamente igual — disse a menina, numa reflexão muito adulta para sua idade. Meu pai viajou para longe quando era jovem, visitou a China e a Índia. Às vezes eu o convenço a me contar histórias sobre esses lugares diferentes... lugares que eu adoraria conhecer!

— Você tem razão, o mundo é muito grande e cheio de lugares e povos diferentes. Talvez quando você for mais velha poderá viajar e conhecê-los — disse Bahman, sem muita convicção, afinal ela era uma mulher.

— Pode ser, mas enquanto eu não sou *mais velha* você poderia me contar um pouco sobre o seu reino?

A garota era mesmo atrevida, pensou Bahman, *mas também era franca, divertida e seu interesse verdadeiro*. Não lhe custava falar um pouco sobre sua terra, ao contrário, isso lhe faria bem.

— Meu reino *Al-Andalus* é um entre os vários reinos árabes independentes. Não somos nômades, meu pai, o califa, mora no palácio Madinat al-Zahr, mas quando nos deslocamos pelo deserto ficamos em tendas. Não temos bosques como aqui, contudo o deserto é grandioso! Uma imensidão de areia dourada pontilhada por oásis com água fresca e tâmaras doces para saciar os viajantes. Viajamos em camelos porque são animais resistentes, mas também temos belíssimos cavalos. Nossas mulheres são recatadas, usam véus e preservam a própria beleza apenas para os olhos de seus maridos. Nossa cultura é rica — continuou ele perdido em lembranças — nossa música e nossa poesia elevam o espírito... — Bahman suspirou, uma certa nostalgia o envolvendo.

— Você sente falta, não é mesmo? — perguntou baixinho Prudence quando ele repentinamente silenciou.

— Sim, Prudence, eu sinto falta — confessou sem titubear. Hesitante voltou-se para ela: — Posso lhe chamar de Prudence?

— Oh, sim! É o melhor amigo de meu irmão — respondeu ela abanando a mão como se aquela informalidade não tivesse nenhum problema para ela. — Do que você sente mais falta? — insistiu a menina.

Bahman ergueu os olhos, uma tímida neblina obscurecia a luz das estrelas.

— Do céu estrelado! Não há nada mais lindo do que observar

o céu da Arábia, um manto de veludo negro, pontilhado por diamantes. Eu sinto falta da beleza do céu de minha terra!

Prudence se calou em respeito à saudade que percebeu na voz de Bahman, mas havia tanto que ela queria perguntar, tanto a descobrir! Ela sabia que não era educado fazer perguntas, só que a oportunidade era boa demais para ser desperdiçada e sua ânsia de aprender muito grande para ser abafada. *Só mais uma perguntinha*, pensou, *só mais uma*.

— É verdade que entre o seu povo os homens podem se casar com várias mulheres?

— Se um homem quiser e puder dar a todas elas atenção e conforto material ele poderá se casar com mais de uma mulher — explicou Bahman, com tranquilidade. — Nossos costumes são diferentes, mas nossas mulheres são protegidas — disse ele.

— E você pretende se casar com quantas? — perguntou Prudence com os olhos arregalados de espanto.

Bahman deu uma gargalhada, não se sentiu ofendido com a ousadia, afinal, ela era a irmãzinha de Phillip. Além disso, as perguntas embora pessoais não tinham a intenção de depreciar, apenas de conhecer sua cultura.

— Eu ainda não sei. Assim como aqui, os casamentos em meu país muitas vezes se baseiam em alianças. Talvez eu tenha duas ou três esposas. Eu já tenho uma noiva, nosso casamento foi acordado por nossos pais quando ainda éramos crianças. Ela é filha do emir de um reino próximo. Eu não a conheço, mas espero que ela seja minha Sherazade.

— Sherazade? — perguntou Prudence — quem é ela?

— Uma princesa de um reino do Oriente. Muito jovem, mas também muito bela e inteligente. Ela se casou com um sultão que, infeliz por ter perdido a mulher amada, se tornou um déspota sanguinário que se casava sucessivamente e na manhã seguinte aos casamentos condenava suas esposas à morte. Usando sua inteligência ela conseguiu conquistá-lo, reverter sua pena e trazer felicidade plena para seu soberano e seu povo.

— E como ela conseguiu fazer isso? — perguntou a curiosa Prudence.

— Se você deseja mesmo saber terei prazer em contar, mas não agora. Não é adequado continuarmos aqui. Além disso, eu devo dançar a quadrilha com uma amiga de sua irmã, lady Rovenna.

— Afff!!! — balbuciou a menina com desdém.

O resmungo espontâneo de Prudence o fez sorrir ainda mais.

— Teremos oportunidade de conversar durante o final de semana — disse ele.

— Sim — respondeu Prudence batendo palmas. — Você vai cavalgar amanhã? Um grupo irá até a beira do lago e mamãe me deu permissão para ir também. Vamos levar um lanche e passar a tarde lá. Se você quiser, poderemos conversar...

— Será um prazer, na verdade dois prazeres! Cavalos é uma paixão e cavalgar é meu esporte favorito — disse Bahman. — Se sua mãe permitir, ficarei feliz em lhe contar a história da princesa Sherazade.

— Minha mãe permitirá, por que não o faria? Mas tem certeza de que quer mesmo fazer isso, conversar comigo? — perguntou Prudence, uma leve suspeita assomando seus olhos. — Para ser honesta com Vossa Majestade, meus irmãos costumam dizer que sou curiosa em demasia, faço perguntas impertinentes e acabo aborrecendo minhas companhias. Não gostaria de aborrecê-lo — disse ela com sinceridade.

— Falar sobre minha terra a alguém realmente disposta a ouvir-me é uma alegria. Não ficarei aborrecido, acredite. E desde já lhe faço um convite: gostaria que um dia você fosse conhecer Al-Andalus como minha convidada. Vou levá-la para cavalgar no deserto, comeremos tâmaras no oásis e faremos uma festa em sua honra com dançarinas e música de cítara.

— Você está falando sério? — perguntou Prudence.

— Muito sério, considere-se convidada. Um dia, quando eu estiver de volta a Al-Andalus, renovarei esse convite de forma adequada e marcaremos a data para sua visita. Mas agora devemos ir: eu de volta à festa para dançar com lady Rovenna e você à segurança de seu quarto. Chega de aventuras por hoje, não é mesmo?

Prudence concordou sorrindo, quando um pensamento preocupante a fez franzir a testa.

— Alteza — disse ela com uma certa ansiedade transparecendo em sua voz — será que esse *encontro de hoje à noite* poderia ficar apenas entre nós dois?

— Você está me pedindo para mentir, milady?

— Não — disse ela com ênfase — não exatamente. Mas se não lhe perguntarem, poderia simplesmente não contar?

— Entendo — disse o jovem com seriedade. — Bem, eu não poderia mentir aos seus pais, mas tenho um irmão mais novo. Ele também nem sempre cumpre as regras — disse ele rindo. — Então vou fazer o mesmo que faço com ele, se seus pais não me perguntarem não comentarei a forma como nos conhecemos.

— Obrigada. É suficiente — disse a garota fazendo uma reverência exagerada. — Sabe, acho que mamãe me deixaria de castigo se descobrisse minha *escapulida*. Não que eu faça questão de passear com os amigos de Phillip e Priscila, me divirto muito mais cavalgando sozinha, mas quero ouvir as histórias que *você* prometeu me contar e também porque sinto que seremos bons amigos.

— Também acho isso — comentou Bahman, divertindo-se com

a ousada e original menina inglesa.

Com um leve aceno, Prudence despediu-se e correu em direção aos fundos da mansão. Teria que ter cuidado para não ser surpreendida ao retornar ao quarto, uma reprimenda ou castigo por ter saído estava fora de cogitação. A noite fora um sucesso, uma verdadeira aventura e ela não deixaria que nada a estragasse.

— Ele é um príncipe de um país distante e exótico! Vai me acompanhar no passeio ao lago e me contar a história da princesa Sherazade! E um dia eu cavalgarei pelo deserto e comerei tâmaras no oásis... Ah, cair da árvore definitivamente foi muito melhor do que participar da festa — concluiu feliz!

PEDRAZUL
REVELAÇÕES

PEDRAZUL
EDITORA

www.pedrazuleditora.com.br